JN143092

ルドヴィカの騎士

～奇跡の泉・銀～

CROSS NOVELS

尾上与一
NOVEL: Yoichi Ogami

央川みはら
ILLUST: Mihara Okawa

CONTENTS

CROSS NOVELS

CONTENTS

ルドヴィカの騎士
尾上与一

prologue

鐘が鳴っている。

王城の小さな塔で、街中で。

騎士の誕生を知らせる鐘の音だ。

祭壇の前に甲冑姿の男が立っている。大柄で骨太。その騎士――いや、たった今、騎士にならんとするレオンハルト・リンク・シュミットは受け取ったばかりの剣を目の前に翳した。

芯の通った低音が、小聖堂に響き渡る。

「国と王と教会の守護者たらん。この剣と、我、レオンハルト・リンク・シュミットの名にかけて！」

狼の咆吼を思わせるような宣誓に、列席者も満足そうな表情を浮かべている。

騎士の叙任式だ。

王太子弟アゴルトが叙任し、傍らには司祭がいる。赤い絨毯はないが、床に花が散らされ、壁には王国の略旗が掲げられている。

王の出席はなく司教も本部の者ではないが、レオンハルトの出自からすれば大変なものだ。

下級貴族ですらない男が城の従騎士となり、立派な剣と鎧を与えられて、宮廷で叙任式を受ける。略式だが特別なことだ。誰もが運がいいと、多少の妬みを込めてレオンハルトを祝福した。

第二王子アゴルトが明朗な声で宣言した。

「汝、レオンハルト・リンク・シュミットを、王家と、特に教会付き騎士として叙任する」

騎士は本来、王家に仕える。だがレオンハルトは教会に仕えるための特別配属の騎士となった。泉の教会――ハイメロート家から特別な引き立てを得たからだ。村の小さな鍛冶屋に生まれた自分が王城で叙任を受けられたのだって、ハイメロート家という教会一族の騎士として、特別な口添えがあったからだった。

レオンハルトの胸は熱かった。感動と興奮で、剣を握った手が震える。落とさないよう腰に佩いた鞘に剣を戻すのに必死だった。

鐘が鳴っている。遠くから陽気な音楽や子どもの笑い声が聞こえてくる。叙任式だと聞きつけた街の人々が、施しや振る舞いを求めて城のまわりに集まっている。

　レオンハルトは無事に剣を収め、前を見据えて息を長く吐いた。

　王太子弟が退出してゆく。宣誓を見届けた王族騎士も、従騎士を従えて退出していった。

　簡略的な衣装を身にまとった司祭が教壇から降りて、レオンハルトのほうへ歩いてきた。

　白髪を肩のところで切り揃えている老司祭は人のよさそうな目を細め、レオンハルトの晴れ姿をしみじみと眺めた。

「おめでとう。ハイメロート卿もお喜びだろう」

「ありがとうございます」

　噛みしめるようにそう答えたあと、レオンハルトは小聖堂を出てゆく司祭を見送った。

　石造りの広間の外は春だ。

　芝生の緑が眩しかった。緑に映える橙色の花の間を、二匹の蝶(ちょう)が絡まりながら飛んでいた。


　レオンハルトは馬を走らせていた。山の中腹に建つ王城を出て、崖に沿う山道を、土埃を上げながら勢いよく駆け下った。

　すぐに川があり、その向こうにある森を抜ける。小さな丘を一つ越えると、庭に囲まれた立派な石造りの屋敷が見えてくる。

　尖った屋根の二階建てだ。あれがレオンハルトが契約した教会だが、ぱっと見るかぎり普通の屋敷にしか見えない。屋根に三角符(ドライエック)の護符も掲げていなければ、いかにも巨大な礼拝堂もない。なぜなら近くにある泉を教会本体、そして礼拝場所としているからだ。

　教会らしい外見と言えば、扉に三角型のレリーフが施されていることと、困った人々を受け入れるために、芝生の庭が広いことくらいか。

　緑に覆われた丘を風のように駆け下りる。風にまじる花びらの香りが頬を撫(な)でてゆく。

一心に馬を走らせていたレオンハルトは、その屋敷の塀の前にひらひらとなびく布の塊を見つけて、はっとした。

丘を吹き渡る風をローブに孕(はら)ませ、こちらに向かって一生懸命手を振る人がいる。

「マティアス様！」

顔を確かめるまでもない。白い法衣に身を包み、ぴょんぴょん飛び跳ねながら自分を待っている者など彼しかいない。

「は！」

レオンハルトは馬の尻を叩いた。あまり勢いよく近づくと馬に跳ね飛ばされてしまいそうな人だから、かなり手前から速度を緩めた。

「レーヴェ！」

レーヴェというのは自分の愛称だ。

「お帰り、レーヴェ！」

彼には《動く馬に近づくな》と願い事をしてある。それを守ってくれている彼の元に少しでも早く駆け寄りたくて、レーヴェはまだ動いている馬から飛び降り、そのまま手綱を引いて走った。

もういいと思ったのだろう、彼がこちらに駆け寄ってくる。

彫像のように波打ったブロンズ色の髪。白い肌に菫(すみれ)色の瞳が際立って美しかった。肩にかけられた法衣の帯は高位を示す金色だ。

「レーヴェ！　お帰り！　お帰り——！」

遠慮なく飛びつかれるのを抱き留める。小柄で痩せ気味なマティアスの身体は軽く、飛びつかれても易々と支えられる。

「待っていてくださったのですか？　お待たせしました。今帰りました」

「あぁ、わたしもおまえが叙任されるところが見たかった。父上に頼んでも、わたしはまだ修行中だから儀式の列に並ぶことはできないと言われたし、聖歌隊に交ざろうにも、もう薹(とう)が立っているから——」

たかが十八歳の身の上で、薹が立っているも何もないが、声変わりする前の少年たちの聖歌隊に交じるとなると無理がある。

　自分のために開かれる質素な叙任式に、教会の身分を利用して何とか身をねじ込んでこようとするこの人が愛おしく、その気持ちが何より嬉しかった。

「ご心配なさらずとも宣誓も失敗せず、無事に務めました」

「そうだろう。きっとレーヴェならやれると思った。朝からずっと祈っていたんだ。ああ、神様。ありがとうございます。ありがとうございます――！」

　頬を上気させ、震えるほど興奮して嬉しがるマティアスを見ると、ここ数年の厳しい行儀見習いや苦しい勉強も、騎士になるための過酷な修行の日々も一瞬で報われる。

　マティアスは、香を薫き染めた長衣で改めて、鎧を着たままの首筋にぎゅっとしがみついてくる。

「レーヴェ――ううん、レオンハルト。おめでとう、レオンハルト・リンク・シュミット。汝に祝福を。祝福を！」

「そんなに祝福されたら、溶けてしまいそうです」

　涙に震える声や、彼の甘い声音や吐息がくすぐったい。

　レーヴェはやっと腕をほどいたマティアスの手を取り、目の前に跪くと、彼の手の甲にキスをする。

「これで正式にあなたの騎士です、マティアス様」

　我が生涯の主となる人は、菫色の目に涙をいっぱいためて、今にも泣き出しそうに震えている。

† † †

レーヴェが生まれたのは、王都から山を二つも越えた谷間の村だ。

村は田舎だったが、いい鉄が採れたために鉄鋼業に優れ、鍛冶屋が多い豊かな村だった。農具はもちろん、鍋釜から馬の蹄鉄（ていてつ）、扉の金具やランプまで、王都の金物の多くはこの村で作っている。当然鍛冶屋は多く、しかも、それぞれ専門の金物を作っているから、漠然（ばくぜん）と鍛冶屋を訪ねてきても希望の品がなかなか見つからないような特殊な村だ。

レーヴェの実家も鍛冶屋で、主に武具を作っていた。剣を主とし、槍や弓矢の鏃（やじり）を作る。戦斧（シュトライタクスト）や星球つき棍棒（モルゲンシュテルン）、短剣などもよく作る。騎士からの評判もよく、戦斧などは順番待ちだそうだ。

父を中心として家族は皆鍛冶屋の仕事をしており、レーヴェも物心ついたときから、鉄を冷やす水を川から汲む仕事をしていた。鉄を熱するための炉に使う薪（まき）を割り、火の番をして育った。母は短剣を打ち、祖母は鏃を打つ。父は剣を打つためにひと月以上山に籠もり、兄はそれに従った。

学校へ行く暇はおろか遊ぶ暇さえなかったが、楽しい日々だった。自分が割った薪で品物ができれば嬉しいし、大剣が売れた日には、行商人から肉を買ってたらふく食べることができた。

何より嬉しかったのが、評判を聞きつけて、名指しで騎士が父を訪ねて来ることだ。

彼らはどんな武器が欲しいか父に詳しく話し、空いた時間に騎士の話をしてくれた。

王城の騎士は宴の豪華（ごうか）さや、野を埋め尽くす勇猛な行軍の様子、王宮の女のかぐわしい美しさを、遠征帰りの騎士は異国の千夜一夜物語を、流浪の騎士はあちこちの国で見知った奇想天外な面白い話を子どもたちに語ってくれた。話がされるのは概ねが夜で、騎士の物語を聞けるのは武器屋の子どもの特権だった。

レーヴェも騎士に憧れたが、自分が騎士になれないことはよく知っている。

騎士になれる子どもは、貴族や王族、親が騎士だったり、教会の用心棒が、特別な相談によって下級騎士になるのがせいぜいだ。貴族でもない、うしろ盾もない、親が騎士でもない鍛冶屋の息子では、何とか下級貴族の家に見習いに入っても、下働きか、従騎士になるのが関の山だ。

従騎士は戦場には出るが、馬にも乗れず、父が作るような立派な剣も持てず、主の騎士の替えの剣を運んだり、馬を引いたり、殿に残されて歩兵として槍を振り回したりする雑役しかできない。そんなことになるくらいだったら、村でおとなしく槌を振っていたほうがいい。

それでも夢は捨てきれなかった。

今日もレーヴェは母に叱られていた。母は真っ赤に焼けた鉄を打つ手を止めないまま、困ったようなため息をつく。

「そんなのはね、冗談だよ、冗談。おまえがお屋敷に上がったって、下働きをさせられるだけだ。まだわからないのかい?」

「だって、この手紙には従騎士の修行をさせてくれるって書いてある」

と、村一番の金持ち、馬車屋の跡取りが言った。

「馬鹿だね。字も読めないアンタが、お屋敷に上がったって何の修行ができるって言うんだい。それにね、手紙の主をようく見てごらん」

「覚えてるよ。この間来た、マルコ男爵だろ?」

鏃を注文に来た髭の生えた貴族で、レーヴェを従騎士にしてくれると言った。屋敷に迎える手はずが整ったら手紙をやると言っていた。

確かにそういう話は初めてではない。彼らは景気のいい自慢話をしたあとだから、レーヴェが騎士になりたいと言うと、ああそうだろう、きっとなれるさ、わたしが口を利いてやろうと必ず言うのだ。だがその先に話が進んだことがない。だから期待せずにいたのだが、本当に手紙が来た。

「マルコ男爵は、優しい、いい人だった」

「そりゃあそうさ。大きなお屋敷で、広い葡萄畑をこさえておいでだからね。従騎士なんか必要ないだろ？　欲しいのは葡萄ちぎりか樽踏みの下男だよ。あの人は戦になんて出ないんだから。こないだ買っていった鏃だって、王宮に収めるためのものさ。弓の使いかただって知らないよ」

「そんな……」

　でもここには従騎士にしてやるから、好きなときに屋敷に来ていいと書いてある。《できれば収穫祭の前に》とも。

　カンカンと、母が打つ小さな槌が、赤い火花を飛ばしている。母は鉄鋏で挟んだ鉄を裏返してまた打った。

「父さんには黙っといてやるから、手紙はここで焼いていきな。見つかったらまたおかんむりだ。おおこわいこわい」

「で、でも、せっかく手紙をくれたから、様子を見に行くくらい」

「馬鹿お言いでないよ。屋敷に行って飯を食ったらおしまいだ。飯代を払え、払えなければ働いて返せ。働いてその日の夕食を食ったらまた明日、その代金を働いて返さなきゃならなくなる。そんなもんさ」

「でも手紙には、従騎士って……」

「……あのね、レーヴェ」

　額に汗をびっしり浮かべた母は、ようやく手を止めてレーヴェを見るとため息をついた。

「わざわざ下男になってこき使われなくたって、鍛冶屋になれば十分暮らしていける。兄ちゃんと二人で鍛冶屋になれば、どれだけ立派になるだろう」

「でも俺は騎士になりたいんだ。うちで作った剣を俺が使いたい。うちのはいい剣だから」

　母は疲れた顔をして、火照った顔のまわりの産毛を濡らしたまま、また炉の中に赤さを失った鉄の塊をがさっと差し入れた。パチパチと炉が鳴っている。

「もう馬鹿な考えはやめて、薪を拾っておいで。幸運なことにアンタは立派な身体を持ってるんだから、父さんに習ってちゃんと修行さえすれば、必ずいい鍛冶屋になる」

「それはわかってるけど、でも」

「それとも何かい？　黴（かび）臭い蔵で葡萄を踏みたいのかい？」

　量が頼りの安いワイン蔵だ。戦に出ない下級貴族の食い扶持（くぶち）だった。

「……もういい」

　レーヴェは、母が鋏を入れている炉の中に手紙を投げ入れた。手紙は赤い炎の中で踊って、一息で灰になった。

「今日の蹄鉄も打っていないだろう？　そんなことだからアンタはいつまでも薪拾いなんだ」

「父さんは、俺がいくら打っても駄目だって言うじゃないか」

　蹄鉄打って一人前。昔から鍛冶屋はそう言われるけれど、レーヴェがどれほど上手く打っても、こんなものじゃ駄目だと父は言う。心が入っていないと首を振る。騎士なんかになりたがっているからだ、とも。

　父は自分が嫌いなのだ。兄がいるから自分などどうでもいいと思っている。

「アンタがまだ駄目だからだよ」

　母は投げつけるようにそう言って、また焼けた鉄を打ち始めた。もう話すこともなく、レーヴェは沈んだ気分で作業小屋を出る――。

　熱せられた室内から外に出ると、空気はひやりとしていた。

　馬鹿みたいにのんびりした天気だ。風はなく、そこそこに晴れていて、白く乾いた土の道の端を、細い蛇がのろのろ這っている。

　山へ向かう道をとぼとぼと歩くしかなかった。

　騎士になれないことくらいわかっている。もしも可能性があるとしたら、大人になって遠征軍に加わることだ。しかし馬がなければ歩兵となるしかなく、延々と歩いて下働きと変わらない雑用をすることになる。そもそも主人も持たずに、ただ行く先々で略（りゃく）奪（だつ）をする兵士を騎士と呼べるのか――。

　レーヴェが憧れているのは王宮騎士だった。銀の鎧をまとい、馬に跨(また)がって戦に出る。王のために、神のために、民のためにと誓って、正義の剣を振るう。

　それが父の打った剣ならどれほど素晴らしいだろう。息子の自分から見ても、父ほど腕のいい剣の鍛冶屋は他におらず、あれほど美しく強そうな剣も見たことがない。

　もちろん父や兄を尊敬している。だが憧れているからこそ、自分があの剣を握りたいのだ。剣を打ちたいのではなく、使いたい。正義のために、弱い人を守るために、まだ見ぬ尊い主のために。

　鍛冶屋になれば、決して自ら剣を振るうことは許されない。そういう決まりだ。鍛冶屋の矜持(きょうじ)だ。わかってはいる。わかっているけれど、どうしても夢を諦められない――。

　苦しいため息をつきながら歩いていると、坂の向こうのほうから声が聞こえた。

「レーヴェー！」

　村の子どもが数人、手を振りながらこちらに走ってくる。

　何だろうと思って立ち止まると、彼らは競い合うように全速力でこちらに駆け寄ってきた。

　膝に両手をつき、ハアハアと肩で息をしながら用件を言う。

「明日の朝、村に教会巡行が来るんだ。森の広場に！」

「そうか」

「来てくれよな。頼んだからな⁉　じゃあ！」

と言ってまた彼らはぱっと走り出した。

　人影を探して走り回っているようだ。用件を伝えた数ほど褒美(ほうび)をもらえる約束でもしているのだろう。

　巡行は、田舎の村の数少ない楽しみだ。

　教会が説教のために村々を回ってくる。彼らは楽隊を引き連れているし、子どもに配るための焼き菓子も持っている。祭壇(さいだん)を飾る金物を多く注文してくれるし親たちの機嫌がよくなり、食事が少し豪華になる。

　――巡行、か。

　天から見咎められたようだ。馬鹿な考えを改めて、真面目に鍛冶屋の修行をしろという神からの忠告かもしれない。

明日聞くだろう話の中に、父母を大切にせよ、家に与えられた仕事を懸命に務めよという内容が交じっていたら決定的だな、と思いながらレーヴェはまた山道に向けて歩き出した。

鍛冶屋の仕事は嫌いではない。不格好な鉄の塊が真っ赤に焼けて柔らかくなり、こうなれ、こうなれ、と理想の姿を念じながら叩いているうちに、自分の心を読み取ったように、形を変え、いろいろな姿になってゆく。おまえはこうなのだと語りかけながら鉄を打ち、水に浸けて冷やしたとき、言い聞かせた通りの形だったら鳥肌が立つほど嬉しいものだ。

父は駄目だと言うけれど、蹄鉄もずいぶん上手くなった。

鉄に命を与える喜びを、レーヴェは知らないわけではない。

ただ、誰かを一途に慕って、父が打った剣を手に、この命いっぱいをかけて守る騎士になりたいと思うだけで――。

教会巡行が来るときは、先に音楽隊がやってくる。ラッパが華やかなファンファーレを吹き、首から釣った小太鼓を叩いている男が曲芸のようにくるくるとバチを空中に放り投げる。他には弦楽器の男がいて、竪琴(たてごと)の修道女もいた。

修道女は子どもたちに優しい声で歌を歌い、それを遠巻きに母親たちが見守っている。

こうして人を集めておいて、そこに修道士がやってきて説教を行うという手順だ。初めて教会巡行を迎える赤子は祝福を願う。よその村から嫁いできた女もそうだ。

母と姉たちは早朝から化粧をして出かけていった。父も一張羅のシャツを着て、新しい槌に祝福をもらおうと拭き清めている。

レーヴェも家を出た。森を回り込んで、巡行が背後から見える位置に向かう。わざわざ家族の側で、自分を戒める言葉を聞くのが嫌だったからだ。

菓子をもらい損ねるかもしれない。

教会の菓子は甘く、スパイスが利いていておいしい。食べると賢くなるというから、必ず最後まで説教を聞いて菓子をもらうようにと、どこの母親も子どもたちに言い聞かせる。

残念だが今日は諦めたほうがよさそうだ。

そう思いながら、木立の陰のほうに腰を下ろせる場所を探していると、坂のほうに数頭の馬が見える。ちょうど広場の裏手に当たるところだ。

ゆっくりゆっくり、驢馬(ろば)のような速度で歩いてくる馬の背にはフード付きのローブを着た人が乗っている。小さな荷馬車には三角符(ドライエック)の飾りがついている。どうやら教会の一行のようだ。

彼らはすぐ側の林に入り、木陰で道具を広げはじめた。あそこで準備をして、広場で説教を行うのだろう。

レーヴェは近づいてみることにした。説教に来るような修道士たちは大体、王城やその周りからくる徳の高い司祭が多く、馬車や飾りに使われている金物は意匠(いしょう)が凝らされていて勉強になる。錫杖(しゃくじょう)や飾り棒などもそうだ。材質やレリーフのデザインを知りたい。

教会は十人ほどの一行だった。馬が四頭、荷馬車が一台。芝の上に絨毯を広げ、着替えたり菓子を食べたりしているようだ。

声をかけてもいいものだろうか。

叱られはしないだろうが、話しかけているところを誰かに見られたら、教会の迷惑になるとか抜け駆けだとか、あとあと面倒くさいことになりはしないか。

様子を覗きながら歩いていたら通り過ぎてしまった。仕方がないので、林の中に入って引き返す。

林の隙間から見る教会の人々は、長旅だろうに疲れた様子も見せずに朗らかに歓談している。その中に騎士らしき男が一人交じっていた。鎧は着ていないが、鎖帷子(くさりかたびら)に簡易の胸当てをつけている。

教会の騎士はみんなの憧れだ。華やかな王宮の騎士もいいが、見返りを求めず、ただ神と、神に仕える修道士たちを守る、その気高さがいい。

だがこれこそ難関で、家柄とか賢さなど、どうやったらなれるのか見当もつかない。教会に生まれた子どもでなければなれないとか、殉教の精神がなければ務まらないと言われるが、ただ教会に祈りに行けば認められるわけではないことくらいレーヴェにだってわかっている。

諦めなければと、もう心の中では理解している。鍛冶屋の息子が王家に連なる騎士になれるわけがないし、教会の騎士などもってのほかだ。このまま騎士に未練を残して過ごすより、鍛冶の仕事に打ち込んで、王宮から買いつけが来るような立派な鍛冶士になるほうがよほど現実的だし、いい人生になる。

神に仕えたいなら、教会巡行に多くの奉仕を差し出して、山を下りたところにある大きな教会のミサに通えば十分なのではないか。

現実とは、そして本当の信仰心とはそんなものだ。教会の騎士になりたいなど、身勝手な夢の話でしかない。

皮膚からボロボロと薄皮のように憧れが剝がれ落ちてゆく。騎士になんかなれっこない。なれる人間は生まれつき決まっていて、自分はそうではない。努力なんて意味がなかった。身の丈を知るべきだ。家業があるだけ十分恵まれているじゃないか——。

諦めを覚えながら、ガサガサと落ち葉を踏んで歩いているとふと、林の奥に光が差しているところがあった。

梢から、木漏れ陽が落ちている。その下に、子どもが一人座っていた。

艶のあるブロンズ色の髪をした子どもで、年の頃は七、八歳くらいだろうか。大人の準備の邪魔をしないように言われているのか、一人で石に腰かけているのだが、彼は一人ではなかった。

天に差し出した幼い指先に、蝶々がひらひらとまとわりついている。肩では小鳥がさえずっていた。まるで賛美歌のように、高く澄んだ声で、くちばしを大きく開けて歌っているのだ。

足元には兎が顔を出していた。罠をかけてもなかなか捕れない穴兎だ。背後に子鹿が寄ってくる。

子どもはニコニコと、動物たちの祝福をくすぐったそうに受け、何かを話しかけている。

子どもは法衣を着ていた。肩から金色の帯をかけている。こんなに小さいのに修道士だというのだ。枝から降りてきた別の小鳥が、彼の襟の飾りをついばんでいる。

――神様の子どもだ。

とっさにレーヴェは思った。

何かの間違いで地上に送り出された神様の子どもに違いなかった。頬も、髪も、生身でないのではないかと思うくらい、柔らかそうだった。小さな動物が寄ってくるのも、儚く見える子どもを守ろうとしているのかもしれない。

レーヴェは呼吸も忘れて小鳥と戯れる子どもを見つめていた。ほとんど直感のようなものがレーヴェの背筋を打つ。自分はこの子どもを守るべきではないか。この子どもを守るために騎士になるべきではないのか。

棒立ちになったまま子どもを見つめていると、子どもがこちらに気づいた。

「巡行を迎えてくださったの？」

蜂蜜を練り込んだ砂糖菓子のような声が、こちらに尋ねる。子どもの目を見て、レーヴェはさらに息を呑んだ。

瞳が菫色だ。吸い込まれそうな、透き通ったヴァイオレットだった。こんな目は見たことがない。いや何年も前に訪れた教会の、聖女ルドヴィカの肖像画の瞳がこの色だった。珍しい色だから記憶に鮮やかだった。

子どもは身動きのできないレーヴェへ柔和に笑いかけた。

「祈りましょう。こちらへ」

ふくよかな小さな手を伸ばされて、レーヴェはふらふらと子どもの前まで歩き、膝をついた。

子どもが広い法衣の袖を広げて首筋に抱きついてくる。

子どもからは甘いにおいがした。女神の衣に包まれてもここまで柔らかいものだろうか。

「敬虔なあなたに、神様のご加護を」

祝福は一瞬のようでもあり、長いようにも感じられた。

腕をほどかれ、跪いて見上げる子どもの顔の、美しいこと。その桃のような金色の産毛が生えた肌も、頬に浮かぶ花びら色の血潮も、耳朶のごく細い血管も、これを誰が作ったかと言われれば、神しかいないと答えるとレーヴェは確信する。祝福というならこれ以上はない祝福だった。半ば天啓に近かった。うわごとのように訴えていた。

「俺は……、あなたの騎士になりたい」

もし叶うなら今すぐ雷に打たれて死んでもいい。この子どもを清く守るためなら、悪魔に身を売っても、死後、魂を炙られ続けてもいいと思った。

「わたしの騎士に？」

子どもは花でも差し出されているように、不思議な顔で仄かに笑った。

「そう。どうすればそうなれるのですか？」

奉納金が必要なら必死で鍛冶の仕事をして稼ぐ。一切肉を口にしてはならないと言われれば、このまま一生食べない。

子どもが困った顔をする。そのとき、奥のほうから男の声がした。

「マティアス様」

子どもの名は、マティアスというらしい。迎えに来たのはおつきの侍祭で、腕には首にかけるための、金の刺繍が施された布がかけられている。

彼はレーヴェを警戒したような目で見てから、優しげな笑顔に作り直した。

「もうじき説教が始まります。マティアス様もご準備を。村のかたですね？　あなたも是非説教に来てください。お菓子を持ってきていますよ？」

優しくレーヴェとマティアスを分けた彼は、マティアスを庇うようにして背を押しつつ、教会の人々のほうへと連れていこうとする。

歩きながらマティアスが振り返った。何か言いたそうだった。

　レーヴェも何か言おうとしたが、言葉にならない。待っていても仕方なく、広場のほうに行って、集まっていた人々の一番うしろにそっと交じる。

　しばらくして、説教が始まった。

　説教は《分け合うこと》についてで、痛みも悲しみも喜びも苦しみもすべての人に同じようにやってくるのだから、皆で分け合ったほうがいいという話だった。

　司祭が演台で説教を行っている間、マティアスは横の折りたたみの椅子に座って行儀よく話を聞いていた。

　説教が終わる頃、菓子が配られた。レーヴェにも回ってきた。一つ摘まんで先ほどの場所へ向かった。もう一度彼に会いたいと思ったけれど、彼らは説教の片付けをしてそのまま、また次の巡行地に向けて出発してしまった。追う間もないほどあっという間のことだった。レーヴェが彼らの背中を見つけたときは、すでに山道の奥に消えるところだった。村の出口に立ち尽くして、小さくなってゆく彼らの背中を見ている——。

　全力で走れば追いつくかもしれないが、今のレーヴェは彼らにかける言葉を持たない。

　次の巡行を待つか——いや、前に教会巡行が来たのは秋——違う、一年以上前か——。

　巡行を見送ったあとも、レーヴェはずっと考えている。

　どうやったらもう一度マティアスに会えるのか。どうやったら彼の騎士になれるのか。普通の騎士になることには反対されているが、教会の騎士なら両親だって反対しないのではないか。だがそんなものにどうやったらなれるのか。

　口の中には教会の菓子の甘みが残っている。マティアスを思い出す甘さが消えてしまわないうちに、何とか考えなければと思いながら、広場から帰宅する人の流れの中を歩いていると、隣を歩いているのがヴェーバーという男だと気がついた。彼は織工(おりこう)の息子で、あちこち行商に出かけるから物知りだ。馬車屋のヴァーグナーと同じくらい賢く、いろんな国のことを知っている。彼ならもしかして、あの教会がどこから来たのか、教会の騎士になるにはどうすればいいのか、知っているのではないだろうか。

「あの、ヴェーバーさん」

　ヴェーバーは若く、夏に結婚したばかりだ。髭を生やしているがまだ見るからに若々しい。話しかけると彼は「ああ、レーヴェか。久しぶり。儲かってるかい?」と気安く訊いてきた。

　ええ、まあ、と応え、世間話の体で尋ねてみる。

「今日の教会は、どこの教会だったんですか?」

「うん。ずいぶん立派だったね。見たかい？　あの刺繍。たぶん王宮では新しい刺しかたが流行っているようだね。勉強しに行かなけりゃあ」

「やはり王都のほうの教会なんですか」

「ええ？　知らずに説教を聞いていたのかい？　あれはハイメロートの一族だよ。名前くらいは知っているだろう?」

「ハイメロート……。——泉の……?」

「そう。王宮仕えの教会ハイメロート家だ。ルドヴィカの泉を祀る司教のご一行だよ。慈悲深いものだねえ、王宮でのんびり贅沢三昧できるだろうに、こうして山間の村々を巡行して説教を施すなんて」

　年に一度、祭りがある。王都にある奇跡の泉、ルドヴィカの泉の奇跡を振る舞う祭りだ。泉の水をハイメロート家の修道士が汲み上げると光り始め、飲めば病が治り、傷を洗えば膿んだ傷も治るという。教会といえば今や王家より権力があると言われているが、奇跡の泉のハイメロート家ともなるととびきりだ。

「じゃ……じゃあ、あの、子どもは——……」

「司教の隣にいたあの子だね。彼はマティアス・ハイメロート。ハイメロート家の長男で、大きくなれば司教様さ。だからあんなに小さいのに巡行に連れ回されている。しかしさすがに教会の子どもだよ。うちのルキなんてあの子よりいくつも大きいのに、ちょっともじっとしてられないのにさ」

　大きな穴にどんどん滑り落ちてゆく気分だった。

騎士——教会の騎士。それだけでも夢物語なのに、王様より偉いと言われる特別な身分の人の騎士など想像もつかない。

　いい加減に目を覚ませということだ。

　いくら願ったところで、鍛冶屋の息子が騎士に——教会、ハイメロート家の騎士になれることなどありはしない。そう思うと騎士になりたいという憧れが急に冷えてゆく。マティアスの騎士になれないのなら、普通の騎士になるのさえつまらない気がした。

　母親の言う通り、真面目に鍛冶の修行をして、いい仕事をしていれば教会からの注文が来るかもしれない。そのときこそ堂々と、あの子どもに会えるのかもしれない。

　騎士の夢を諦めようとレーヴェは思った。だが再び彼に会えるまで、心だけは騎士のようでいようと静かに誓った。

　辻でヴェーバーと別れ、ぼんやりと家へと向かう。足下の土がきしきしと軋んでいた。土塀がまぶしいほど白い。

　明日は雨になりそうだ。今のうちに薪を拾いに行ったほうがいいかもしれない。今何時くらいだろう、教会巡行の日は鳩が食べられないのだっけ——。考えながら壁の側を歩いていると、向こうから、蹄を鳴らしてすごい勢いで馬が走ってくる。馬上の男は仕立屋で、何やら大声で喚いている。

「おおい、おおい！　みんな助けてくれ。巡行が襲われた！　おおい！　助けてくれェ！」

　呆然と声を聞き、レーヴェははっと我に返った。巡行が——あの子が⁉

　馬に向かって大きく手を振る。飛びつくように駆け寄った。

「巡行が襲われたって⁉」

「おお、鍛冶屋の坊主か。そうだ、父ちゃんを呼んでくれ！　兄ちゃんもだ！　盗賊が巡行をつけてやがったんだ。バチあたりめ！」

　心臓がひゅっと縮んだ。わかったと叫び、家に走って戻る。戻っているなら作業小屋だが、酒に誘われたらどの家にいるかわからない。頭と心臓がガンガン音を立てている。入り口の扉を開け放ち、奥へ叫んだ。

「巡行が襲われた！　父さんたちは⁉」

「まだ帰ってないよ。さっきの人たちが襲われたって？　大丈夫なのかい？」

「大丈夫なわけないだろ！」

盗賊に襲われたら大人だって逃げきれない。

マティアスはどうなっただろう。あんな小さな身体では、馬からだって簡単に摑み下ろせそうだ。

レーヴェは部屋の隅に行って、箱の中に立ててある多くの剣の中から一本を引き抜いた。

「レーヴェ⁉　あんたが行ってどうするんだい！おまえって子は――」

「止めないでくれ！」

ここにある剣は、新しい剣を注文した客から下取りした剣だ。すり減ったり曲がったり、錆びていたり、切れ味などないに等しい。溶かして鋏や小刀にするためのものだ。

抜き身の剣を握って外に飛び出すと、路肩に男たちが溜まっていた。地面には腕から血を流しているラッパ吹きの男がうずくまっていて、女たちの手当てを受けている。

ラッパ吹きは村の男たちに、襲われたときの様子を説明していた。

「横っ腹から急に盗賊が飛び出してきて、隊列がバラバラになりました。馬が驚いて森に飛び込んだり、荷馬車もひっくり返されて！」

そこに馬が駆け込んでくる。

「司教は見つかったぞ！　あとは坊ちゃんと、太鼓を叩いていた楽士とおつきの人だ。馬が一頭殺された！」

何ということだ。

大人たちは、馬と徒歩の者に分かれて巡行を襲った盗賊を追うらしい。しかしそれでは追いつけない。

レーヴェは大人の群れに近寄らず、すぐに山のほうへ向かった。

この山道を横切れば、巡行の列に追いつけるはずだ。それより奥、本当に山に入ってしまうと迷い込んでしまってもう助けられない。

　薪を拾い慣れた山道だが、全速力で走ると苦しかった。喉が痛い。肺が破れそうだ。だが一刻も早く駆けつけなければならない。マティアスの命が危ない。

　ぜいぜいいうほど肩で息をしながら山を登りきって、どの辺りに下りればいいのかと周囲を見回したとき、遠くから細い悲鳴が聞こえてくる。――マティアスだ。

　レーヴェは弾かれるように声の方角へ向かって駆け下りた。急な斜面もかまわずに、砂埃を上げ、枝にはじかれながら、石と一緒に滑り下りる。

「助けて。神様！　お父様！」

　悲痛な叫びが響いている。レーヴェが森を飛び出したとき、ちょうど馬に庇われるようにしてうずくまっているマティアスが見えた。家具の隙間に潜り込んだ子猫のように、盗賊の手に摑まれ、引きずり出されようとしている。

「その手を離せェ！」

　盗賊とマティアスのあいだに叫んで飛び込む。ガラの悪い盗賊二人は、突然現れたレーヴェを驚いたように見た。

「ああん？　何だ、貴様。村のガキか？　何だその腐った剣は」

　レーヴェが剣を構えると、ぼろ布を縫い合わせたような服で頭に異国風の布を巻いた男たちが顔を歪めた。

　とっさに摑んできた剣はすでに身が反っているし、刃も錆びてボロボロだが自分は鍛冶屋の息子だ。剣術というほどではないが取り回しだけは上手くできる。

「そこをどけ、教会のガキは高く売れるんだ。子どもを犯したい豚貴族とか、娼館（しょうかん）とか、馬鹿みたいな値段で買うんだぜ！」

　手を伸ばそうとした盗賊の手を、剣先で払う。男は驚いてうしろに飛び跳ねたが、すうっと怒るのがわかった。

「このクソガキが……。おまえも奴隷として売り払ってやる！」

　腰から抜かれる剣に、レーヴェは絶望する。鉛色のぬらぬらと油の乗ったよく斬れそうな剣だ。刀身は厚くて重そうで、このほとんど鉄くずのような剣では受け止められない。

「マティアス様、逃げてください！」

　盗賊の狙いはマティアスだ。誘拐して異国の人買いに売るつもりだ。相手を倒せるとは思っていないが、彼が走り出す数秒間なら稼げるはずだ。あと一度剣を払えればいい。そのあと生きていられる自信はないが。

「駄目です。あなたのご加護を祈らなければ……！」

　震える涙声を聞いた瞬間、うしろに倒れそうだった。自分に何が起こっているのかわかっているのかと怒鳴りつけたかった。捕まればどうなると思っているのか。船に乗せられ、二度と帰れない、暗くて臭い娼館で客を取る羽目になるのだ。それなのに祈るだとか。マティアス自身ではなく、自分の加護を祈るだなんて、何を考えているのか。

「ホラホラ、逃げてみろよ、クソガキが！」

「く！」

　キンキンと遊ぶように剣先をはじかれたあと、振り下ろされる剣をとっさに受け止めると、剣はたった一撃でくの字に凹んだ。

「マティアス様、早く！」

　これではもう何回も持ちそうにない。馬は目の前にいるのだから、馬に飛びついて横腹を叩いてくれるだけでいい。

「嫌です。神様――！」

　逃げろと怒鳴る前に、続けて何度も剣を打ち下ろされる。

「おら！　打ち返してこいよ、その剣じゃ無理か！」

　盗賊は笑いながら何度も上から、ガキンガキンと剣を打ち込んでくる。

　本気で打ち下ろされたら終わりだ。かわしたいが、うしろにマティアスがいる。これ以上は下がれない。

この剣がもっと丈夫なら。自分にもっと剣の腕があれば——。

　そう思った瞬間、ギン、という音を立てて、とうとうレーヴェの剣が折れた。剣先が空にくるくると弾け飛ぶ。錆びた剣が悲鳴のように陽光を弾いてきらめくのが見える。次の瞬間、

「あッ!?」

　相手の剣先が目の前にあった。右頬の皮膚を通ってゆくのがわかった。

「く、う！」

　倒れてしまわないよう、必死で踏みとどまる。さっと、頬をあたたかいものが流れる。手に残った剣は真っ二つに折れて、腕より短くなっていた。

「もう終わりか！　こいつでしまいだ。切り刻んで魚の餌にしてやる！」

　盗賊が背伸びをするほど大きく、剣を振り翳すのが見えた。脳天から真っ二つに割られる。だがそれでもいい、この人を逃がす一瞬が稼げるなら。

「マティアス様、逃げて！」


最期の言葉を叫んだと同時だ。

　ガギイン！　と音がして、盗賊の剣が横向きに吹き飛んだ。

　背後に馬がいる。馬上にいるのは騎士だった。彼が盗賊の剣を横から槍でなぎ払ったのだ。

「死にたくなくば、剣を捨てろ！」

　騎士が恫喝（どうかつ）する。すぐうしろから村人の馬が駆けつけてくる。

「貴様らの仲間はすでに捕らえた。残るはおまえたちだけだ！」

　騎士が盗賊に詰め寄るあいだにも、馬に乗った村人たちが囲んでいった。盗賊に向かって何本もの矢が構えられる。星球つき棍棒がかざされる。ここは鍛冶（ぶき）屋の村だ。

「く、くっそ……ォ、覚えてろよ！」

　盗賊二人は、剣を拾って這うようにして山の中に飛び込んだ。

「追え！　追え！　逃がすか！」

　村の男が指示をして、馬を下りて山に向かって

次々と飛び込んでゆく。

　助かったのだ――。

　そう思うと、今更足がガクガクと震える。頬に手をやると手のひらがべったりと赤くなった。手のしわに血が溜まっている。そっと撫でるだけで、皮膚が引っかかって不自然に下がる感じがあった。かなり深く斬られたようだ。

「あ……あなた。……あなた、大丈夫ですか⁉」

　背後からしがみついてくるのはマティアスだ。マティアスは血まみれだろうレーヴェの顔を見て、すっと顔を白くすると、今度こそ本当に取り乱した顔で、自分の長衣の裾を破り始めた。見たこともないような光沢のある白い絹を、栗鼠(りす)が巣材を引っ張るような仕草で必死に破ると、レーヴェの頬に当ててこようとする。仰天したのはレーヴェのほうだ。

「や……やめてください！　汚れます！」

「何を言っているのです。血が出ているのですよ⁉」

　そう言って強引に布を押しつけようとする。どうやらマティアスは無事らしい。怪我もないようだ。

　困りながら絹の布を押しやろうとしていると、頭上から声がした。馬を下りてきた騎士だ。

「少年よ、よくやった。傷は深いか？」

「い、いいえ」

　傷の具合がどのくらいかはわからないが、目は無事のようだし、頬を突き破るほどではないようだ。

騎士はマティアスから布を受け取ると、困惑した顔をしてそれを眺め、再びレーヴェの頬に押し当ててきた。すでに血で汚れているから使ったほうがいいと思ったのだろう。

「マティアス様ー！」

　遅れてどんどんおつきの者や、村人がやってくる。

　騎士は、腰の革袋から一枚の金貨を取り出した。

「マティアス様を助けてくれて、本当に助かった。傷の手当てをして、これで滋養のあるものを食べてくれ。傷については司教様に治癒(ちゆ)のミサを特別に行っていただけるよう、わたしからも強く申し上げよう。……さあ、マティアス様は、こちらへ」

「このかたはどうなさるのです」

馬に乗せられようとしたマティアスは嫌がって、レーヴェに手を伸ばそうとする。騎士は父親のように優しく彼に言い聞かせる。

「この者は村の子どもです。金貨を渡しましたから、家に帰るでしょう」

「あの、あなた」

手を伸ばし、血で濡れた上着を摑んだマティアスが、菫色の瞳でレーヴェを見つめてくる。

「……レオンハルト」

「レオンハルト。あなたは、騎士なのですね?」

「いいえ、……そうではありません。鍛冶屋の息子で」

「それではわたしの騎士になってください。お願いです」

「マティアス様。なりません、村の子どもです」

「いいえ。このかたさえよければ、このかたをわたしの騎士にしてください。そうでなければ……そうでなければ、わたしは……――」

と声を詰まらせ、弱々しい顔でひい、と泣き出してしまった。

困った顔の騎士は、そんなマティアスを叱れず、引き剝がそうとしたが、いつの間にか、両手で服を摑まれてへばりつかれていて離れてくれそうにない。

「司教様に相談しましょう。この子どもの家にも相談しなければなりません。さあ、マティアス様」

あやすような妥協案を示すとようやくマティアスは、服を摑んでいた手を緩めた。一旦村に戻りましょうとか、司教様にご報告しなければとか、説得され宥められながら、馬に乗せられ連れていかれる。

司教の子どもといえど、騎士ともあろうものがこんなに子どもに甘いのか。自分なら父から蹴りつけられて終わりだと思っていると、また遠くから新しい馬が駆けてきた。

「レオンハルト!」

馬上の男は父だ。

「レオンハルト、無事か!」

手に、できたばかりの売り物の剣を握りしめて、鬼の形相で走ってくる父を片目で見ながら、レーヴェは赤く染まった布を顔に押し当て笑ってしまった。


家は大騒ぎだった。

「英雄に会わせろよ、おいレオンハルト！　レーヴェ！　俺だ！　聞こえてんだろ⁉」

詰めかけた大人の間から、近所の幼なじみたちが叫んでいる。

狭い家の中は人でぎゅうぎゅうだった。マティアスを救ったレーヴェの家に教会が礼にやってきた。家に司教が来るなんて、とんでもない誉れだ。祝福に預かろうと近所の人が親戚顔で訪れ、隣村の人まで噂を聞きつけて野次馬に来ている。

その英雄こと、レーヴェはベッドの中に横たわっていた。右頬を斜めにざっくり斬られていて、傷が開かないよう糸で縫った。固定するため、鼻の上を通って顔を真横に布で縛ってある。

ベッドの横に置かれた椅子にマティアスが腰かけ、ベッドに倒れ込む姿勢で張りついている。

「このかたをわたしの騎士にしてください。お怪我が治ってからでいいです。教会に迎えてくださるなら何でもします。聖史（エンスシーデン）の暗唱も、ご奉仕も」

うやうやとぐずってわがままを言っているのだ。そんな道理が通るわけはないと思うのだが、信じられないことに父親の司教はその気になっている。拒む理由が、この子は怪我人だから、この子の家は鍛治屋なのに、息子がいなくなったら困るだろうというくらいだ。レーヴェさえ行くと言えば、簡単に了承されてしまいそうな雰囲気だ。

優しそうな司教は、部屋の隅で緊張して立っている父親を見た。

「恩人、レオンハルトを騎士になさるおつもりはありませんか。ああご家業を継ぐのに、彼がいなければ困るのは重々承知しております。無理にとは申せませんが、もしもご一考の余地があるのならどうか」

「いえ、そんな。うちはレオンハルトなどいなくともかまいませんが、この子が、そんな騎士だなどと、大それたこと……お戯れがすぎます」

形だけでも必要だと言ってくれないものなのか。そんな嘆きを上回る司教の言葉に、レーヴェの心は嬲られている。

「いいえ、修道騎士となると難しいのですが、教会付きの騎士でしたら今から修行をすれば十分間に合います。しかしこんな立派な息子さんを修行に出せば、鍛冶のお仕事に差し障りましょうか」

「いいえ、少しも。その……、司教様」

父も動転している。

「息子は鍛冶屋の息子ですからそれなりに剣は扱えますが、騎士として通用するとはとてもとても……。教会にやってもご迷惑にしかなりません。恩義というならもう金貨もいただきました。マティアス様がご無事だったのは喜ばしいことですが、我々が教会のために働くのは当然のことです。息子にそこまでしていただく義理はないのです」

父の言葉にレーヴェもまったく同意だった。しかし司教は首を振る。


「恩義はもちろんあるのですが、わたしが申し上げているのはわがままなのです。ご子息を我が教会にくださらないかと、心からお願い申し上げているのです。決して悪いようにはいたしません。お願いです」

「し、司教様！」

膝をかがめる司教に、部屋中がどよめいた。

「お恥ずかしながら、この小さなマティアスの願いを叶えてやりたいのです。父親のわたしが言うのも恥ずかしいのですが、マティアスはこれまでわがままを言ったり、何かを強く欲したことがなかった」

マティアスのまだふくよかさを残した幼い手は、レーヴェのシーツをぎゅうっと握りしめたままだ。

「与えれば喜び、諦めなさいと言うと寂しい顔をして手を離す。そんな無欲な……聞き分けがよすぎる子どもです。彼が心底何かを欲しがったのは初めてなのです。マティアスはやがて、わたしの跡を継いで司教となるでしょう。そうなったときに心から信じられる存在が、必ず彼の側にいてくれる人間が必要なのです。それが騎士ならなおさらいい」

　司教は父とレオンハルトを見比べた。

「レオンハルトがいいと言ってくれるなら、彼を騎士見習いとして教会に迎えたい。しかし彼は優秀な鍛冶屋になりそうだと聞いています。お困りでしょう？」

「……いいえ、ちっとも」

　父の返事は容赦ない。今までも、特別大切にされているとは思っていなかった。まだ蹄鉄もろくに打てない出来の悪い半人前だ。それにしたって一応実の父親なのだから、一言惜しいと言ってくれてもいいのにと、さすがに何か文句を言おうと口を開くと父が続けた。

「薪拾いしかできない不肖の息子です。騎士なんて仕事が勤まるとは到底思えませんが、……鍛冶をさせれば蹄鉄くらい、打つでしょう」

　父の言葉に、レーヴェの胸はぐっと詰まった。一人前と認めてくれて、その上で教会に出すと言ってくれるのだ。父はレーヴェが騎士になりたいことを知っていた。それを知らんふりしてこの幸運に、レーヴェの身を差し出すと言ってくれるのだ。

「ありがとうございます。シュミットさん」

　司教が父親の手を取る。マティアスもぱっと立ち上がり「ありがとうございます」と言って小さな手で父の手を握りしめた。


　翌朝、教会巡行の一行は王都に向かって出発した。

　レーヴェは顔の傷が少し治まってから、身の回りを整えて改めて教会に行くという話になっていたが、夜明け前からあまりにも訪問客が多すぎた。野次馬を合わせると庭までいっぱいになり、家のまわりを取り囲まれるほどになってしまったため、顔に布を巻きつけたままのみっともない姿で、ハイメロート家が後見する従騎士として、荷馬車に乗せられて教会に上がることになった。

†　†　†

巡行は次の地に行かずに、一度教会のあるシェーンハイトに帰ることになった。

教会は大騒ぎになっていたらしい。マティアスたちが帰宅すると、自分たちの無事を祈るミサが行われており、マティアスの姿を見た途端、家人の女性たちが口々に自分の名を呼んで、泣きながら駆け寄ってきた。他の修道士も、女性たちも、大勢がマティアスの無事を喜んだ。母親などは巡行が襲われたと聞いて倒れてしまい、マティアスと夫が無事なことを聞いて、また倒れたのだそうだ。

それも夕飯を食べる頃には落ち着いていて、夜には神の加護によって危機を乗り越えられたことについて、ミサを行い感謝を捧げた。

マティアスには二つ年下の弟がいる。ヨシュカという男の子で、彼は母親に似た美しい金色の巻き毛の持ち主だ。

彼は夜になると自分の部屋を抜け出て、何か物語を聞かせてくれとマティアスのベッドに潜り込んでくる。

今日も白いぶかぶかの寝間着に裸足で、ろうそくもつけずに部屋に忍び込んできた。

「にいさま」

戸口のところから声をかけてくるから、マティアスはベッドの端により、おいで、とふとんを持ち上げてやった。

ベッドに這い上がって、冷たい手足をしたヨシュカが潜り込んでくる。きっと来るだろうと思っていたから、ろうそくは消さずにおいた。

「にいさま本当に大丈夫？　盗賊に襲われたのでしょう？　痛いところはなあい？　もう涙は止まった？」

「大丈夫だよ、優しいヨシュカ。神様とレーヴェが守ってくれたから」

髪を撫でるとヨシュカは隣で腹這いになって首をかしげる。

「新しい従騎士のことでしょう？　ぼくも見たよ。にいさまが連れてきたって聞いた」

「そう。レーヴェというんだよ。本当の名前はレオンハルト。仲良くしてね」

「うん。でも何だか大きく見える」

「十五歳だという話だ」

「十五⁉」

ヨシュカは不服そうに顔を歪めた。

「十五で従騎士は遅いのじゃない？　今まで何をしていたの？　誰かの従騎士だったの？」

十になったら王宮の貴族の屋敷に、小姓として上がることになっているヨシュカは、騎士の仕組みに詳しい。

「ううん。鍛冶屋の息子さんだからね、修行は今からだよ」

「小姓でもないの⁉」

「そう。全部今から」

その前に傷を治して、栄養を取り直し、父が言うには修行に上がるための行儀を身につけなければならないそうだ。

「でも、にいさまの騎士になる人なのでしょう？」

「そうだよ」

「もっと小さい頃から勉強した人がいいと思うよ。にいさまは司教になるのだし、王様にお願いすれば、位の高い修道騎士も遣ってくれるのに」

ヨシュカは将来、騎士の中でも修道騎士になる身の上だ。彼が修行に上がるのも修道騎士の家で、どの家に小姓として預けられるかはもう何年も話し合われており、うちにうちにと引っ張りだこのようだった。そのせいで目が肥えているのだろうが、自分は立派な修道騎士が欲しいわけではない。

「わたしも修道院に入ることだし、少し時間がかかっても教会付きの騎士になってくれたら大丈夫」

「そうかなあ……」

「それに、やっと見つけたんだ」

父には話していないが、ヨシュカにだけは話しておきたかった。自分は司祭になった時点で側近の騎士を迎えることになっている。どういう人がいいか

と想像したとき、いつも心に描くものがあった。

　マティアスは、ベッドの下に手を伸ばして一冊の絵本を抜き取った。小さな頃からお気に入りの絵本だ。版画に色をつけた、文字の少ない絵本だったが、マティアス秘蔵の本だった。

　マティアスは仰向けになって本を翳し、もう開きグセがついてしまったページを開けた。

「これに似てない？」

　鉄兜を被って天に剣を翳す騎士の場面だ。吹き荒れる嵐の中、騎士が剣を光らせ、頭上から降りかかる大きな黒い何かと戦っている。

「勇者アウルヴァング！」

　ヨシュカが喜んだ。子どもなら誰だって大好きな話だ。

「そう。大陸を滅ぼそうとした大魔女へクセンナハトと戦った聖なる勇者」

　世界を滅ぼそうとした大魔女に一人立ち向かった勇敢な騎士だ。銀色の髪に、岩をも砕く祝福された聖剣。聖史を高らかに歌い、世界を呑み込むほどの邪悪で強大な魔女を、その豪腕で斬り伏せる。

「とても勇敢だったんだ」

　ずっとこういう人が騎士になってくれたらいいと願っていた。とうとう今回、それを見つけたのだ。

　ヨシュカはうーんと、首をかしげ、そういえば似てるかも……？　と考え込んだまま眠ってしまった。


　正直、教会の言う行儀をナメていた。

　レーヴェは井戸の側の桶からひしゃくで水を飲んで、ため息をついた。

　教会に引き取られたレーヴェは、騎士になるために王城か貴族の屋敷に、従騎士として修行に上がらなければならない。

　てっきり、頬の傷が落ち着いたらすぐにそこにやられるのだと思っていたが、教会に勤める騎士が渋い顔をした。

　王城に上がれるほどの躾がなっていないというのだ。このまま宮殿に出せばハイメロート家の恥、何より幼い頃から修行を積んできた同期の従騎士たちに馬鹿にされて、つらい目に遭うばかりだろうということだ。

行儀ごときでそうまで言われるだろうか。ただでさえ従騎士として城に上がるには遅い年齢だ。特訓しても早くて半年はかかると言われたとき、レーヴェは内心いぶかしく思ったが、司教もマティアスの母も、他の教会付きの騎士も同じ意見のようだった。王城に上がる前に、まずはハイメロート家で行儀作法の勉強をすることになった。

行儀と言ったって、気取った歩きかたや礼のしかたを覚えればいいのだろうと思っていた。そんなことは鍛冶屋の修行に比べれば優しいもので、教会の人間だから自分を殴ったり、できなかったら父のように桶の水をぶっかけたりしないから、遊戯のようなものだと思っていた。

教会の人間と、教会の騎士は確かに優しかった。

優しく夜明けと共に起こされ、優しく礼拝へ連れていかれる。朝の祈りは村でのように簡素ではなく、跪いたまま長い長い祈りの時間から始まるもので、膝が痛み、背中がバリバリに凝り固まった。しかもしばらくすると朝だと気づいた腹の虫が鳴り始める。それでもまだ礼拝は半分にも達していない。

ミサが終わると朝食。そこでは修道騎士がテーブルマナーを優しく教えてくれ、間違っても怒鳴られたりはしないのだが口に入れる直前まで進んでいても、間違えると初めからやり直しを命じられるのだった。皿の上のものをフォークで刺して口に運ぶまでのあいだが非常に長い。指で摘まんで口に放り込めたらと何度も思ったが、これが修行なのだった。

剣の持ちかた、銀の磨きかた、食事は朝食と宮廷料理、皿の代わりのパンを使ったときの食べかた、教会風、ミサの食事と、従騎士の作法。しかもレーヴェは左利きだ。王宮に上がるとナイフを持つ手が厳密に決められている。ただ切るだけがうまく切れない。刃物のせいではない、切りにくい。カチャカチャと音が立ち、ナイフを落とす。口に入れれば済むはずの食事が途方もなく難儀だ。

礼の仕方、並びかた、口の利きかた、服装は形から色の選びかたまで細かく決められている。そして難関は文字だ。何しろ今まで数字を書くのがせいぜいだったから、朝から晩まで暇を見ては書き通しだった。これは、奥方から使用人の女、司祭まで手が空いた者が、常に誰か彼か教えてくれるという状態だ。聖史は取り敢えず書き写せなければお話にならないのだそうだ。人が殴り殺せそうな厚さの本を書き写すなど、一生かかっても無理だと思っていた。しかもゆくゆくは手本がなくても聖史を書き出せるようにならなければならない。そんなことができる人間など本当にいるのかと尋ねたら、マティアスができるのだそうだ。そう言われても到底信じられず、マティアス本人に本当にできるのかと尋ねたら、《お手本が欲しいの？　どこ？》と尋ねられてしまった。まだ七歳のヨシュカも大体覚えているというのだから、絶望的だ。

あいだで行う家の仕事がレーヴェニの息抜きだ。薪割りをすると凝り固まった背中に血が通う。馬の餌やりを手伝うと馬の目の優しさに心が和んだ。こうなってくると聖史の勉強や行儀の練習が余計つらいものに感じられる。だが、一番大変な仕事は別にあった。

マティアスの世話だ。

「起きてください、マティアス様。もうじき礼拝の時間です」

「起きてる……起きてるよ……」

マティアスの言うことが本当なら死人だって起きている。

マティアスは非常に寝起きが悪い。どこまでがシーツで寝間着かわからないくらい、くしゃくしゃに丸まってベッドの上に転がっている。呼んでも生返事はするが目は開けず、呼び続けるとだんだんそれも聞こえなくなってゆくように返事の声が消えてしまう。無理矢理抱え起こしてもふらふらで、ベッドに座らせて着替えさせていると、うしろに倒れてまた眠ってしまうのだった。そればかりではない、食が細く、冷めた食事を与えるとすぐに気分が悪くなる。そしてマティアスは優しすぎて、人を弔う仕事のくせに、人が死ぬと泣いてすぐに熱を出して弱ってしまうのだった。

羊以下だとレーヴェは思っている。弱さの代名詞の羊だって、明るい芝の上に放り出せば、草を食べながら一人で健康に過ごす。それなのにこのマティアスときたら、人の手を借りずにまったく生きられる気がしない。

マティアスを一生懸命起こしていたら、金髪を鳥の巣のように乱したヨシュカが部屋に入ってきた。彼はすでにきちんと着替えていて、髪は母親に梳いてもらうのが常だ。

「おはようございます、ヨシュカ様」

「おはよう、レーヴェ。にいさま、起きないと、お祈りが始まるよ。レーヴェを困らせては駄目でしょう、にいさま」

ヨシュカはベッドに近づいてきて、細い手を伸べ、マティアスの寝間着を摑んでゆさゆさと揺さぶりながら声をかける。

天使のような美貌だが、ヨシュカのほうがよほどしっかりしている。レーヴェよりもはっきり身の振りかたや人生の計画を持っているヨシュカは、すでに騎士たるものどうあるべきかという自覚が備わっているようだ。その厳格に自分を律する矜恃を、少しマティアスに分けてやってほしかった。

「……今日はお天気？」

「ええ、いい天気です」

「礼拝堂は寒いかな」

「織物を多く持っていきます。さあ、起きて」

やっと起き上がったマティアスに白湯を飲ませて礼拝堂に連れてゆく。帰ったらすっかり身体が冷えているからまた白湯を飲ませて、身体を温めてから食事をさせる。とにかくこの人は生命力が低い。起きて飯を食う。自分が人生のついでに行っていることがマティアスには何よりもつらい大仕事のようだった。

「おはよう、レーヴェ。マティアスが手をかけるわね」

「おはようございます、奥様」

マティアスを支えながら階段を下りていると、下から見ていた奥方が声をかけてきた。片手に長女を連れ、まだ乳飲み子の次女を抱いている。

「母上、髪をお願いします」

「あらあら、ヨシュカ様はこちらへ。ばあやのところへおいでください」

「んー。母上がいいなあ」

「礼拝が終わったらお茶にしましょう。だから頑張って。ね？　ヨシュカ」

ヨシュカとまったく同じ金髪碧眼の美貌の奥方は、ヨシュカを宥めて世話係にヨシュカを預ける。

これがハイメロート家だ。あたたかで清らかな家族の中で生活をし、勉強に明け暮れ行儀作法の稽古をする。

今日の礼拝堂はひどく寒かった。

マティアスは寒がりだが、礼拝はどれほど寒くても一瞬も緩むことなく、震える指を組み続け、紫色の唇で祈りの言葉を捧げる。

それが終わり、朝食を取って身体を休め、しばらくするとようやくマティアスは、普通の弱々しい子どものようになった。

聖史を研究している高名な大司教が来るまで休憩すると言って、マティアスはレーヴェが馬の世話をするところを見に来ていた。蹴られては大変なので、少し離れた石の上にマティアスを座らせ、背中で話を聞いている。

「レーヴェ。馬に乗れる？」

「乗れますよ。軍馬には乗ったことがありませんが」

「騎士になったら父上が買ってくれると思う」

「ご期待に添えるよう、頑張ります」

身体が大きく筋力のある軍馬は、一頭で屋敷が買えるような値段だが、戦場に出る騎士の必須だ。ハイメロート卿から、騎士になったら買ってやると言われていて、レーヴェもそれを励みにしている。

「マティアス様も、馬に乗れますね」

巡礼のときに見た。おもちゃのような小柄な馬だったが馬は馬だ。大人になれば、足の速い、移動用の細い馬に乗らなければならないだろうが、今はそれで十分だ。

「乗れる、っていうか、乗せてもらってるっていうか……」

一応わかっているのか、と思うと軽く笑いがこみ上げた。馬は賢い。そして優しい。か弱いマティアスを乗せてやっているのだ。馬なりにずいぶん気を遣っているだろう。

「大きくなったら馬を自由に乗りこなしたい。今、レーヴェがお世話をしている馬くらい」

「こいつは速いですよ。それに案外馬力がある。この馬に？」

「そう。やってみたいことがあるんだ。行ってみる？」

「どちらへ？」

「秘密の場所」

そう言われればついて行かざるを得ない。

マティアスを前に乗せ、手綱はレーヴェが握った。馬は賢く穏やかで、教会の馬のせいか、いろんな人を乗せ慣れているから安全だった。

マティアスの言う通りに走ると、山道に入った。急坂をものともせず、馬は少しも速度を緩めない。

小さな山で山賊が出るようなところではないが、人気もないし、突き当たりはたぶん崖だ。

そう思っているあいだにも、山の終わりが見えてきた。案の定崖だが、その手前に奇妙なものがある。

「ずっと気になっていたことがあってね」

大きな岩石だった。人の手が入っているとしか思えない、ほとんど真円に近い丸で、直径はレーヴェの身長ほどもある。

地面に接している部分は軽く土に埋まっていて、だが馬で蹴れば押せそうだ。

この崖から転落する様子は容易に想像がつくが、下は何だろうか。森ならいいが、民家があれば一大事だ。

そう思いながら、崖の下をそっと窺うと、崖の真下にぽっかり森が穴を開け、その下に——泉がある。

こんなところに泉が、と驚くより前に、それが何であるかレーヴェにはわかってしまった。

ハイメロート家が管理する奇跡の泉だ。彼らの礼拝堂そのものだった。それの真上だ。そこにこんな人工的にも思える石があるとはどういうことだろう。誰が何の目的でこんなところに置いたのか——いや人が運んだというには無理がある。何しろここは山の上だ。上り坂を転がして運ぶなど無茶すぎるし、そもそもそうする意味がない。

マティアスは、崖から離れた場所から、背伸びをして泉を覗いた。白い法衣が風に翻っている。

彼は天使のような柔らかい笑顔を浮かべてレーヴェに問いかける。

「これを落っことしたら、みんな平等に泉の水を浴びられるんじゃないかって」

一年に一度汲まれる奇跡の水は、病の者や弱者に分け与えられるけれど、それでも圧倒的に量が足りず、不平等もあり、人々は文字通り奇跡を待つしかない。

確かにこの岩をここから落としたら、泉の真上に落ちて、あらん限りの勢いを持って、水は四方に飛び散るだろう。正面に、横に、斜め上に、そして天に向かって。それこそ本当に分け隔てなく、平等に人々の頭上から降り注ぐ。

とんでもないことを考える人だ——。

冗談なら笑えるところだが、この人が本当に《いいアイディア》だと思っているから困る。

何と言えばいいかわからず、呆然とマティアスを見ると、マティアスが意味ありげに乗ってきた馬を見る。

「しませんよ！」

そんな恐ろしいことはマティアスの頭の中だけで行うべきで、実際そんなことをしたら後世に残る悪事になってしまう。

青空を背に法衣をなびかせながら、マティアスは得意げに、にこりと笑った。

「わたしの秘密はこれだけ」

「十分です」

眺めていると、本当に蹴り落とせそうな気がしてくるところが怖い。

「馬に乗せて。レーヴェ」

「いい考えです。帰りましょう」

鐙に足をかけさせ、彼の腰をよいしょと持ち上げる。その背後にレーヴェも跨がった。マティアスの言葉を信用して、世話係にはすぐに帰ると言ってある。

「レーヴェはいつから馬に乗れたの？」

「小さい馬は五歳くらい。このくらいの馬は十歳くらいですかね」

「すごいね」

「鍛冶屋の配達に行くのに必要でしたし、剣も束になると、このくらい大きい馬じゃないと重くて無理ですから」

「わたしは何歳くらいになったら一人で乗れるんだろう」

「さあ。どうでしょう」

と応えたが、マティアスには無理だと思っている。乗れるには乗れるだろうが、それはやはり馬の好意に甘えているに過ぎず、馬と信頼を交わして、人馬一体となりつつ全力疾走させるのは無理だろう。しかし、マティアスはこの先司祭になるのだから、早駆けできる大型の馬に乗る必要はなく、必ず護衛の騎士がつくか、基本的には馬車に乗る。今マティアスを悲しませる返事をする必要はない。

「そっか……」

マティアスの返事は寂しそうだった。

——与えれば喜び、諦めなさいと言うと寂しい顔をして手を離す。そんな無欲な……聞き分けがよすぎる子どもです。

ハイメロート卿の言葉を思い出した。

「俺が馬をもらったら、一緒に乗ってくださいますか？」

確実な約束はそれだけだ。マティアスの成長は読めないが、自分は努力すれば騎士になれる。努力なら必ずする。

「ほんと？　楽しみにしていいの？」

「はい。さあ、走りますよ？　掴まっていてください」

軽く馬の横腹を蹴って合図すると、馬が喜んで駆け出す。マティアスが楽しそうな笑い声を上げるから、わざと花がきれいに咲いている道を選んだ。


午後からマティアスは隣国から訪問している大司教を迎え、父の供をして礼拝堂で勉強会を行っている。レーヴェも午前中の仕事を終え、言いつけられた書き物の課題も終えて、自由時間を迎えていた。

レーヴェは、ハイメロート家の鍛冶場を訪ねてみることにした。法具や儀式に使う金具は多い。農具や釜など一般的なものは鍛冶屋で買うが、特別な金具は庭の端にあるハイメロート家の鍛冶場で作っているらしい。

行ってみると小さいながらも、ちゃんとした鍛冶小屋があった。小ぶりな炉が二つあり、二人の職人と数名の手伝いが働いている。

「鍛冶場をお借りしたいのですが」

「へえ、兄ちゃん、鉄が打てるのかい？」

「……少し」

鍛冶屋の息子で、馬の蹄鉄が打てる。そう言うと別の仕事が発生してしまいそうだから、これはハイメロート卿に相談してから打ち明けるべきだろう。

「鉄を少しわけてください。細工をするので銅も交じっていたほうがいい」

鍛冶場は小さく、銑鉄などは置いていないようだ。くず鉄を分けてもらって、炉で炙って合金を叩く。

「上手いもんだな、兄ちゃん」

「お邪魔でなければ数日通わせてください」

「そいつはかまわねえよ。ああそうだ。小刀は打てるかい」

「はい」

「じゃあ、来たとき少し手伝っておくれ」

これで交渉成立だ。

銅を交ぜて柔らかくした鉄で部品を作った。モノ自体は小さく簡単だがバランスが重要な品物だ。

細く細く伸ばした鉄を弧に曲げる。まったく同じものを二本作るとなると少々の腕が必要だ。流線型の馬の身体。本物を思い出しながら肢を四本、尻尾はなびいたほうが格好がいい。

ちょうつがいの細工をしていた女性が、レーヴェの手元を覗きに来た。

「器用ね、何を作っているの？」

「秘密です」

マティアスのために、手のひらに乗るくらいのロッキングホースを作ってやろうと思っていた。彼はこの先も大きな馬に乗れないだろうし、自分が馬をもらえるまでにはまだ時間がかかる。それまでこれを揺らして楽しんでくれればいいと思っていた。

「もしかして馬かしら？　置物？」

「いえ。置物にはしないと思います」

贈り物なら断然置物のほうがいい。なのになぜ前後に揺れるロッキングホースかというと、――あの崖から岩を蹴り落としたいマティアスの心が、少しでも満足すればいいと思ったからだ。

今のレーヴェの生活を見れば、贅沢なことだと両親は驚くだろう。

衣食住はもちろん、文字は司祭が、行儀作法はハイメロート家の女官や騎士が、儀式は教会の見習い修道士が教えてくれる。

本来ならこれらは、高貴な家に生まれた子どもが小さい頃から教育され、十歳になる前から貴族の屋敷に行儀見習いに出されて与えられるものだ。そしてレーヴェの年齢の頃にはすでに従騎士として働きながら、騎士となる最後の訓練を受けていなければならなかった。しかしレーヴェは、屋敷に来た瞬間がスタートだ。

来年、春が来れば、今まで他家で訓練を受けていたような顔で王宮に上がるべく、レーヴェには朝も夜もなく、生活のほとんどを訓練として過ごす必要があった。苦しいが、教会の人間がよってたかって教育してくれるなど、どれほど金を払ったって望めないことだ。万が一にでも努力不足で城に上がれないことなどあってはならないと、レーヴェも寝る間を惜しんで勉強している。しかも贅沢というならとびきりのものがあった。

「真ん中辺りから読んでみて」

聖史の勉強はマティアスが見てくれるのだ。

寝起きが悪くても食が細くても、マティアスは未来の司教で、鼻歌のようにどこからでも聖史を易々と唱えることができた。

身体は弱いが、マティアスは修道士としての能力にかなり高い評価を受けていて、もしかしたら一教会の司祭に収まらない才能だと言われているらしい。そんなマティアス直々の講義だ。教会に勤める修道士の中には、頬を切ってマティアスの教えを受けられるなら自分も切ると泣き出す者もいたらしい。

「……魂の、けが……穢れたる、者、しかしこれ、を、悪し、見なすに……あたわじ。魂は、すべて神たる天の……、創造物、によりて……。よりて——……」

「生まれ出るときには皆清らかなる者なり」

読めないところはマティアスがそっと足してくれる。

辛うじて文字は読めても、言葉が難しくて意味がわからないことのほうが多かった。古代の文字で書かれているだけでなく、単語も文法も、喋っている言葉とは全然違うからだ。唇から流れ出るように神の言葉を唱えるマティアスは、レーヴェからすれば、ほとんど魔法使いだ。

「ここはとても重要なところで、王宮に入っても繰り返し読まされると思う。これが何の話だかわかる?」

「魔女、ですか?」

拾い読みする単語と、挿し絵から何となく想像できるだけだ。

「そう。魔女と呼ばれて忌み嫌われる存在だけれど、彼らも生まれたときは皆、清らかな魂を持っているから、必ずしも救いがたい存在ではないということ」

「しかし、魔女は悪だと聞いています。じゃないと呪いなんか使うはずがないと。人間だって人を憎みますが、呪いは使えない」

人が立ち入らない、切り立った谷の奥深くに魔女の一族が住んでいて、人里に下りては人を呪うのだそうだ。視力を取り上げたり、手足を動かなくしたり、人を裏切らせたり、恋人を殺したり、農作物を枯れさせたりと、人が苦しむことばかりをする。そもそも彼らが人を呪えるのは、彼らに善い心がひと欠片もないゆえだと、小さい頃から村で言い聞かされて育った。

マティアスは、レーヴェの本を見つめたまま穏やかな声で話す。

「魔女は生まれつき呪う。でも呪わないことを選んで幸せに生きている者もいる」

「そんな魔女など聞いたことがありません」

「それには絡繰りがあるんだ。呪いが起こる。犯人は魔女だ。だから全部の魔女が悪いと思われている。枝の数本が枯れているだけなのに、枝だけを見て木が枯れていると思うようなものだよ」

「人を呪わない魔女は、人と会わない……？」

「そうだね。人を呪って初めて魔女は魔女だと人間にバレてしまう。呪わない魔女は人と会わないか、人から魔女だと思われていない。なぜなら人を呪わないから」

自分のしっぽを噛んだ蛇のような、ぐるぐる回る理屈だ。

「魔女は人を呪いやすい性質なだけだ。本気で人を憎む者はごくわずかだ。彼らの中には呪う者を見つけられずに、己を呪う者もいる。心の支えがあれば、彼らは人を呪わずに済む。人を呪ったことがある魔女も何とかして救ってやりたい」

マティアスは、本に書かれた魔女の挿し絵を、指先でするすると撫でた。

水仕事などしたことがない柔らかく白い手でそうされると、魔女だって改心してしまいそうだ。

翌日の朝、バルコニーで会ったヨシュカが、聖史の勉強は進んでいるかと尋ねてきた。

「——兄上がそんなことを？」

昨夜は魔女の話を聞いて、マティアスがそれさえも救ってやりたいと慈悲深いことを言ったと話すと、ヨシュカは厳しく眉をひそめた。

「魔に近づいちゃいけない。司祭たちも、他の者だって。戦うとか、勝てるとか、自分だけは大丈夫だとかではなく、見ようとしてはいけない。興味を持っちゃいけないんだ」

「オレもそのように教わって育ちました。しかしマティアス様は、魔女にも生まれつき悪い者はいないとおっしゃいます」

マティアスが正しいと思う。しかしヨシュカの言うことも正しいと思う。呪われないためには近寄らないのが一番だ。自分は誘惑などされないと思っても、文字通り魔が差すときだってある。

でもそうしたら、誰が魔女を救うのかとマティアスは問う。

「あっ、母上」

ヨシュカはちょうど通りかかった母親に駆け寄った。ヨシュカが先ほどの話を要領よく彼女に伝えると、彼女はやるせなさそうな表情で頬に手を当て、レーヴェを見た。

「レーヴェ。あなたにお願いがあります」

「はい、奥様」

主夫妻に頼まれ事をするときは、目の前に跪いて承るのが騎士の行儀だ。マティアスの間違いをすぐさま訂正すべきだったのか。まだ判断材料がおぼつかない自分に、聖母のような慈しみ深い、少し悲しげな顔で母親は言った。

「マティアスの一番側にいて、あの子を守ってやってください」

「も、もちろんです」

「あの子は特別な子です。わたしたちの想像もつかないことを考える。わたしたちではあの子を守れない日がいつか来るでしょう。そのとき、あなたがマティアスの側にいてほしいのです」

夫妻がマティアスを守ろうと懸命なのがレーヴェにも伝わってきた。ハイメロート卿が、ただの村の子どもだった自分を騎士見習いとして受け入れてくれたのだって、マティアスを守りたい一心に他ならない。

母親はヨシュカの絹糸のような髪を撫で、立ち上がったレーヴェを見上げた。

「あの子は生まれたとき身体が弱く、十歳になるまで生きられないと言われていました。魔女を助けるなんて天使のような心根なのは、半分魂を天に置いてきたからか、天が一番近いせいかしら」

「奥様」

「今はもうそんな心配もないのだけれど」

苦笑いの母親の言葉にレーヴェもほっとした。マティアスはみんなに愛されている。ふくれっ面のヨシュカだって、マティアスが心配だから怒っているに違いないのだ。

鉄を火で炙るような一年間だった。

特訓の炎で真っ赤に焼かれて力尽くで型に押し込められる。焼かれた鉄は必死でその型を覚えようとし、何とか塡まれるようになったからには、その形を忘れないうちに冷たい城に放り込んでほしかった。

レーヴェが従騎士として城に上がる日は、秋にしようと言われていた。だが他の司祭が今すぐのほうがいいと進言したそうだ。

マティアスが司祭になるのが、予想よりも早まりそうだという。司祭の仕事を始めると、必ず側に騎士がいる。ただでさえレーヴェは普通よりも二年も遅れて城に入るのだから、少しでも早く叙任を受けて、教会に戻ってきてほしいというのだ。

不安だったがやるしかなかった。ほんの一年過ごしただけだが、マティアスはひ弱で勇敢で、そして非常に頭がいいのがわかった。何を思いつくか想像がつかない。母親が言う通り、目を離したら何をしでかすかわからない危うさがある。到底一人にはしておけない。だからといって騎士の立場を他の誰かに譲りたくはない。

一番早い季節——春に城へ上がるというと、マティアスは泣いた。自分が修道院に入る秋まで一人で過ごすのが寂しいと言うのだ。昨夜まで嗚咽で食事もできないほどだったが、早く行く分早く帰れると説得すると何とか納得してくれて、翌朝になってだいぶん落ち着いたようだ。

今朝も目を真っ赤にしたまま、見送りに出てきた。マティアスが手を伸ばして右頬の傷に触れている。今はもう赤みも消えて、桃色に光る傷痕になっている。

「顔の傷だけでも消していけばよかったのに」

先週が泉の祭りだった。奇跡を受けた泉の水で傷を洗えば、傷痕くらい消えそうなものだが、勧められるたびレーヴェは辞退している。

「もう痛みもしないのです。教会の仕事に差し支えがなければこのままで」

「確かに泉の水には限りがある。病気のかたのために遠慮しているのはわかるけど、王城に上がるのに、恥ずかしい思いはしないか?」

「いいえ、これは俺の誇りです。そして未熟さを戒める傷でもあります」

マティアスを守った傷だ。そして素のままの自分では、まったくマティアスを守れないことを己に知らしめた傷でもあった。

騎士にふさわしい技量を身につけてくる誓いだ。そしてあのときの心を忘れないための、魂に刻む傷痕だった。

「でも、知らない人に、傷をからかわれたら……」

そう言ってマティアスは声を詰まらせる。頬に零れる涙を指で拭ってやりながら、レーヴェは首を振る。

「平気です。それよりもマティアス様が、オレが城に行っている間、毎朝起きてくれるかどうか、そちらのほうが心配です」

一年経ってもマティアスはいぎたないのだった。

「それは……頑張る、けど……」

歯切れの悪いマティアスに、レーヴェは手にして

いた包みを差し出した。

「これは……?」

麻の布を開くと、手のひらに乗るくらいの、鉄のロッキングホースが現れる。マティアスは大きな目を見開いて、馬とレーヴェを見比べた。

「レーヴェが作ったの⁉」

「はい。すっかり時間がかかってしまいましたが」

炉がなかなか空かなかったから時間がかかってしまった。鍛冶場の仕事をだいぶん手伝った。レーヴェの鍛冶の腕を見込まれたというのもあるが、他に理由があった。

あの鍛冶場からとある金属が出された。北の霊峰から掘り出され、特別な祝福を受けたハイメロート家秘蔵の鋼で、名を天降石——燃え尽きた星が鉄になって地上に落ちたという特殊な金属だ。それは驚くべきことに、レーヴェの父に託されたのだ。

——これで、レーヴェの剣を打ってください。きっと新しい騎士にふさわしく、教会とマティアスを守る素晴らしい剣になるでしょう。


ハイメロート卿にそう言われて鋼を託された父は泣いた。教会の剣を打つのは鍛冶屋の夢だ。鍛冶士としてこれ以上の誉れはない。

早速父は、兄を連れて山に籠もったそうだ。その間、他の注文は受けず、母が小さな刃物を打って暮らしてゆくことになる。

その恩義もあって、手伝いに熱が籠もってしまった。ちょうど春の祭りに向けて、多くの金具を新調する時期と重なってもいた。

馬は手伝いが終わったあと、残り火でちまちま作ったのだが、上手くゆらゆら揺れるものができるまでにもだいぶん時間がかかってしまった。

レーヴェは鉄細工の馬を、マティアスに渡した。

「必ず本物の馬をいただける資格を持って、帰ってきます。だからそれまでこれで」

「うん……!」

そう言って泣きながら笑うマティアスに、飾りの少ない鉄の馬はよく似合っていた。

「勝者、レオンハルト！　そこまで！」

　周りを囲んでいる少年たちがわっと声を上げた。

　レーヴェの目の前には、剣を落とした従騎士が尻餅をついている。この秋に叙任を受ける年長の青年だ。レーヴェの叙任にはまだ一年以上ある。大金星だ。

「今日の訓練はここまで。フェリックスは叙任式に気を取られすぎないように。レオンハルト、よくやった」

「はい」

　靴も履き慣れた。鎖帷子のベストも着慣れた。剣がどうすれば一番素直に応えてくれるかは、鍛冶屋の息子であったから機微まで見えていたし、どうすれば相手に届くかも剣が手のひらに教えてくれた。

「アイツ、村から拾われてきた子どもで、小姓に上がってないんだってよ？」

「ええ？　教会から来たって言ってなかった？」

「潜り込んだっていう噂。鼠みたいだ」

　そんな陰口も聞き慣れた。貴族でもなく小姓に上がった経験もなく、特訓を受けたとはいえ、あちこちに無作法が出る自分に、生え抜きの騎士の卵たちの目は厳しく、容赦なかった。馬鹿にし、悪口を浴びせ、村で馬糞集めの貧しい暮らしをしていたと、でたらめな噂を立てられた。ハイメロート家が後見だとわかれば、今度は姉がハイメロート卿の愛人だという噂が立ったが、残念なことにレーヴェには姉はいない。

　ただ自分たちを教育してくれている騎士や修道士は優しく、レーヴェの実力を存分に評価してくれた。腕が立つレーヴェを自分の隊に引き入れようと（そうなると自動的に教会のうしろ盾も得られるから）熱心に誘ってくれた。

「調子に乗るなよ？　貴族でもないくせに」

　さっき地面に転がっていたフェリックスがすれ違いざま吐き捨てる。

　自分に吹きつける向かい風のすべては、レーヴェにとって苦痛ではなかった。自分に必要なのは、マティアスの側にいるために必要な騎士の位と、彼を守るための実力だけだ。権力も身分もいらない。自分は叙任を受けるまでのすべての時間を使って、騎士の実力を最大限まで引き上げようと、心に固く誓っている。

フェアズンケン本部修道院で鳴る鐘の音は大きい。ほとんど宙で左右に揺れる鐘を、二階の窓からマティアスが眺めていると、階段の下のほうから自分を呼ぶ声がする。

「マティアスー！　マーティアース！」

転がり込んできたのは、腕に本を抱えたイザークだ。彼はそばかすだらけの顔に驚きの表情を浮かべて、マティアスに向かって右手を大きく広げた。

「すごい！　すごいよ！　今司教室に知らせが来て、この間の試験、マティアス、満点だったって！」

「そうなの？」

「すごいよ、本部から大司教のお褒めのお手紙が届いてるらしい。それを特別ミサで読み上げるから、今、いつにしようかって、先生たちが話してる！」

「立ち聞きしてきたの？」

「ううん、通りかかったら聞こえてきたから、扉に耳をつけただけ！」

「う、ん……？」

「ホントにすごい！　寝坊のマティアスが！」

それがここ、修道院に入ってからの、マティアスのあだ名だ。教会でぬくぬくと育った子どもは寝坊が多いが、その中でも一番寝坊でミサに遅れるのがマティアスだった。レーヴェと約束したから頑張ろうとは思っているが、眠っているのだから頑張りようがない。

「大司教候補に入れるかもって、先生たちが言ってるみたい。わたしもそう思うよ！」

「ありがとう。そうだといいんだけど」

「それに卒業の挨拶はマティアスだってみんな言ってる」

「ご指名があれば承るよ」

春が来ればここでの勉強は終わりだ。ここにいる子どものほとんどが教会の子どもで、卒業すればそれぞれの教会に帰って司祭としての本格的な道を歩み始める。

「さすがだなあ！　でもきっとマティアスならできるよ、寝坊さえ直れば！」

「う、うん……」

「ところでその馬は何？」

イザークは窓辺に置いているロッキングホースに目を留めた。レーヴェにもらったロッキングホースだ。勉強中に頭がぼんやりしてきたり、考えすぎて悲しくなってくるとこの馬を揺らす。レーヴェが騎士になったら、本物の馬に乗せてもらって草原を走るのだ。そのときにはきっと、自分も立派な司祭になって——。

「秘密」

マティアスはそう言って、肩をすくめた。

「何だよ！　特別なお祈りに使う馬とか⁉」

「秘密だよ」

「ハイメロート家の秘術とか⁉」

秘法や秘術より、もっともっと秘密だ。なぜならこれはレーヴェと自分の、夢を乗せた馬なのだから。

「秘密って言っただろう？　それより、もうすぐ春だね」

自分はここを出て、司祭として教会に帰る。

父から手紙が来ていて、マティアスはそれを何度も繰り返し読んだ。レーヴェもこの夏、予定通り叙任を受けるそうだ。


「もう一回見に行ってくる」

「マティアス様。さっきからいくらも経っておりません」

テーブルから立ち上がると、女性の世話係がそう言うけれどさっきはさっき、今は今だ。この瞬間にレーヴェが丘を越えてくるかもしれない。帰ってくるかもしれない。

「いい。見に行ってくる。駄目だったら戻ってくるよ」

「ベアテに捜しに行かせたのでしょう？　まだ戻ってくる様子はございませんよ」

　ベアテというのはマティアスの鷹だ。小さいけれど賢くて、特に捜し物を頼むと、一番先に見つけて知らせてくれる。

「すれ違ったのかもしれない。行ってみる」

　今日、レーヴェが城から帰ってくることになっている。

　泉の教会から城に出仕しているエイドリアン司祭から、無事レーヴェが叙任を受けたと早馬が届いた。レーヴェの翌年、王城に入ったヨシュカからも文が届いている。

　叙任を受けた夜は、ミサと祝福が続く。翌朝王城でミサを終えてから、配置場所へつくのが通例だ。もうそろそろ帰ってくる。

「――……！」

　マティアスが扉を開けると、急に風が吹きつけた。

　風は冷たくなく、法衣の中に滑り込んで爽やかに肌を撫でてゆく。

　庭を走って門に向かった。道の脇に黄色い小さな花が咲いている。門の向こうには青紫の花の群生が広がっていた。

　緑萌える初夏だ。葉は柔らかくつやつやと光り、風は奔放に坂から駆け下ってくる。

　マティアスは門の側で背伸びをしてみた。丘を覆う葦がなびくばかりでレーヴェの姿はない。飛び跳ねて、少しでも遠くを見ようとした。それでもまだ人影のようなものはない。

　しばらく待ってみたが帰ってこない。

　朝から念入りに礼拝を行った。レーヴェの帰還を喜び、叙任を見守ってくれたことを感謝する。食事も胸がいっぱいでほとんど喉を通らず、読書をしても気もそぞろだ。そうしているうちに昼が近づいて、いつ帰還してもおかしくない時間になるといてもたってもいられなくなった。もしかして早めに帰ってくるかもしれない。司祭の説教が長引いたとしても、そろそろ帰ってきてもいい頃だ――。

　何度も外に出てみたが、レーヴェは帰ってこない。

もういい加減に帰ってくるに違いないが、そろそろ誰かが呼びに来るから一度家に戻ったほうがいいだろうか。

そう思ったとき空にベアテが見えた。大きく旋回しながらこちらに近づいてくる。何かを見つけた合図だ。丘の向こうに目を凝らすとこちらに走ってくる馬がある。

顔は見えなかったがレーヴェ以外の誰だというのだろう。

「レーヴェ！」

大きな声で叫んで手を振った。供をつけずに外に出てはいけない。走る馬の前に飛び出してはいけない。レーヴェに重々約束させられていて、わかっていても駆け寄ってしまいそうな身体を押さえつけるのに必死だ。みるみるうちに馬は近づき、その上に鎧を身にまとった男の姿が見える。

大きく手を振る。気がつくようにと何度もその場で飛んでみる。

「マティアス様！」

風の隙間を縫う、銀の針のような声がかすかに届く。

「レーヴェ！　お帰り、レーヴェ！」

驚いた顔をしている彼が、馬の手綱を引く。

そんなことをしないで一瞬で駆けてきてくれればいいのにと、その数秒が待ち遠しい。

「マティアス様！」

離れた場所で馬を下りて、走ってくるのは間違いなくレーヴェだ。銀の鎧に身を包んだ姿は、想像よりも美しかった。銀髪と相まって、清らかな渓谷に住む狼のようだ。

手を伸ばす。指を開いて彼に差し伸べる。彼が側に来てくれるのを待とうと思ったのに、我慢しきれずに数歩走って飛びついてしまった。

「レーヴェ！　お帰り！　お帰り――！」

磨かれた鋼のにおい。陽に焼けたなめらかな肌。自分を平気で抱き留めるたくましい腕。本当にレーヴェだ。

レーヴェは相変わらず力いっぱい抱きしめるよう

なことはせず、優しくマティアスを抱き支えながら、それでも珍しくそっと抱き返してきてくれた。

「待っていてくださったのですか？　お待たせしました。今帰りました」

　近くで見上げるレーヴェの凛々(りり)しさに震えが来そうだ。

　瞳は《狼の目(ヴォルファウゲン)》とも呼ばれる冷たいアンバー。髪は青みがかるほど研がれたシルバーだ。虹彩を見る限り神話世代の狼の系譜なのだろう。まるで鋼の聖剣が生身を持ったような姿だ。彼の身分にふさわしく装飾が控えめな鎧は（マティアスはできるだけいいものにしてくれと頼んだのだが、過分なものを与えると彼が苦労するというので）シンプルな分、その打ち出しの美しさが際立って、彼の実直な性格をよく表していた。修道騎士とは違う、教会付きの騎士を表すコートは黒。精緻(せいち)に染め抜かれた三角符と、唐草文様が美しい一枚だ。

　この姿だ王城の聖堂にあったときを想像すると、うっとりする気持ちと悲しさが同時に湧いてくる。

「あぁ、わたしもおまえが叙任されるところが見たかった。父上に頼んでも、わたしはまだ修行中だから儀式の列に並ぶことはできないと言われたし、聖歌隊に交ざろうにも、もう薹が立っているから――」

　一介の司祭という身分が一番悪いのだそうだ。雑用係として儀式に紛れ込むこともできず、かといって参列資格を持つ司祭というには身分が足りない。聖歌隊に交って知らん顔をして歌っていようとしてももう子どもではないのだし、親族として紛れ込みたくとも、許されるのは騎士だけだ。

「ご心配なさらずとも宣誓も失敗せず、無事に務めました。マティアス様」

「そうだろう。きっとレーヴェならやれると思った。朝からずっと祈っていたんだ」

　どれほど祈ったか、どれほど心配したか。思い知らせたくて、襟を摑んでがくがく揺すりたくなるくらいだ。

　レーヴェを見上げると、嬉しさで涙がこみ上げてくる。心臓がびりびり震える。口から気持ちが溢れ頭上で祝福をしに来た天使のように、ベアテが白い翼を広げて旋回している。

レーヴェは教会の教壇の下に跪いていた。

まわりには庭で摘んできた野の花が散らばり、ささやかな彩りを添えている。高窓から、ステンドグラスを透かした七色の光が差し込み、石の床に聖女ルドヴィカの絵を浮かび上がらせている。

傍らには銀の兜。手には鞘に入ったままの剣を捧げ持っている。

昔、レーヴェの頬の傷が治りきらず、まだベッドで療養しているときのことだ。

マティアスは頻繁に見舞いに来てくれ、側にいるあいだ中、ここでの生活のことや、騎士になったあとのことを話してくれた。希望に満ち溢れた夢物語だった。それはレーヴェに大きな支えと展望を与えたし、自分の夢のように語るマティアスに、現実として与えてやりたいと思うことだった。実際レーヴ

そうなのに、何一つ言葉にならない。レーヴェの体温が移った鎧を撫でたかったがどこに触れるのがいいのかよくわからなくて、そのまままたしがみついてしまった。

「レーヴェ――ううん、レオンハルト。おめでとう、レオンハルト・リンク・シュミット。汝に祝福を。祝福を！」

闇雲に祝福したい気持ちだ。天からあらゆる幸福と赦しが降り注げばいいと思った。うわずっていた呼吸が嗚咽になりそうだ。

「そんなに祝福されたら、溶けてしまいそうです」

子どもを扱うようにレーヴェは苦笑いでそう言うけれど、この気持ちに比べればどんな祝福も足りない。もっとよく修行してくれればよかったとすら思う。

レーヴェは覗き込むように自分を見ると、優しい笑顔で囁(ささや)いた。

「これで正式にあなたの騎士です、マティアス様」

不覚にも、感動で涙が零れてしまう。長かった。だが報われるくらい素晴らしい現実がここにある。

ェが迷ったとき、暗闇を照らす灯りとなったのがそのときのマティアスの言葉たちだ。そして彼の願いを一つ一つ叶えてゆくたびに、この道が正しいのだとレーヴェを強く導いてくれた。

従騎士として城に入る直前にマティアスと約束した。無事に騎士となって帰ってきたら、二人だけで叙任式をしよう。一生彼の騎士となり、マティアスは一生自分に守られた司祭となる。

それが叶う日が来る。

垂れた頭の中で、走馬灯のように過去の思い出が巡る。木漏れ陽の中、小鳥に囲まれた小さなマティアスの姿。盗賊と戦ったときのめまぐるしく乱暴な視界。聖史を覚えるために明け方まで勉強していたとき、ドアの隙間からこっそり潜んできた寝間着姿のマティアスの笑顔。

「我は教会と、司祭マティアス・ハイメロートを守護する騎士とならん。レオンハルト・リンク・シュミットの名と、聖剣カラドボルグの名において」

宣誓して剣を差し出す。カラドボルグは特別な鋼をレーヴェの父が山に籠もって打った剣だ。一つの季節をかけて打たれた剣を教会に納めたと聞いて、レーヴェが休みの日に実家に礼を言いにゆくと、父は頭髪のほとんどが白髪になっており、急に歳を取って見えた。剣を打ったあと、力尽きたように長く寝込んだそうだ。だが父はこう言った。

――俺はこの剣を打つために、天から地上に使わされた。鍛冶屋に生まれて本当によかった。

そう言ったあと父は一言、レーヴェに言ったのだ。「帰れ」と。おまえがいるべき場所はここではないと。

剣は教会で二週間の祝福を受け、教会本部に聖剣として登録された。そこでも祝福を受け、叙任式を前にレーヴェの元に届けられた。

身に余る剣だ。それを預けられる信頼に、この先一生をかけて自分は応えていかなければならない。

マティアスは剣を受け取った。非力な彼に剣は重たく、よろめくところが彼らしい。マティアスは本より重いものを持ったことがなく、ただでさえ剣が重たいというのに、漆で装飾された鞘をつけているか

らかなりの重量だろう。修道士は抜き身の剣を持ってはいけない決まりだ。宣誓のためのキスも、刀身ではなく柄に唇を押し当てる。

　そうして祝福をしてから、マティアスは重そうに両手で剣を握り、跪いて頭を垂れたレーヴェの肩に振り下ろした。

　そういう儀式だし甲冑も着ているから思いきり振り下ろしていいと言ったのだが、ほとんど重みで落ちてきただけの感じだった。

　剣は二度振り下ろされる。またよろよろと剣を持ち直して、マティアスはまろやかな、しかしよく通る声で叙任した。

「汝、レオンハルト・リンク・シュミットを我が教会と、わたしの騎士とする。汝に多くの祝福を」

　改めて誓い合い、マティアスを見ると、マティアスは菫色の瞳に涙をいっぱいに溜めている。

　剣を受け取り、腰に佩いて、マティアスに手を差し出すと、彼も抱きついてくる。

「お帰り。レーヴェ、わたしの騎士」


　二人だけの叙任式は光差す小さな礼拝堂で、改めて永遠を誓って行われた。


　七年も教会を空けていたというのに、暮らし始めてみると自分の身体だけが大きくなって七年前に戻ったようだ。

　ハイメロート家は朝から長閑だった。

　朝の礼拝があり、人々が祈りを求めて集まってくる。終われば老婆がお菓子を配ったり、卵を分け合ったり、庭先で話し込んだりと、記憶のままの風景だ。

「レオンハルトさん！　いいです、いいですって！　騎士が薪割りなんて！」

　台所の係が慌てて駆け寄ってくるが、いるからにはできることをやるのは当然だ。薪割りは剣の稽古にもなるし、包丁の次に鍛冶屋の具合が知れるのが斧だ。重さも切れ味もちょうど良く、相変わらずまめに手入れされているのがわかる。

「すぐ終わります。それに普段は戦場に出ませんから、力仕事をさせてください。身体がなまりますから」

このシェーンハイトという国は、比較的戦が少なく、城の兵力が充実している。

何事かが起こっても、真っ先に戦に駆り出されるのは王宮騎士で、自分たち教会付きの騎士はその後招集がかかれば出るといった具合だ。大体が優秀な城の騎士だけで片がつくから、戦に出る機会は少ない。

教会付きの騎士の主な仕事は攻め込んでくる他国や盗賊から、教会を守ることだ。ハイメロート家に属する教会の騎士はレーヴェを含め十人ばかり、従騎士を含めると三十人ほどにもなるので、盗賊の相手と言うには過戦力だった。実際のところ城の騎士に交じって出陣しつつ、入れ替わりながら残りの人員で教会を守るといったところだろうか。

それも戦がなければただの家人に過ぎず、仕事がない日は薪割りか、それでも力が余れば鍛治小屋に入って仕事をしようかと申し出たら、奥方が言った。

——あなたには、マティアスの護衛と御世話係を頼みます。

当然、マティアスやハイメロート卿が出かけるとなると護衛につくのだが、御世話係とはどういう意味だろう。聖史の研究ならば老齢で地位のある司祭が教会に住み込んでいるし、勉強の手伝いというなら座学に長けた修道騎士もいる。騎士である自分が教会の仕事を選り好みするつもりもないが、それにしたって僭越(せんえつ)ではないか。どんな仕事を与えられてもマティアスに尽くす心はみじんも変わりないのに、また特別な扱いなのか、それほど自分の忠誠と誠実は信用がないのか。

だが奥方の真意を改めて問いただすまでもなく、翌日の昼にはレーヴェは悟った。

マティアスが相変わらずいぎたないのだった。

朝陽の中、苦しそうに上掛けを抱きしめて、ベッドに斜めになって呻いている。そんなにまぶしくて苦しいなら起きればいいと思うのだが、器用に直射日光を避けながら、身体を妙な具合にまで曲げて、寝間着の裾ははだけて膝まで見えた格好で、苦しみながら眠っている。

　当然名を呼んだくらいでは目を覚まさないし、軽く揺すったくらいでは起きないことを、レーヴェは経験上知っている。

「マティアス様。マ――……」

　声をかけ、揺り起こそうと手を伸ばしかけて、レーヴェはぎくりとした。マティアスの夜着から肌が覗いている。うっすら紅を刷いた薄い肌が心臓を刺す。

　細いふくらはぎから膝の内側、立てられた膝の奥に見える、雪原のような真っ白な内腿がまぶしくて目を逸らす。

　初めてこうなったのはいつだっただろう。従騎士として城に入る前だった。初めは同じ男の彼に欲情した自分に戸惑い、逃げ出したことを覚えている。その頃は、身体が勘違いしていると思っていた。彼への慕わしさがすぎて、庇護欲が首から下のところで性欲に置き換えられていると。だがだんだん、彼の裸身が目に痛くなった。彼の湯浴みを手伝った日、股間が高ぶったときは心底焦った。

　それはちょうど城に入る寸前で、本心を打ち明けることなくここから逃げ出せることを、内心ほっとしていた。

　城に入り、一人になって心の底から自分の想いを冷静に、一つ一つ確かめた。忠誠は確かか、傲っていないか、身勝手な雄の欲望に占められてはいないか――。

　マティアスへの尊敬も、憧れも本心だ。だが劣情を抱く衝動もまた、逃れがたいレーヴェの真実だった。清らかな尊敬か、恋心か。その境目だけは曖昧でどうしても探り出せず、どちらも捨てろと言われれば無理だと答えるものだ。

　マティアスに恋をしている。あらゆる慕わしさが坩堝の中の合金のように、熱くどろどろに混じり合っている、マティアスの側にいる限り逃れられない、救いようのない恋だ。

　レーヴェはもう、身体の底を疼かせるこの熱を否定しない。しかし死んでもマティアスを穢す気にはなれず、離れる気もなく、劣情をねじ伏せ、叩きのめすのが、一方の誠実でもある尊敬の心だと思っていた。

「ん……。ふ……」

眉をひそめたマティアスが、大きな吐息をついて寝返りを打つ。一晩ゆっくりと温められた甘い彼の香りがする。

レーヴェは強く目を閉じて、ぐっとせり上がる衝動を押しつぶすと、彼の背に手を差し込んだ。

「起きてください、お時間です」

声をかけ、揺り、抱き起こす。それでも手を離せば背中から崩れ落ちるのを何とか支えて、あちこち撫でさすって目覚めを待つ。自分の懊悩など、彼のいぎたなさの前ではゴミくずのようだ。

「教会まで、走ったら……何秒で辿り着く、と思う……？」

修道院でどういう生活をしていたか、推して知れる。

「マティアス様の足では、今起きてもギリギリです。俺が抱えていけば別でしょうが」

「それはいいね……。そうしておくれよ」

冗談を冗談だと判断できるほども目覚めていない。

「起きてください、マティアス様。今日は油を汲む係でしょう？」

これでは地位のある司祭に失礼に当たるし、なりたてとはいえ尊敬されるべき司祭が、修道騎士の前でみっともない姿をさらすわけにはいかない。

「わかってる……。覚えてるよ。……今度の香油はいいできなんだ。とても優しい香りがする」

「それは楽しみですね。行きましょう。さあ」

誰に似たのかと奥方が呟いたのを聞いたことがある。顔立ちや髪の色はハイメロート卿に似ているが、ハイメロート卿は石版に文字を刻むような勤勉で几帳面な男だ。奥方も礼拝のときは一足先に屋敷を出て教会を訪れる人を迎えているし、弟のヨシュカは、従騎士の理想を絵に描いたような青年に育っていて、手本にしこそすれ、人に手をかけさせることはない。

ヨシュカの半分でもしっかりしてくれれば、と思うものの、これがまったく手がかからなくなると、それはそれで寂しいのだろうなと思ったりもする。

天気に恵まれて、今日の礼拝は人が多かった。ハイメロート家が真の礼拝堂と定めているのは、森の奥にある泉だ。だからここは他の教会のように大きな建物ではなく、小屋より多少立派程度の小さな礼拝堂だが、建物の外に立って祈る人がいるくらい参列者は多い。特に天気のいい日は老人や赤子連れが多くて、庭に椅子を出して賑やかな礼拝になった。

「今日は素敵な香りだったわ」

「坊ちゃんが帰ってきてから、急にお城の教会のように垢抜けたわねえ」

「本部の修道院まで行って勉強なすったかただ。王宮よりも素晴らしいだろうよ」

礼拝を終えた人々が、口々にマティアスを褒めながら帰ってゆく。

寝起きはああだが、マティアスの司祭としての才能は折り紙付きなのだそうだ。司祭になるための修業のときも、普通は城の側にある一般的な教会に入るところだが、あまりに才能が突出しているものだから、特別に本部に手紙を送って審査してもらったそうだ。

その結果、マティアスは本部の修道院に迎え入れられることとなった。しかも院長であるヴァルター大司教直々に、聖史に残る修道士になるに違いないから、どうか自分に預けてもらえないかと父親に使節が使わされたらしい。本部の修道院に、しかも院長の肝入りで迎えられるなど光栄以外の何ものでもない。身体が弱いことが心配だったが、それも教会の秘法で必ず守ると約束され、マティアスは修道院に入ることになった。

その修道院でも主席だったそうだ。卒業後もヴァルター大司教の愛弟子を名乗ることを許され、ハイメロート家で司祭として経験を積んだあと、いずれ本部に迎え入れられるだろうという話だ。ハイメロート家は司教になれる由緒ある家柄だが、マティアスはそれにとどまらないかもしれないと、もっぱらの噂だ。司教どころか、いずれは教会すべての長、教皇になれる可能性があるという。

やっと騎士の端くれに紛れ込んだレーヴェには、それがどれほどすごいか想像すらつかないが、朝の姿を見る限り、どんな立派なことを言われても信じられない。

確かに慈悲深いには違いないが――。

そう思いながら、今日も平和に済んだ礼拝の後片付けを終えて、屋敷のほうに歩いていると、何やら焦った女性の声がする。

「おやめください。お下りください。危のうございます！」

どうしたのだろうと声の方角へ向かう。

「落ちたらどうなさるおつもりなのです。どなたか他のかたを呼んできますから早くお下りください」

「大丈夫。急がなければ、わたしが落ちる前に雛が落ちてしまう」

屋根ほどの高さにある木の枝に、引っかかっている布の塊は、先に屋敷へ帰ったはずのマティアスだ。

レーヴェは木に駆け寄った。

「何をなさっておいでなのです。お下りください！」

「ああ、ちょうどいいところに、レーヴェ。ここに板を打ってやってくれないか。巣が割れかけているんだよ」

マティアスの手がある辺りをよく眺めてみると、枝の叉のところに小鳥の巣がある。ぴよぴよと、雛の鳴き声も聞こえてくる。風で揺れたか何かして、巣が真っ二つに割れて落ちそうなのを押し戻そうとしているのだ。それはいい。慈悲深いことだ。問題なのはまったくマティアスは木登りが得意でないことと、法衣に風を孕ませている彼が、今にも煽られて落っこちそうなところだった。

「代わりましょう。手を離してこちらへ」

「駄目だよ、巣がもうボロボロなんだ。レーヴェが先に上ってきて」

「おおい、こっちだこっち！」

奥からはしごを担いだ家人が走ってくる。誰かが知らせてくれたようだ。

家の修理を担当する男が、マティアスの反対側から枝にはしごをかけて、板を打ちつけてくれる。

マティアスはそれに満足して、上に手を差し伸べるレーヴェの助けを借りながら、そろそろと危なっかしく木を下りてきた。

枝から抱え下ろし、つま先が地面に着くと、レーヴェのほうがほっとする。頬にかすり傷がある。法衣の裾が裂けている。

「あなたが落ちますよ⁉」

慈悲深いのは結構だが、小鳥を助けて死んでしまっては元も子もない。

「大丈夫。神様が守ってくださるし、落ちたときはわたしはそういう運命だったんだ」

地面に下りてほっとした顔をしながら、笑うマティアスの頭上で小鳥が二匹歌っている。激しく羽根を羽ばたかせてマティアスに感謝を告げているようだ。

「神様が目を離される一瞬があるかもしれません。もうおやめください」

「そんなことはないよ。わたしが気づいたということは、わたしに助けよと、神様がおっしゃったんだ」

どこまでも優しいマティアスを説得する言葉が上手く見つからない。そういえば、この人は盗賊から襲われて、今のうちに逃げろと言ったときだって、レーヴェの加護を祈るから逃げられないと言うような人だ。頭上で困っている儚い小鳥を見殺しにできるはずなどなかった。

それを知っているのか、動物たちはマティアスに非常によく懐く。山に入れば小鳥がしょっちゅう寄ってくるし、肩に止まってゆくこともある。野生の狐や警戒心の強い貂(てん)なども、気性の荒い軍馬ですらも、マティアスに近づいて静かに前足を折る。レーヴェを主と認めさせるまでに二月以上かかった軍馬アンネリースだって、マティアスが近づけばいきなり鼻を擦りつけた。

途方もない祝福が彼に降り注いでいるのがわかる。それが才能だというのなら、彼には絶対的な何かがあるのだろう。

マティアスはこのあと来客があるそうだ。彼が慌

てて屋敷に戻ったのちも、マティアスの慈悲深さの話で屋敷は持ちきりだった。

「さすがだな、マティアス様は」

教会に布を届けに来た男が、感心したように話しかけてくる。

「ええ……」

マティアスの、己の身を顧みない献身的な勇気を讃えられると、尊く誇らしく感じると同時に、レーヴェの胸はモヤモヤと霞んだ感情で苦しくなる。今回は無事だからよかった。だが次回はどうなのか。他人を救って自分は危険に身をさらすのか？

理不尽と思っていいのか。それは修道院でも褒め称えられるのか。他者に祝福を与えるのはいい、だがマティアス自身の祝福はどうなのか。

そんなことを考えながら屋敷に戻ると、ハイメロート卿が見えた。

彼はマティアスと同じブロンズの髪に、ヨシュカと同じ青い目を持った、非常に威厳のある男だった。意志が強そうな眉をしているが、瞳が優しい。深い声も心に染み通るようで、どれほど王から優遇されても、貧しい人々を決してぞんざいにしない、徳のある人だった。

レーヴェがその場に跪いて、彼の動向を窺っていると、彼はゆっくりこちらに歩いてくる。視線は外の賑わいに向けられていた。彼の目には壁越しの人々が見えるようだった。家人はまだ、声高にマティアスを褒め称えている。

「ご苦労だったね、レーヴェ。ひやりとさせただろう」

「いいえ」

何が起こったか、さっそく彼の耳にも届いているようだ。

「神様のご加護のおかげでご無事です。しかしあのような無茶はもうなさらないよう、お願い申し上げるつもりです」

マティアスに危ないことをさせたとレーヴェを叱る様子はない。彼は自分以上にマティアスのことを知っているようだった。

「神様からお預かりした命を世界のために捧げることと、浪費することは違う」

　卿の言わんとすることはわかる。小鳥の代わりにマティアスが死んでしまうのは正しいかどうかという話だ。

「しかし、マティアス様の慈悲深さと勇気に皆感動しております」

　もうこれきりあんなまねはやめてくれと頼むつもりでいる。だから今回は咎めないでやってほしかった。無垢な優しさがさせたことだ。懸命なだけだった。それこそがマティアスの美しいところで、もし咎められるとしたら、彼に行動させてしまった自分のせいだ。

「レーヴェよ」

「はい」

　卿は床を確かめるように踏みしめて、ゆっくり小刻みに歩いた。

「マティアスの才能も、優しさもよく知っている。だが献身的で清らかなだけでは司祭は務まらないのだよ」

　どういうことだろうと思いながら頭を垂れて彼の言葉の続きを待つ。

「肉体の中にある魂をむやみに分け与え続けることを慈悲とは呼ばない。あの子はまだ、肉体と魂が上手く繋がっていないのではないかと、私は今も、不安に思うよ」

「卿……」

　卿の声からにじみ出るのは誇らしさでも、感心でもない。強いて言うなら、捉え違いをしている未熟な司祭をおもんぱかる言葉か、普通の親の心配にしか聞こえない。そういえば、とレーヴェは思い出した。運命の巡礼の日、レーヴェが頬を斬られてベッドに横たわっているとき聞いた、マティアスのことを話した卿の声音と同じだ。

　誰もがマティアスの才能を褒め称えるが、普段から卿の評価は低いように感じられた。もしかして父親よりも出世するかもしれない息子に、何らかのわだかまりがあるのかもしれないと勘ぐったこともあったが、今は卿の言葉が真実なのがわかる。彼は見境のない、マティアスの無垢すぎる献身を憂慮している。

「もう木に登らず、今後は他の者に頼みなさいとレーヴェからもよく伝えてくれ」

「はい、必ず。申し訳ありませんでした」

卿は静かに廊下の奥へ歩いていった。卿の言葉を脳裏で繰り返すが、遠回しに司祭にふさわしくないと言いたいようにも感じられた。確かにあれでは大勢を救う前に、小さな命のために死んでしまいそうだ。よく言えばすべての命の前に平等に、自分の命をなげうとうとする。悪く言えば、本当に救うべきは何か、その命をなげうつにふさわしいものが何かを、マティアスは理解していない――。

――そんな無欲な……聞き分けがよすぎる子どもです。

たぶん、卿のマティアスに対する評価は昔から変わっていない。すべてのために平等に祈る。それは美徳であり、薄さである。騎士で言うなら足場のもろさとでもいうべきか――。

とはいえ、あのマティアスが他に何になるのだと考えても他に何も浮かばない。

† † †

あのときもし、教会巡行が村に来なかったら。もし盗賊が巡行を襲わなかったら。もしマティアスが護衛の騎士に守られて逃げ出せていたら、もし一番初めにマティアスを見つけたのが自分でなかったら、もしマティアスが自分を騎士にしたいと言い出してくれなかったら。

木の根のように、果てしなく細かく分岐する運命を一つでも辿り損ねていたら、今の自分はここにいない。

「レオンハルトさん。すべて配置につきました」

「わかった。引き続き森の手前まで哨戒(しょうかい)を出してくれ。剣や刃物を持った男は念入りに顔を見ろ。奇跡の水の強奪計画は必ずあると思うべきだ。配置はもう一度確認してくれ」

「了解です」

馬上で他の騎士と指示と報告を交わして、鎧姿のレーヴェも泉の入り口にゆっくり馬を歩かせる。

シェーンハイトは花の盛りだ。丘も森も七色の花が咲き乱れ、風が渡れば青空に花びらが散り舞うのが見事だった。

森のまわりは人でごった返していた。楽隊が音を奏で、歌手が声を震わせながらめでたい日の歌を歌い上げている。幟や旗。様々な色の布が空に翻り、密集した祈る声やざわめき、加護を呼ぶ鈴の音、石畳を踏む荷馬車の音で賑やかだった。

ハイメロート家が真の礼拝堂としている泉がある森だ。

特に今年は、弟のヨシュカが参加する最後の儀式だった。来週、自分より二年遅れて叙任を受けるヨシュカは、騎士になるともう泉の儀式に修道士として参加できない。ハイメロート家の《奇跡持ち》である三人が揃うのはこれで最後だった。とびきりの奇跡を求めて集まった人々の数は、去年おととしに比べて何割も多い。そしてマティアスの評判はますます高く、国外からも奇跡を求める者が大勢集まってきていた。

ルドヴィカの泉――ハイメロート家が礼拝所として仕えてきた泉は奇跡を持っている。

ハイメロート家の男子に時々現れる《奇跡持ち》と呼ばれる人の手で泉の水を汲むと、水が奇跡を帯びて光り始める。その水を飲めば病は治り、膿んだ傷も治癒する。盲目に光が差し、痺れた手が治る。

しかし泉は王家のもので、ハイメロート家の司祭が奇跡を起こし、その水を民衆に配るのは、一年で、この春祭りの一度きりしか許されていない。

春の訪れと奇跡を求め、人々は泉のまわりに集って市を立て、音楽や踊りや、屋台を出してそれはそれは賑やかに喜ぶのだった。

レーヴェたちは祭の護衛だ。教会付きの騎士がすべて揃い、王城からも護衛のために多くの騎士が派遣される。

レーヴェは教会付きの騎士となって三年目にして、森の右側を守る責任者に任命された。マティアスの騎士であることを除いても、実力が認められたからだ。教会の命令で何度も戦に出た。そこでの功績が認められて、王から質のいい鉄銀や金を賜（たまわ）った。

今日はレーヴェにとっても誇らしい日だ。

マティアスの晴れ舞台を護衛する。それだけでも騎士になった甲斐があるというもので、昨年は実家の父母を祭りに招いた。父が打った剣を佩いた、立派なレーヴェの鎧姿を、涙を浮かべて喜んでくれた。

人々がざわめいた。わあああ、と歓声が上がる。ぽーん、ぽーんと教会の一行が持つ、銀色の鐘の音が聞こえる。

「おおい！　来たぞ！　来たぞ！」

司祭一行の入場だ。森の外れでミサを行ったハイメロ[illegible]、家と教会の司祭、貴族たちが列をなして森へ向かう。

レーヴェは彼らが来る前に、馬に乗って民衆を分け、石畳を踏まないようにと指示して回った。開いた石畳の上を、一行が静かに歩いてゆく。森の奥にある泉で、儀式が行われる。

レーヴェは一行が森の奥へと入ったあと、馬を下りてじっくりと両脇の人垣をチェックする。ナイフを抜いて襲いかかろうとする者や、水が入った桶を強奪しようと武器を持っている人間もいない。

泉の奥ではすでに儀式が始まっており、錫杖と香炉を捧げ持った卿が台座に載った木桶を前にしていた。マティアスとヨシュカが両脇から、ひしゃくで凝った細工の桶に水を汲み入れている。

ハイメロート卿の儀式用の法衣には、王族以上に豪華でふんだんな金の刺繍が施されている。地面には濃い紺色の長いローブが広がっている。その左側に、金髪に縦帽子をかぶったヨシュカがいる。こちらは末弟らしく装飾は控えめだが、彼の生まれ持った美貌が、気高さを少しも損なわない。

[illegible]卿の右手には、マティアスだ。

白い法衣に金の刺繍。何よりも目立つのは、首にかけられた司祭の帯だった。衣装は若い司祭に許された控えめな様式だが、帯の位が不似合いなほど高い。そのアンバランスさこそが彼の才能の印だ。彼は縦帽子ではなく、純粋な聖職者であることを示す、金色の布を額に巻いている。誰もがその奇妙さに——彼の年齢にそぐわぬ位の高さに戸惑っている。だがそのざわめきもいつしか熱狂に変わってゆくのをレーヴェは感じた。

兄弟が、代わる代わる泉の水を汲み、桶の中に注いでゆく。

兄が汲み弟が汲む。厳かな姿はまさに天の使いさながらだ。

マティアスの姿こそが奇跡のように、レーヴェの目には映った。聖史を唱える唇は神聖で、瞳は宝石のようなヴァイオレットだ。身体から聖なるものが溢れているのがわかる。見ているだけで心が穏やかに透き通ってゆく。

これが毎朝目が覚めないと言って、ベッドで呻いているといっても誰も信用しないだろうし、もしも誰かにあれは夢だと囁かれたら、今ならレーヴェもそれを信じる。

マティアスは大司教候補として本部に誘われているという。大司教というのは、修道士の中でもほんの一握りしかなれない特別高い位だ。教会の長たる教皇も、大司教の中から選出される。

大司教は王に祝福を与え、新しく生まれてきた王子に洗礼を施す。三十年、いや五十年に一度の逸材(いつざい)と呼ばれているらしい。しかもマティアスはまだ若く、生まれつきの奇跡持ちという有利もある。司祭の中でも一握りしか入ることのできない寮に入って、そこで聖史の研究ができるようになるというのだ。

自分が、そんなマティアスの騎士であるという喜びと恐れは日々大きくなりながら、レーヴェを苛(さいな)んでいる。本当に自分でいいのか、小姓にも上がっていない鍛冶屋出身の騎士など、マティアスの不利になりはしないか。

それと同時に、最近自分を呪うのだ。

もう逃げようがなかった。――自分はマティアスに欲情する。

出会ったときから、彼を心底大事に思ってきた。主として、恩人として、守るべき大切な心の核として、信仰心というなら彼自身がそのすべてと言っていいくらい、自分の命と引き換えにしても惜しくないほど彼を尊く思っていた。だが、強い庇護欲、そう思っていた心の中に一筋、濃密な熱が紛れ込んでいるのにレーヴェは気づいた。

汗をかいたマティアスの身体を拭いてやったときか、彼を抱き支えたとき、甘い肌の香りや骨の細さを感じたときか、それとも目を焼くような内腿の白さから視線を逸らしたときか、信頼をたっぷり含んだヴァイオレットの瞳が、蕩けそうな色で自分を見たときか。

今では彼に、劣情を抱いていることをはっきりと感じる。だが同時にレーヴェは答えも得ている。

彼は決して穢せない。それはレーヴェに絶望と安堵を同時に与えた。もしも彼がただの男だったら、恋を打ち明けて肉体関係を期待したかもしれない。騎士同士は盾兄弟や小姓という同性同士の関係が半ば公然と認められていたし、貴族の中には奇抜な快楽と火遊びを求めて、衆道をたしなむ者も多い。

だがマティアスは司祭だ。身体の芯から神に仕える清らかな存在だった。彼らには結婚すら難しく、本部や王から特別な許可がいると聞いている。

目の前に吊り下げられた餌なら、よだれも垂れようものだが、鉄の箱に入れられ、天高く掲げられていて触れられる可能性すらないのだから、諦めるのはたやすかった。そして、マティアスを穢せないという制約は同時に安心にもなる。自分だけではない。誰もマティアスに触れられない。生涯マティアスは誰のものにもならないという事実は、レーヴェの劣情をわずかに慰めるのだった。

泉の側に、法衣を着ている彼の姿が見える。厳かで優雅な、美しい彼の仕草が、彼が本物であると証明していた。

これでいいと、レーヴェは納得している。彼は一生自分を側に置いてくれると誓ってくれた。自分はこうして、自戒を守り、一心にマティアスに尽くす。まぶしい。苦しい。だがこれでいい。

この先ずっと、身体の奥に抱えてゆくしかない想いだ。

彼の鉄壁の護衛であるのが、自分の最上の誇りだ。そしてそれこそが彼への愛と忠誠の証しだった。

空を仰ぎ、レーヴェは目を閉じながら己に問いかける。

奇跡のような願いはすべて叶っただろう、レオンハルトよ。

騎士になり、彼を守る。今この一瞬こそが奇跡なのだから、思い上がって不埒なことを望めば、そのときこそ神の雷に貫かれ、自分は即座に息絶えるだろう。

数日後、ヨシュカの叙任式が王城で盛大に行われた。

春の祭りから続く叙任式で、街はすでに半月以上お祭り騒ぎだ。街の人も商人も芸人も、燃え尽きるのではないかと思うほど興奮し、街中に煌々と焚かれた灯りは白夜のように、一晩中尽きることはなかった。

喧噪が最高潮になったのは、叙任式の朝だ。

ヨシュカは王宮付きの騎士で、修道士を兼ねる修道騎士だ。その叙任式の盛大さは、レーヴェとは比べものにならない。

教会でも一週間以上前からミサを行い、加護と祝福を祈った。剣はもちろん、鎧や指輪、旗幟や拍車にいたるまで、あらゆる祝福が彼にあるようにと、ヨシュカに関わるすべての人が彼のために祈りを捧げた。

街中の鐘が一斉に鳴り響き、青空に紙吹雪が舞う。広場のあちこちで行われる、盛大な騎馬試合のラッパが鳴りやまず、まさに祝祭の熱狂だ。

城のまわりに集まった従軍志願者は、蟻塚に集る蟻のようだった。皆ヨシュカと、同時に叙任を受けるイグナーツという同期の騎士の私兵になりたがっている。王城の門前では、吟遊詩人や貴族たちが競って豪華な布や、馬や驢馬、金銀の食器や宝飾類を施している。東方から運ばれてきた珍しい陶器や、鉄細工が飾られている。

　午後になって、マティアスを馬に乗せ、その様子を遠巻きに眺めに行った。レーヴェのときのように、式が終わればヨシュカが自宅に帰れるということはない。彼はもはや王宮付きの修道騎士だから、この後三日三晩続く、王族や貴族に囲まれる宴を優先させなければならなかった。

　予定通り、彼が実家である教会に帰ってきたのは四日後だ。

　華やかな鎧姿だった。栄誉の帰還ということで、正装の青い、金の刺繍が利いた外套を羽織り、新しい紋章が彫り込まれた盾をかけ、豪奢な絹の房で飾られた白馬に乗って帰ってきた。

「おめでとう、ヨシュカ！」

　玄関先でヨシュカに、マティアスが祝福の抱擁をする。

「ありがとうございます、兄上。神のご加護と、王の栄光、そして見守ってくださった方々のおかげです。フィリーネ、リーゼロッテも」

「おめでとう、兄さま」

「兄さまおめでとう！」

　小さな妹たちの前に跪き、ヨシュカは順に祝福を受けた。

「おめでとうございます、ヨシュカ様」

　抱擁はレーヴェにも回ってくる。

「ありがとう。これからもよろしく」

　新米騎士の抱擁を受けると、一年間魔女の呪いを回避できるという言い伝えだ。ヨシュカは抱き合うと軽く見下ろすくらいの身長だが、マティアスと比べると頭一つ分くらいは十分高い。騎士として立派な身体を持つ男に成長した。

　その夜は、教会のミサと祝宴が開かれた。客人は入れ替わり立ち替わりで、いつまでも宴が終わることはなかった。

教会にも祝福する人の列が切れず、従前、これほど祝われた修道騎士はいまいと言われるほど、列は深夜になっても山の向こうまで続いていた。

泉の祭りから続く叙任式のあとも、非常に華やかな日々が続いた。落ち着くのに五日も要しただろうか。ようやく今日になって、恒例の、泉の祭りのあとの菓子配りが実施された。泉に供えられた品々を祝福し、街の家々に配る。ヨシュカの叙任祝いもあるから、例年よりも非常に豪華だ。

　捧げ物には食料も多く、胡桃やアーモンドも豊富で、マティアスたちの菓子や料理に入れられ、食卓にも饗（きょう）された。

　ここまできてこの春の盛大な祝い事はようやく一段落だ。祭りのために走り回っていた家人たちも、ほっとした顔で日頃の仕事に戻っている。

　マティアスも久しぶりにたっぷり眠り、ベッドの中で《レーヴェが起こしに来ないな》と考えて、そういえば今日は客人の護衛のために早朝から出かけると、昨夜言われていたのを思い出した。

――奥様に迷惑をかけず、ご起床ください。

　昨夜はそうしようと思っていたが、眠ったら忘れてしまったようだ。久しぶりに母に起こされ、長衣を頭から被り紐を手に持った状態で、寝癖まみれで礼拝に出てしまった。

　いつもならば叱られるところだが、長いミサが続いたあとだ。疲れが残っていると思われたらしく、見逃してもらえたようだった。

　朝食を済ませて庭に出ていると、台所の女性から窓ごしに声をかけられた。

「マティアス様」

「なあに？」

「お手をお出しください」

　言われた通りに手を差し出すと、いたずらっぽい表情を浮かべた彼女はマティアスの手に、布に包まれた何かを落とした。かさりと音がする。開く前に中身がわかった。

「料理のときの木の実が余りました。おやつにいかがですか？」

「いただくよ。母上には内緒で？」

「いいえ。お話しくださってもかまいませんが、夕食は残さずたんとお上がりくださいね？」

　小さい頃から木の実が好きで、おやつに食べては夕食が腹に入らないことが何度もあった。その頃のことを思い出しながら、女性とふふ、と笑い合って早速木の実を一つ口に入れる。

　煎られたばかりの木の実は香ばしく、カリカリしていてとてもおいしい。

「おいで。おいで、おやつをあげるよ」

　砕けた木の実を手のひらに載せて空に伸ばすと、窓辺から枝から次々と小鳥が飛んでくる。長い木の椅子に腰かけて、小鳥と分け合いながらのんびり木の実を食べる。

　隣の領地までの護衛だから、午後までには帰るだろうと聞いていた。城から帰省していたヨシュカも、一度城へ戻ると言って出かけていった。

　長閑な春の日だった。

　花が咲き、風が爽やかだ。梢から漏れる陽は優しく、緑はきらめいている。マティアスの隣には鉄の馬が揺れていて、目を細めたらその上に小さなレーヴェが乗っているのが見えそうだ。

　もしかして自分が気づかないだけで、ここはすでに天国なのではないだろうか。

　時々そう感じることがあるのだが、今日もそんな天気だった。

　手のひらに乗っていた小鳥たちがぱっと飛び立った。

　空を見上げると、滑るように旋回している翼の影が見える。

「おかえり、ベアテ。どうだった？」

　声をかけると、ベアテは氷の坂を下るように、すい、とこちらに向けて急降下してくる。マティアスの手前でバサバサと羽ばたいてスピードを弱める。爪を立てないように、静かに腕に留まるのがベアテの優しいところだ。

ベアテは身体が白く、マントを羽織ったように翼と背が銀色をした鷹だ。右足には純金の輪がつけられ、それには司祭しか読めない言葉で「ハイメロート家のための一番目の鷹」と刻まれている。騎士であるヨシュカの鷲は偵察を行うから、犬ほどもある大型の鷲なのだが、ベアテは主に教会本部との伝言用に使う鳥だから鳩より少し大きいくらいだ。それでも非常に賢く、よく懐いている。ベアテは小鳥を襲ったりしないのだが、小鳥たちは鋭い容貌（ようぼう）のベアテを怖がるらしい。

ベアテは、捜してくれと頼んだものが見つからないと時々こうして帰ってくる。「見つからない」と報告してすぐ再び空へ飛び立つのだが、今日はその様子を見せない。もしかして、と思って門のほうに目を向けると、遠くから物音が近づいてくる。

「護衛が帰ったぞ！　開門！　開門！」

レーヴェたちだ。

本当は駆けつけたいが、馬が歩くところに来ないようにと何度も言われている。そうしなくてもレーヴェは役目を果たして馬を労ったら、真っ先に自分に会いに来てくれる。

門が開かれ馬が入ってくると、仕事は終わったとばかりにベアテが空に飛び立った。

門から騎士を乗せた二頭の馬が入ってきて、荷馬車を挟んで後ろに三頭馬がついている。

レーヴェは一番うしろにいた。

彼は剣技に優れているという。なぜ強いレーヴェを先頭に置かないのかと、騎士団長に尋ねてみたことがあるが、強い騎士は一番うしろに置くのがいいのだそうだ。なぜなら盗賊は正面から襲ってこない。脇腹か背後から襲ってくるし、襲われた馬車や客人を逃がすために足止めになる殿が強くなければならないという。

最後に門に入ってきたレーヴェは兜を腋に抱えていた。明るい陽差しに青みがかった銀髪が光って本当に狼のような色だ。レーヴェの村があるあたりの人間には、狼神の血を引く者がいる。神話の頃に山を守っていた狼の瑞霊と契った人々の末裔で、レーヴェの虹彩も、独特な手触りの髪も、深くその血を受け継ぐ特徴を備えている。

　レーヴェはたくましく厳しい容貌と、髪や目の色から《銀狼（ぎんろう）の騎士》と呼ばれている。実直で用心深い性格で、羊の群れのようだと揶揄（やゆ）される教会の警護にはこれ以上はないという評判だった。

　レーヴェに身分さえあれば、願わくは赤子のときに引き取って修行を始めていれば修道騎士にもなれただろうにと他の司祭たちは残念がったが、マティアスはこれでいいと思っている。下手に修道騎士になってしまったら、王城や本部に連れていかれてしまう。

　マティアスに気づいたレーヴェが、右手の拳をこめかみに当てながらこちらを見る。兜をかぶっていないときの敬礼だった。マティアスはあれが好きでまねをしたかったけれど、《主で司祭なのですから、敬礼はなりません》とレーヴェに叱られた。だから最近は手を振り返すことにしている。レーヴェが微笑むのがわかった。レーヴェは普段あまり笑わないから、護衛は上手くいったと思っていいだろう。

「あら、護衛隊が帰ってきましたね。すぐに食事をするのかしら」

　洗濯物が入った籠を小脇に抱えた女性が通りかかって、マティアスの横でそう言った。

「朝早かったからおなかがすいていると思うけど、台所ではもう準備をしているようだよ」

　その残りの木の実をもらった自分が言うのだから間違いない。

「さようでございますか。それなら安心ですね」

　本当に突発的に騎士団が帰ってきたときは、迎える家は戦争さながらになる。ものすごい勢いで食事をするし、鎧を干したり、着替えが山のようになったり、馬の水や、身体を洗う野外風呂に水を溜めなければならなかったり、家中の人が走り回って大騒ぎだ。しかし今日は帰宅時間もわかっていたし、何事もなく帰ってきたなら、スムーズに食堂で食事ができるだろう。礼拝のあと、庭を担当している男が温泉から水を引くための水路を開けているところも見た。

「レオンハルトさん、ご立派になられたわねえ」

洗濯物を胸に抱え直しながら女性がほう、とため息をつく。

「鍛冶もできるし、力もあるし。野暮なくらい、真面目だし」

そういう彼女の隣に、年老いた家人がひょっこり現れた。彼もレーヴェをうっとりと見ている。

「本当にいいかたに来てもらった」

「ええ」

レーヴェが褒められると自分までくすぐったい。胸の中が甘く苦しくなってきて、喉元に何か熱いものがこみ上げるのだ。嬉しくなって鉄の馬に指先で触れた。無骨だが、精緻な弧を描く半円の上で動いている鉄の馬は、それだけで本物の馬のようになめらかに揺れる。この馬に乗っているような気持ち。それは何という名前なのだろう。


叙任に関わるすべての儀式と祝いを終え、ヨシュカが再び教会に帰ってくるのは数日後になるそうだ。彼のために本宅の側に小ぶりな屋敷が建てられた。建物はもうだいぶん前にできていて、今はヨシュカの屋敷とこの屋敷を繋ぐ、渡り廊下が建設されている。

日中はレーヴェも工事を手伝っていて、なかなかマティアスと話せずにいた。だから夕飯を終えて、夜の祈りまでの短い時間が唯一、二人だけの時間だった。

テーブルにランプの灯りが点っている。

オレンジ色の灯りの中で、蠟板(ワックスタブレット)に、削った細い木の枝で引っ掻いて字を書いてゆく。蠟の表面を板でならせば何度でも繰り返し書ける板で、手癖になるまで書いて覚えるためにはちょうどいい。困るといえばレーヴェが左利きなせいで多少枝先が引っかかりすぎることくらいだろうか。

今日は聖史の特殊な単語についてだ。複数の単語が組み合わさったもので、文法が複雑になる。聖史は古い言葉で書かれているから、見たことも聞いたこともない言葉が多く、使いかたも独特だ。

　相変わらずレーヴェはマティアスから聖史の教えを受けている。ここに来てからずっと熱心に勉強しているとはいえ、聖史を唱えて育った貴族出身の騎士のように達者ではないし、子守歌代わりに育ったマティアスたちのように第二言語として自由に扱えるはずもない。

　今のように護衛の仕事だけならいいが、マティアスがゆくゆく出世していくときに必要になるだろうと教えてくれたのは、この教会で年長のエイドリアン司祭だ。マティアスはいらないと言うだろうが、彼の側にいる自分が十分に聖史を読み書きできなければマティアスの恥になる。それにもし、マティアスが本部の招集に応じたとき、聖史も満足に読めなければ、護衛といえども門の内にも入れてもらえないかもしれないというのだ。今教えてくれて助かったと、レーヴェはエイドリアン司祭に感謝した。もしそのときが急に来て引き離されるとしたら、自分は無為に過ごした時間を死ぬほど悔やむだろう。

　マティアスの教えかたはわかりやすく、世間話を聞いているようにするすると頭に入ってきた。問題はあまりに簡単にわかりすぎて席を立った瞬間につるりと耳から抜け落ちてしまうことだ。

　そうならないように、理解したら覚えられるまで蠟板に繰り返し書く。マティアスに見守られながら、マティアスの言葉を鼓膜に蘇らせつつ、串のように尖らせた細い棒で字を刻んでゆく。延々と根気がいる作業だったがまったく苦痛ではなく、むしろ至福の時間だ。

　炎に合わせて棒の影が蠟板に揺らめく。視界の上部に入るマティアスの睫毛も揺らめくのが、レーヴェの下腹に蠟のような熱をもって滴るのを感じながら、雑念を振り払うように一心に棒で文字を刻んでゆく。

「ねえ、レーヴェ」

「はい。間違えていますか？」

　長い単語だ。繰り返し書く途中に間違えただろうかと思って上のほうを確かめているとぼんやりとマティアスが言った。

「わたしたちはこれ以上どうなるのだろう」

問いかけの意味がわからなくて、レーヴェはマティアスを見た。

マティアスは細い手首を見せながら頬杖をつき、ランプに目をやる。炎の光を吸ったヴァイオレットの瞳が、濡れながら揺らめいている。

「それは——……」

今更自分に何を尋ねるつもりだろうと思ったが、レーヴェは知っていることを答えるしかない。マティアスは司祭として優れているかもしれないが、心は普通の青年と同じくらい、いや優しい分もっと、繊細で柔らかいのをレーヴェは知っている。不安があるのかもしれない、それとも自分には知らされない教会の心配事が発生しかけているのかもしれない。しかしいつだって、今できることに全力を尽くすだけだ。

「マティアス様は司教となってハイメロート家を継ぎ、将来本部に行かれて教皇候補として修行なさるかもしれません。俺はどのときもマティアス様の騎士であるために、どんな修行も仕事も受け入れます」

結婚のことはまだ考えられないと言ったのはハイメロート卿だった。一般的に修道士は結婚しない。だが家系的に奇跡を持つハイメロート家を始め、いくつかの家は特殊な事情で世襲をする必要があり、結婚が認められている。ただしその道のりは決してたやすいものではない。本部から一人前と認められてから、結婚の許可を得る申請書を出す。それが順番待ちの本部の会議にかけられ、許可が下りれば王宮に使いがゆき、王の名において伴侶を持つことを許すと言われて初めて結婚ができる。そのあとも長い準備と潔斎(けっさい)が続き、実際生活を始められるのは一年以上あとだ。だから結婚の話は早め早めに進めてゆくのだが、マティアスには大司教候補の話も出ているからそれもできないと聞いていた。

大司教は未婚の者から選ばれ、いかにハイメロート家の者といえども結婚は許されない。もしマティアスが大司教候補の話を断り、ハイメロート家の司教としてここで一生を暮らす決心をすれば、妻を娶(めと)る可能性もゼロではない。マティアスが野心家ならいいが、優しい彼は近所の老人たちに縋られたら、出世と勉強を捨て、簡単にここに残ると言い出しそうだ。

いつかそんな日が来るのだろうか。

覚悟は常にしておかなければならない。マティアスは類いまれなる才能の持ち主に違いないが、一方でハイメロート家の嫡男(ちゃくなん)でもある。マティアスが本部に取られるなら、同じく奇跡持ちのヨシュカを教会から出すのではなかったと、エイドリアン司教は嘆いていたが、ヨシュカ自身は「それが神の与えたもうた運命だ」と素知らぬ顔で騎士の修行に励んでいた。

そういえばヨシュカが持ち帰る家具に、廊下を通れないほど大きなものがあるのなら、窓から入れるために足場を組んで縄で吊り上げなければならないが——。

「そうじゃなくて、これ以上レーヴェを好きになったらどうすべきなんだろう」

「——……」

ランプに尋ねているような様子でマティアスがそんなことを言うが、やはり意味はわからない。

これ以上自分を好きになったらどうするべきか。

これ以上、とはどういうことか。好きとはどういうことか。どうするべきかと問われても、どうするつもりなのかと問い返すしかない。何か応えなければと思うが、そもそも意味がわからない。間抜けな声だけがころんと漏れた。

「え……?」

「レーヴェが特別で、レーヴェをもっと好きになりたいんだけど、どうしたらいいかよくわからなくて。修道士は《皆に平等に愛を分け与えるべきだ》と言われているし、それもわかるのだけれど、レーヴェが特別だと思ってもいいはずだと思わない? だってわたしがレーヴェに騎士になってほしいと頼んだただし、レーヴェはそれにこんなに一生懸命応えてくれている。血は繋がっていないけれど家族と同じくらい大事だし、だとしたら、血の繋がりがない分、わたしがもっとレーヴェと近しくしてそれを補うべきだよ」

普段と変わらず思慮深そうなマティアスの声が、経過を踏まえ、正しい理屈で綻んだ穴を埋めようとしている。それがあまりにまっとうだから、耳から聞く以上の考察が心に染みてこない。

黙っていると、頬杖のままマティアスがふう、とため息をつく。

「レーヴェだけと、これ以上親しくなる方法ってないのかな。たとえば、恋人のように」

相変わらず何を言っているかはわからないが、そんな戯れ言は仮定中の仮定、あとで懺悔が必要かと思うくらい怪しからぬたとえだ。

「まあ普通、誓いを交わす恋人たちは……」

そこまで口に出したのに、セックスという言葉が出せない。少なくとも自分の口からマティアスには聞かせられない。もし彼の鼓膜を穢したとなれば、ほとんど心を穢したと同じことになる。

「礼拝だよね。どう考えても」

噛みしめるようにマティアスは言った。

「そ──……そうですね」

不埒なことを考えた自分を激しく恥じた。そうだ。疚しさを懺悔して、清い心に戻るのだ。ほっとするレーヴェの前でマティアスは薄い色の眉根を寄せた。ランプが作り出す強い影で、かすかな隆起が深い苦悩のように見える。

「二人で毎日礼拝に行って、神様の祝福を待つとするだろう？　でもね、わたしたちはもう何年もそうしてきたわけだよ。並んでいないのがいけなかったのだろうか。なぜ祝福されないのだろう？　男同士だからなんて、そんな些細な理由で神様が分け隔てなさるだろうか」

「申し訳ありません、マティアス様。……おっしゃっていることの、意味が……、よくわかりません」

ここに来る前酒は飲んでいないはずだと、レーヴェは数時間前の自分を振り返った。マティアスの声はよく聞こえているけれど内容が理解できない。一つも知らない言葉はないのに、初めて聖史を読み聞かせられたときのようにまったく意味が頭に入ってこない。

マティアスは、ゆっくりと目を見張り、そして悲しそうな顔をした。

「そうか……。レーヴェが望んでくれていないと駄目なんだね。てっきりわたしは、レーヴェもわたしと添い遂げるつもりでいてくれると思っていたし、それを信じてずっと祝福を願っていたわけだけれど、レーヴェが迷惑なら、神さまだって祝福はくださらない」

「い……いや、あの、そうではなくて、俺は一生マティアス様にお仕えすると誓いました。その気持ちにみじんの迷いもありません」

もしかして忠誠を疑われているのだろうか。司祭が願う、司祭と騎士のあいだに起こるはずの奇跡が存在するのだろうか。だとしたら一生の不覚だ。もし天に祝福された騎士の剣が光るだとか、鎧が金に換わるなどの奇跡が起こるはずなら、自分も精進してそれを祈るべきだった。

ただ毎日漠然と、マティアスの健康と安全だけを心底祈っていた自分の間抜けさに怒りを覚える。常識知らずと罵られるのはいいが、なぜ誰も、そういう奇跡が用意されていると教えてくれなかったのか。目指すべき教会の騎士の理想があるというなら、なぜ知らせてくれなかったのか。

マティアスが、目を潤ませて絞るような声で呻いた。

「なぜ、わたしたちには子どもが生まれないのだろう」

「……」

わからなすぎて、息をするのがやっとだ。

なるべく身体を動かさないようにしてマティアスを見た。はーはーと、呆然としながら自分の抑えた呼吸の音を聞いた。落ち着かなければと思うが、何から考えなければならないかがわからない。

マティアスが自分との子どもを欲している。男同士だから無理だ。いや、そもそも男女にしたってそれに伴う行動がなければ起こり得ない、いや行動があったとしても、男同士だからそれこそ破格の奇跡でも押し寄せなければ授かりようがない。いや、そもそも原因がなければ結果も、いや――。

「あの……、マ。……マティアス様、恋人同士というのは……あの……」

「冬の終わりに一緒に礼拝に来ていた方々は、もう子どもを授かったというよ。回数にしてたった十回に満たないのに、もう祝福されたというんだ」

それは礼拝帰りにセックスをしていたという隠喩なのか。それなら話は少しだけ簡単だ。男同士では子どもは授からないと言えば――。

「わたしたちは、もう何百回と共に礼拝に参加しているというのに、まったく何の祝福もないとはどういうことだろう。わたしの勉強が足りないのだろうか。わたしが理解している聖史に、誤りがあるということだろうか?」

「セッ……」

言いたい言葉を呑み込んだ。

大変なことが判明したかもしれない――。

マティアスは小さな頃から清らかなものとして扱われてきた。聖職者に囲まれ、母親のような世話係に囲まれて育ってきた。修道院は男しかいない。そこでもマティアスは将来の教会本部を担う特別扱いだったと聞いている。

――この人は、セックスを知らないのだろうか。

愕然とする思いだった。

礼拝に出て祝福されれば子どもが生まれると勘違いをしている。そうではなく、男女が肉体的に交わるとそのうち腹に子どもができてと説明すればいいわけだが――、

「――……」

自分の浅はかな知能と配慮をもって、マティアスにセックスとは何かを上手く説明できる自信がない。

「も……申し訳ありません。あの」

言い訳が必要……いや、考える時間が必要だ。

「マ、マティアス様が子どもを望んでおいでだった

とは知りませんで、俺はマティアス様の健康とご無事だけを毎日一心に祈ってきました。明日から俺も、その……祝福を受けられることを祈ります……」

　そうしたらどうなるのだと、心の中で己を罵りながら、今はこれしか方法を思いつけない。

　マティアスは残念そうな表情でため息をついた。

「やはりそうだったんだね。打ち明けてよかった。神様も戸惑われただろうし、わたしだけの望みだとしたら、レーヴェに失礼なことになっていたよ」

「いえ、そんなことは……」

「明日から、頼むよ。わたしも一生懸命祈るから」

　いろんなことを否定したいが、

「……。はい……」

　とりあえず今のところは頷いておくしかない。

　礼拝のマティアスは輝いていた。

　今まで以上に神々しく、仄赤く頬を染めた表情は生き生きとしていて、聖史を読む声も今までよりもあたたかく熱を帯び、染み通るような慈愛で礼拝堂に響き渡った。

　あれからもマティアスに真実を話せていない。

　一度だけ、礼拝後のマティアスを呼び止め、子どもは授からないとだけ伝えようとしたが、立ち止まったマティアスが蕩けそうな笑顔で「楽しみだね」と言うものだから何も言えなくなってしまった。

　困ったと思うが誰にも相談できない。彼の両親はもちろん、司祭の誰にも、彼の性的な知識を穿鑿（せんさく）して藪をつついて蛇を出すようなことはできないし、老いた司祭たちにおいては、本部に行くような逸材なのだから、むしろ清らかな心のままがいいなどと、残酷なことを言いそうだ。

　だがレーヴェには一筋の光があった。

　ヨシュカが帰ってきていた。

　小さい頃、マティアスと手を繋ぎ、大理石と宝石で作られた天使のような姿をしていたヨシュカは今、伝説に語り継がれそうな美しい容貌の騎士に成長している。

輝く金の巻き毛に、空を練り固めたような青い瞳。上背も高く、手足も長く、教会が手を尽くして打たせた白銀の鎧を身にまとう姿はまぶしいほどにたくましく、彼と同じ屋根の下に住んだことがあると言うにも恐ろしくなるような美貌の騎士になっていた。

　先日は、彼の屋敷を開く、特別な儀式と宴があった。それが過ぎ去り、彼が通常の暮らしを始めたのはほんのおとといのことだ。昨日から彼の友人、イグナーツ・フォン・ライマンという男が遊びに来ている。イグナーツは王族騎士で、彼はヨシュカの盾兄弟――同じ時期と場所で従騎士として過ごし、叙任のときに、必ず助け合って生きると誓い合って祝福された特別な間柄の騎士だ。盾兄弟は信頼をより強くするために、肉体関係を結ぶことが多く、二年ほど前だったか、たまたまヨシュカが帰省していたとき、将来そのつもりがあるとチラリと漏らしたのを聞いた。

　彼がイグナーツとくつろいでいるときの様子を見れば、そうなるのは間違いないと思ったし、イグナーツの、ヨシュカとはまた違う野性味溢れる美貌を見たとき、彼らは物語のようにそうなるべきだと思いもした。

　少なくともレーヴェは、城での従騎士生活の下世話さを知っている。王宮に出入りする騎士たちや下働きの女たちと話して、宮廷愛や不倫や城全体の噂話を聞くものだから、みんな耳年増だ。修道騎士のヨシュカも王族のイグナーツも漏れなくその洗礼に遭っているはずだ。

　教会に育つ子どもが、どの程度の知識を得られるのか尋ねたくらいでは、彼らはびくともしない。

　レーヴェは人気(ひとけ)のない石の廊下を歩いていた。

　今ヨシュカはイグナーツをもてなしているところだから、彼が帰ってから、折を見てヨシュカに訊いてみよう。

　ヨシュカへの上手い質問の文言を考えなければならないのがレーヴェの新しい悩みの種となった。率直にマティアスにどれくらい性知識があるかと問えば、レーヴェがマティアスを犯そうとしている不埒者のように取られてしまいそうだし、そうでなければマティアスがそういう経験を持ってしまったために、世話係である自分が責任を感じて悩んでいると取られてしまう。するとマティアスの名誉に関わる。

　そのとき不意に、廊下の脇に伸びる階段からふっと、白いつま先が差し出された。

　姿を現したのは、当のヨシュカだった。側にイグナーツの姿はなく、一人のようだ。

　あっ、と立ち止まったがまだいい言葉が思いつけていない。今日は見送ろうと礼をすると、彼のほうから声をかけてきた。

「やあ、レーヴェ。最近、兄上のご様子はどうだ?」

　もちろん礼拝で目にしていて元気なのは知っているはずだが、彼が訊いているのはプライベートなマティアスのことだ。マティアスは具合が悪くても礼拝には出る。あの弱々しい身体のどこにそんな気力があるのだろうと思うくらい、倒れる瞬間まで、司祭としての責任を果たそうとし、神を慕って集まった人々に弱音を見せない人だった。


「お元気です。聖史の研究も、新しい手紙が本部に認められ、図書館に収蔵されるそうです」

「そうか、さすが兄上だ。めでたいことだな」

　満足げに微笑むヨシュカは、見とれるほどの美しさだ。

　後光が差すような金髪が美しく、均整の取れた身体は、長衣を着ていても他の者とは明らかに違うのがわかる。肌のハリも唇の鮮やかさも尋常ではない。彼はこの世で一番強い生き物として成長していた。顔立ちこそ面影はあるが、この美貌の獣のような黄金色の弟が、マティアスと兄弟というにはあまりにも印象が違いすぎる。

「相変わらず兄上は寝坊でいらっしゃるのか」

「多少」

「お困りのことはないか?　父母に言えないことは俺に言ってくれ。修道騎士の名に誓って、兄上を全力でお助けする」

「あ――あの――……!」

目がくらむくらい、優しく確かに囁かれて、思わず唇が開いてしまった。

「何だ」

「……いいえ、何でもありません」

「そうは思わない。何でもいい、些細なことでも」

　慈悲深さと獰猛さを併せ持つ青い目に、すべてを見抜かれているようだ。逃げ出そうとしたら手を取られそうな間合いだった。

　いずれ問うことだ。ヨシュカのほうから水を向けてくれたのは、これ以上ない好機と心得るべきだろう。

「……教会では、自慰や性交のことを、どう捉えるよう言われて育つのでしょう」

　結局正直に尋ねるしかなかった。

　ヨシュカは、ああ、と言ってため息をついた。嘆かれ怒られるかと思ったが、ヨシュカは美しく生え揃った眉をかすかに歪めただけだった。そして「おまえが知らなくても当たり前だな」といたわしそうな目を向けながら、

「何か失敗したのか」

「いいえ、ただマティアス様の前でうかつに口にできないと思っただけです」

　ヨシュカの視線がすっと冷ややかになるのに、レーヴェは急いで首を振った。ヨシュカは、まあいい、と言い、

「賢明な心遣いに感謝する。それに俺はおまえが、ふさわしくない場所で、下賤な話題を喜んで披露する人間だとは思っていない」

　真面目に暮らしてきてよかったと、一生のうちで一番強く思った瞬間かもしれない。

　ヨシュカはため息をついた。

「教会では、性欲は禁忌だ。俺も最近まで、自慰とか夢精をしたら、心が穢れているとして懺悔していた」

　ヨシュカの言葉が過去形であることを心強く思う。やはり、しばらくはマティアスにはごまかしながら過ごしておいて、折を見て卿に相談してみよう。

　マティアスのねんねは教会のせいだ。マティアスが清らかであるゆえの悩みだから何ら後ろ暗いとこ

ろはない。エイドリアン司祭か本部に問い合わせて、どう捉えるべきか、必要とあらば彼らの口から伝えてもらえるかもしれない。

レーヴェがかすかな安堵を覚えたとき、唐突にヨシュカが言った。

「兄上がお困りなのだろう？」

「えっ？」

「仕方がない、兄上は俺より格段に、俗世と隔てて育てられてしまったから」

「いいえ、そのようなことはありません。マティアス様は今も清らかにお過ごしです！」

「それは信じている。だが男の身体とはそういうものだ。司祭も村人も、神様が等しくお造りになったのだから当たり前だ。なんとかやり過ごすしかない。そして兄上の結婚について、おまえが心配しているのならばそれは無用だ。必要とあらば、父が何とかする」

ヨシュカは、マティアスが女性と恋をしたがっていると勘違いしたかもしれない。その先を打ち明けるかどうか迷っていると、ヨシュカが声をさらに潜めた。

「先ほど父から聞いた話だ。レーヴェ。まだしばらくは誰にも言うなよ？」

この階段の上は、卿の書斎に繋がっている。そこで話をしていたのだろう。

「王の特別な推挙があって、兄上の大司教候補の推薦状が取れる見込みだ。昨年の、泉の祭りの祝福がきっかけで、決定したということらしい」

王の叔母が泉の奇跡を得たそうだ。

助からないと言われていた肺病だったが、泉の奇跡を受けて回復したらしい。彼女が大変有り難がって、教会に多額の寄付をしろと、王にねだっているとは話に聞いていた。王も感激して、ハイメロート家には、いずれ何らかの形で恩に報いようと言っていたのだが、かなりの金銀を積まなければ受け入れられない教会への推挙状を出してくれたのだろう。

「だから、兄上の結婚は、今のところ予定としてさえ考えられない。父には泉を守るために妻帯が許されたが、この様子では兄上は無理だろう。才能がありすぎる」

ヨシュカの言う通り、本部に行ってしまえば妻帯は許されない。神の使い、すべての人々の兄として、誰とも唯一の愛を交わさずに生きることになる。

「俺も多少頭が痛いことだが、何とかしてみせる。それにうちは元々女系だから、気に病むことではない」

マティアスが本部に取られると、ハイメロート家から跡継ぎがいなくなる問題が発生する。ヨシュカと両親の間で何らかの話し合いが持たれていても不思議ではない。しかしヨシュカにはちゃんと考えがあるようだ。

ハイメロート家に奇跡を与えたのは一人の少女が始まりだと聞いた。彼女の聖なる行動が奇跡を導き、その少女はハイメロート家の男と結婚して、奇跡を生む男子を産んだというのが泉の奇跡の原点だ。つまりハイメロート家に限り、跡継ぎが必ず男子である必要はない。聖なる泉の乙女。聖ルドヴィカは女性だったのだから。そういう意味では彼らには妹が二人いる。他の家では考えられない、女性の正当な跡継ぎ候補が二人もいるということだ。

「兄上を任せた」

「もったいないお言葉」

かしこまって答えると、ヨシュカがにやりと笑った。

「たまには城に遊びに来い。旨いものを食わせよう」

あの幼くて、雲間から天使が転げ落ちてきたような姿をしていたヨシュカが、本当にたくましくなったものだ。

その日の夕方だ。

「——精霊が？」

礼拝所の机についていたマティアスは眉をひそめた。

「ええ。夜になると外でひゅうひゅうと妙な音がするのです」

腿の上で帽子を揉みながら俯いているのは、森の向こうの村長だ。太っていて酒を飲みすぎた赤ら顔を怯えたように歪ませている。

「風の音とも違います。いくつもの光る球が飛び回るのを見たと言う者もおります。朝になると野菜を吊るした紐がすべて切られていたり、豆の布袋に穴が空いていたり。精霊の仕業に違いないから教会に相談しようということになりまして」

「そうですか……確かめる必要がありますね。わたしが行きましょう」

「マティアス坊ちゃんが来てくださるのですか？」

「ええ。父は今、巡行に出ておりますから」

「それは心強い！」

「精霊の気配があるのは夜なのですね？　今から行けば間に合いますね」

「マティアス様、急ではありませんか？」

側に控えていたレーヴェは思わず口を挟んだ。聖水の用意がいる。マティアスを補佐する修道騎士が出払っていないかどうか確認しなければならない。

敵が人間ならばレーヴェがいれば十分だが、小さな羽虫のような精霊たちを相手にするときは、聖水を撒ける修道騎士が必要だ。マティアスは渋い顔をした。

「もし本当に精霊だとしたら、彼らは急激に悪に染まってしまう。一刻も早く彼らを宥めて散らさなければ。それに近くに魔女がいたら感染を起こすと大変だ」

「ま、魔女が⁉」

ガタン、と椅子を鳴らして村長が立ち上がる。

「可能性の話です。今のところいたずらだけで済んでいるならまだ魔女は関わっていないはず。今のうちに」

こうなるとマティアスは止められない。修道騎士が上手くいてくれればいいのだが――。

「――俺が行こう、兄上」

「ヨシュカ」

「城へ向かうのにちょうど帰り道だ。なあ、イグナーツ」

壁際で腕を組んで話を聞いていたヨシュカは、窓辺に立っていたイグナーツを見る。燃えるような赤い髪をしたイグナーツは、精悍(せいかん)な顔を確かに頷かせた。

「ええ。マティアス様の護衛役を賜れるなら光栄です」

「ヨシュカたちが来てくれるなら心強いよ」

マティアスと同じくらいレーヴェもほっとした。修道騎士でも高位にあるヨシュカがいれば安心だし、彼は自ら聖水を作り出すことができる。

村長はひっくり返りそうなくらいに驚いて口をパクパクしている。それもそうだろう。天才と誉れ高いマティアスに、王宮付きの騎士が二人も来るのだ。

村長は息を切らして何度も何度も礼を告げ、村の準備をしてくると言って逃げ出すように出ていってしまった。村長はよく礼拝に来る人で、家もわかっているから自分たちは用意を済ませて出立すればいい。

聖水、塩、葡萄酒、カルトロップの実、乾燥したゾフォラの葉。退魔に必要なものは常に教会にストックされている。専用の籠に詰め、出発するまではわずかな時間だ。自分たちと下男が二人、司祭一人が供をした。

マティアスは、身体の細い小さな馬に乗っている。まわりはこれに合わせて歩くのを常としている。いざとなったらレーヴェの栗毛色の軍馬アンネリースの上に抱え上げて逃げることになっていた。ただでさえアンネリースが横に並ぶと馬の親子ほどの体格差があるのに、前方にはイグナーツの軍馬ヒシュタント、隣にはヨシュカのヴィオルグ、いずれも国王軍の中でも指折りの名馬が囲んでいて、まわりから見るとマティアスの姿は見えない。

マティアスは苦笑いだし、ヨシュカも笑っている。イグナーツも朗らかに世間話をしながら黒光りがする馬の尻を見せながら歩いていた。

簡易の鎧を着ているイグナーツが、ヨシュカに言った。

「いつもこの程度の情報で、マティアス様がわざわざ出向くのか？」

　夜に野菜を縛った紐が切れた。光る球を見た。外がざわめいている、精霊かもしれない。

　老人ばかりの村だ。勘違いや見間違い、思い込みや法螺話と言われたって仕方がないくらい、確かな証拠は一つもない。

「ああ。精霊というのは風邪のようなものだ。ありふれているし、精霊が起こすいたずらはたいしたことがない。文字通り人間に風邪を引かせたり、牛のしっぽの毛をむしったり、畑に小石をばらまいたり」

　井戸水が青緑色に染まって数日飲めなかったり、芽が出たばかりの野菜の苗を、すべて引き抜かれたり、ほとほと困りはするが、それが人間に致命傷を与えることはまれだ。

「ただし、精霊は魔女に感染する」

「魔女に？」

「精霊は魔女が好きだし、魔女は人に比べて感染されやすい。そして、精霊に感染した魔女は、手ひどい呪いを起こすんだ」

教会が恐れているのはそこだ。

　精霊を宥めて追い散らすのは大した手間ではないが、精霊に感染した魔女が暴れ出すと、数日で村一つが滅びてしまうこともある。

　マティアスが静かに言った。

「魔女だって、人を呪いたくはないはずだからね」

「この方法が採られ始めたのは最近のことだから、イグナーツは知らなくても仕方がない。兄上が、魔女が精霊にそそのかされる前に精霊を散らしてしまえばいいというからこうなった」

「忙しくなったというわけか」

「ああ。回数で言えば三十倍だな」

「本当に？」

「それ以上かもしれない。ただし、呪いによる死人は三十分の一以下だ」

　昔のことを思い出す。幼い頃からマティアスは呪われる人々はもちろん、呪いを起こす魔女すらも救いたいと願っていた。危ないから近寄るなと誰もがマティアスを諫めたが、彼は考えることをやめず、とうとう絡繰りの一部を遮る方法を考えついたのだ。

「兄上は、この提案のおかげで、本部から大きな金塊を賜った。今でも上奏の手紙は、本部の図書館に飾られている」

「それはすごいな。ご立派なことです、マティアス様」

「わたしは何もしていないよ。レーヴェや司祭たちが忙しくなっただけだ」

微笑ましい血の繋がった兄弟と盾兄弟の会話を聞きながら、レーヴェはまわりに気を配りつつ山道を歩く。盗賊は出そうにないが狼がいる。三頭の軍馬に襲いかかってくる命知らずの狼がいるかどうかは別として、警戒は常にしておくべきだ。

程なくして村に着いた。百名ほどの小さな村で、やはり老人が多い。

早速、精霊の目撃情報があった場所で、彼らが嫌うゾフォラの葉を焚いた。煙の多い香木の生木と炭を一緒に籠に入れ、火をつけて木の枝に吊るす。聖水を撒き、精霊が溜まりそうな祠や洞窟、森に続く道では塩を使って強烈に魔を退ける。大体の精霊はこれで出て行くはずだ。夜ごとやってくる精霊の種類も、一度村に入れないとわかると執着せずに別の場所を探すのが常だった。

そして夜だ。

村長の家に集まって一晩を過ごす。

灯りを消し、気配を潜めて外の様子を窺った。

風のない夜で、物音一つしない。鼠や虫が動く音は聞こえるが、笛に似た奇怪な鳴き声や、異常な羽音、ドアを引っ搔き続ける音など、精霊特有の怪しい音は聞こえてこない。

「──そっちはどうだ、レーヴェ」

向こうの窓を窺っているヨシュカが小声で訊いてくる。

「こちらは何も」

半月の、明るすぎもしない、おどろおどろしくもない普通の月夜だ。

ヨシュカとイグナーツ、そして教会から来た補助の司祭と自分が四方を見張る。テーブルではろうそくの小さな灯りの下で、マティアスは村長にいくつか聖史から寓話を抜き出して説教をした。用心深さで身を守った村人の話、怖がりすぎて死んでしまった男の話、神様に素直に助けを求めるとまずは人が助けてくれるという話。それがなくとも神様は人を見捨てないという話。

遠回しに教会に相談に来てくれたことを感謝する話だ。村長はとても感激し、机の上に手を組んで、熱心にマティアスの話を聞いていた。

夜が明けたが、結局精霊の兆候(ちょうこう)は現れなかった。気のせいだったか、昼間の祈りが精霊を撥ねのけたのかはわからないが、その性質から、一度離れた場所に精霊が溜まり続けることはない。

「それでは、俺たちはこのまま城に帰るが、大丈夫ですね？」

白馬に乗ったヨシュカが司祭に問う。

「心配はありません。教会はすぐそこですし、暗くなる前にに帰りますので──」

ヨシュカがマティアスとレーヴェをそれぞれ見た。レーヴェは頷いた。このあと、この村と隣村で巡行を行うが、度々訪れている村だし、陽が高いうちに帰るつもりだ。

「それでは我々はこれで」

「お気をつけて、兄上」

ヨシュカはレーヴェに視線で念を押すと、イグナーツと連れだって馬で駆けていった。

新緑の中を駆けてゆく二人の騎士のうしろ姿は若々しさに溢れ、目にも心にも鮮やかだ。

「ご立派になられましたなあ」

司祭が呟く隣で、マティアスも頷いている。

「眠たいとぐずっていたヨシュカが、あんなに大きくなって……」

感慨深げに呟くマティアスを隣に、レーヴェは口を噤(つぐ)むのがやっとだ。

予定通り巡礼は終わり、夕方前には教会に戻ってきた。

両方とも信仰心の厚い、老人が多い小さな村で、マティアスを孫のようにかわいがってくれる人ばかりだ。中には一人で巡行が務まるようになったマティアスの姿に、涙ぐんで手に縋ってくる老婆もいて、始終、穏やかで喜ばしい巡行となった。

　昼食には村で作ったソーセージやパンが振る舞われ、修道士が食べてはいけない鳩肉以外をありがたくいただいた。青空の下で、和やかな食事会となった。

　帰宅してマティアスに湯浴みをさせていると、ちょうど卿が帰ってくるというから彼を待って夕食を取った。そこで今日の報告をし、マティアスの所感では元々精霊はいなかったこと、予防策として、もう一度ゾフォラの葉を焚き、塩を撒いてきたから当面問題は出なさそうだと話した。念には念を入れて、煙の効力が切れる頃にもう一度修道士を派遣し、ゾフォラの葉を焚いたほうがいいだろうということになった。

　レーヴェは食卓での報告の様子を、壁際に立って見ていた。時々卿から村の様子や、食糧事情を尋ねられた。巡行がてら、村人の様子を把握するのも教会の仕事だ。村が貧しく不満が溜まると王に対して暴動が起きる。そうなる前に王宮に報告し、適切な配給を与えて王家への憎しみを抑えるのだ。

　この辺りは平原と森が多い、比較的豊かな土地だ。ここ数年気候は安定していて、極端な不作は起こっていない。穀物や野菜の蓄えもそこそこ、山羊も痩せていない。諍いが起こっているような気配もなく、安定した穏やかな生活を保っている。

　夕餉を終えて、マティアスと共に部屋を出た。

「マティアス様、どこかお身体の具合でも？」

　ほんの少ししか食事をしなかった。元々小食な人だが、本当に摘まんだだけ、というくらいの量だ。

「疲れたみたい」

「お加減が悪いのですか？」

　昔ほどでなくても身体は弱く、軽い風邪や食あたりでも、青い顔をして寝込んでしまう。

「ううん、大丈夫。昨日、眠っていないから」

「それならいいのですが。今日はもうお休みください」

「……そうだね」

いつもなら本を読みたいと言うのに、やはり具合が悪いのだろうか。少し息が苦しいように、時々深い息をつくマティアスを部屋へ送っていった。湯浴みは済ませているから、そのままベッドに入れる。

「失礼します」

夜着を来てベッドに座るマティアスの額にそっと手のひらを押し当てた。熱っぽい気はするが、高熱というほどではない。

「お疲れが出たのでしょう。医師を呼びますか？」

「いらない。もう寝るよ」

「……。はい」

明日の予定を確かめもしなければ、夜寝る前に聖史の復習をする箇所も指定してこない。

昨夜は徹夜だし、近場とはいえ、巡行を二ヶ所回った。陽差しも強くて疲れに拍車をかけたのだろう。休息こそが薬か、と思いながらレーヴェは部屋のランプを吹き消し、静かにマティアスの部屋を出た。


夜の見回りのとき、マティアスの部屋を覗いたのだが、マティアスはふとんに潜って眠っているようだった。苦しんでいる様子もない。ひとまず安心だと思いつつレーヴェも休もうとしたが、やはり何となく心配になって、もう一度見にゆくことにした。水差しを手にマティアスの部屋のほうへ行く。

マティアスは二階に三部屋持っていて、一部屋が書斎、書庫、寝室だ。奥まった場所にひとかたまりになっているから、静かなのはいいが、小声で助けを求めたくらいでは誰にも届かない。

手燭（てしょく）を掲げ、マティアスの寝室に近づくと、かすかな人の声がする。

話し声か？　……にしては声音は一つしか聞こえない。

静かに部屋の前までゆくと、苦鳴のように聞こえた。切れ切れの詰まった声が漏れ聞こえてくる。

部屋のドアを静かに開けた。

「マティアス様？」

苦しいのだろうか。

「マティアス様——？」

ベッドのほうに呼びかけると、夜目にもびくりと震える白い塊がある。

ふとんをかぶっているマティアスだ。

「マティアス様⁉」

マティアスのベッドは壁際にあり、近づくと角のほうに逃げてしまう。

「マティアス様！」

「見ないで！」

「どうなさったのですか⁉　苦しいのですか⁉」

マティアスの呼吸は乱れている。声は動揺した涙声だ。

「放っておいて、大丈夫だから」

「大丈夫なわけないでしょう、こんな……！」

摑む手が熱い。マティアスがこれほどうろたえるのを見るのも初めてだ。

「どうなさったのです！」

知らないうちに怪我でもしていたのか、具合が悪いならなぜ人を呼ばないのか。

「何でもない！」

夢に怯えた猫のように、ふとんをかぶって身を丸めようとするマティアスを背中から抱きしめた。ふとんがずれると、中から青いにおいがする。

白い脚がむき出しになっている。そのあいだで張り詰めるしなやかな茎も。

「——申し訳ありません」

愚かなことをした。マティアスにだって秘密はある。マティアスの心や身体が春めいていたことを知っていたはずだ。ヨシュカからも、男はすべてそうだと言われていた。

レーヴェは落ちかけたふとんを彼の脚に戻して、その上から抱きしめ、耳元で囁いた。

「黙っています。神に誓って」

劣情で目眩がする。この人を今、押し倒して抱いてしまえたらと衝動が湧き上がるが、それは何としても殺さなければならない。マティアスの欲情に目をつぶり、卑怯な自分の劣情を殺す。朝が来たらすべて忘れてしまうのだ。自分たちは何も犯さず、何も見なかった——。

息をうわずらせながら、そっと腕を緩める。マティアスに振動を与えないように静かに手を離し、レーヴェが立ち上がろうとしたとき、どくどくと鳴る鼓膜に小さな呟きが聞こえた。

「……す、けて……」

「マティアス様……？」

ふと気がつけば、ふとんの下から這い出た手が、レーヴェの長衣の裾をきゅっと握っていた。手が震えていた。今にも泣き出しそうな表情だ。

暗闇の中、月影に潤むマティアスの目がこちらを見る。

「助けて、……レーヴェ。……出ないんだ……」

いつだって、マティアスの助けを呼ぶ声はレーヴェの頭に冷水を浴びせる。

「《出ない》——？」

ただ恥ずかしがっているだけではないのだととっさにわかった。

「出ないとはどういうことですか？　痛むところはありますか？」

精通はあったはずだ。レーヴェが知らないだけで、彼が夢精や自慰をしたことがないとは思わない。それが出ないと言って苦しむのがわからない。

迷ったが、レーヴェはふとんをどけさせた。見ないとどうにもしてやれない。

そこには茂みというにもあまりに弱々しい陰りから生えた、白い茎が立ち上がっていた。すんなりした植物のようなマティアスの生殖器は痛々しいほど猛り、珊瑚色をした先端も精一杯露出しているのに、不思議なくらい乾いている。

「これが？　……出ないのですか？」

思わず手を伸べてレーヴェはマティアスの性器に指を絡めた。手のひらは熱く、速い鼓動を伝えてくる。信じられないくらいだ。はじけないのがおかしいくらい、硬く充血した茎は張り詰めている。

「あ。ああ……！」

マティアスは目を閉じて苦しそうに喘いだ。ずっとこのままではつらいだろうと軽くさすってやるが、マティアスは苦しがるだけで何も出さなかった。

「こんなことは初めてですか?」

「……許して」

問い詰めるつもりはなく、助けるための質問なのに、マティアスは泣きそうな声で応える。だがそれは経験があると認めることで、そしてレーヴェの問いを肯定することでもあった。

「ここや腹に痛みは?」

精路に石が詰まって精液が出ないという男の話を聞いたことがある。だがその男は酒飲みで、父と同じくらいの年頃だった。

マティアスは苦しそうにかぶりを振った。レーヴェの手の中のものは裂けそうに張っていて、マティアスでなくても不安になってくる。

「ひあ……!」

何とかしてやりたくて、先端を親指の腹でさすってみるが、痛みを覚えているようにびくびくと苦しがるだけで、一滴の雫も漏らさない。

「吐き気は? 頭痛は?」

レーヴェの手から逃げようとするマティアスはいつの間にか四つん這いになっていて、シーツにこめかみをこすりつけるように頭を振った。マティアスは息を弾ませ、悶えるようにして苦しがっている。

様子を見るべきか、マティアスの命に危険はないのか、医師を呼ぶべきか、それとも先に卿に訊いてみたほうがいいのか、精霊のいたずらの中にこんなことをするものがいたか——。全力で思考と記憶を掻き混ぜるレーヴェの脳裏にふと、引っかかったものがある。

——もうこんなものを植える家なんてありゃしないけどね。

——うちもひいおばあさんが死んだときにぜぇんぶ抜いたよ。

レーヴェの祖母が生きていた頃、よその家の庭木が切り倒されているのを見ながら言った。村ではそれっきり見たことがなかったが、干した実は何度か見た。

「巡行で、何か赤い実を食べませんでしたか？」

昔はどこの家にも植えられていたということだ。木や枝は魔除けになり、酸っぱい実は乾燥させれば甘く、おいしくなる。

「食べ……た。赤い、……小さい、の。食事のあと、に……他の木の実と、一緒、に」

それか、とため息が出そうだ。

「《賢者の実》を食べさせられたのです。身体に害はありません。ただ、苦しいだけで」

「賢、者の……実？」

「そうです。本当の教会のかたは、知らないかもしれませんがね」

民間に伝わる信仰だ。魔除けの効果があると言われ、賢者の実と呼ばれているにもかかわらず、教会が知らんふりをしている木だ。

「賢者の実を食べると、こんなふうに射精できなくなります。村人たちは普通の人を賢者にするために――そして、神に仕える者なら射精などしないだろうと、修道士を試したり戒めたりするために、その実を修道士に食わせるのですよ。古い悪習です」

今では毒と同じで、誰に食べさせることもならないとして、村にある木は抜かれ、実を収穫するのも禁止されている。レーヴェも大人になってからは、どの村でもほとんど目にしたことはないが、たまに古い村に行くと木が残っていることがある。それらはたいがいたまたま残っているのではなく、その古い言い伝えを信じる老人たちが意図的に残しているもので、修道士が来るとこっそり実を食事に入れて出すというのだ。彼らにすれば悪意はなく、徳の高い修道士にそれを差し出すことによって、彼らへの信頼を示し、神の手伝いをしていると思っている。

「申し訳ありません。俺が警戒すべきでした。あんなに老人が多い村なのに」

精霊を追い払う儀式をしたとき、家々の隙間や森の入り口を念入りに見たが、そのとき賢者の木は見当たらなかったから油断してしまった。賢者の実は乾燥すれば保存できる。庭に植えておくと近所から何か言われるから、山奥に隠して植えて、枝や実だけを採ってくる者もいる。従騎士時代に聞いたことがあったのに。

悔しいが、賢者の実のせいだとわかれば大丈夫だ。毒が抜ければそのまま治る。しかし聞くところによると、かなり苦しいという話だ。拷問にも使われる。

「レーヴェ……」

「大丈夫、あなたのせいではない」

こんな状態のマティアスに説明をしても理解も納得もできないだろう。今はただ、暴走する欲情を慰め、なんとかして絞り出してやることしかできない。

「う……。あ――、ん……」

マティアスのカチカチに張った性器を撫でさすり、先端を指で擦ってやる。丹念に丹念にこすってやると、かすかに粘液の玉はにじむけれど、まったく射精には及びそうにない。

「あ――、っ、く――、ぅ……」

出させてやろうとしごいてやると、苦しさを増すだけのようだ。


「痛……い、……レーヴェ……！」

泣きそうな声で、マティアスがレーヴェの手に手をかけてくる。決して強く擦ってはいないはずだが、こんなに張っているし、自分が来る前にマティアスがどれくらい自分で擦っていたかわからない。

「うー……」

よほど苦しいのか、我慢強いマティアスがうずくまって泣き声のような声で呻く。毒が抜けるまでこのまま待つか。そうしても命に別状はないが、実の効き目は長い。あまりにもつらすぎる――。

レーヴェは立ち上がってマティアスの机の前まで行った。

机の隅に並ぶ、小さな瓶の中に香油がある。

「マティアス様、お許しください」

レーヴェは手のひらに香油を零した。たっぷり手にまとわせて、マティアスの陰茎をそっと握った。

「あ……あ――……！」

「痛みますか？」

擦りすぎた場所から摩擦を消してやる。ぬるぬるにしてしごいてやればだいぶん楽なはずだ。

「や……あ。あ……」

マティアスの体温で、ふわりと香油が香る。白檀(びゃくだん)に、龍涎香(アンバーグリス)とヴァニラ。濃厚に甘いにおいがする。

見る間にマティアスの体温が上がってくる。痛みはどうやら取れたようだ。

「あ……ぅ、は。……んあ……っ……！」

マティアスをしごく手のひらが、ちゅくちゅくと粘った音を立てても、マティアスはまだ達せない。手の中でびくびくと跳ね続け、ひび割れそうなくらい硬くなっているのにそこからどうにもならない。

「あー……っ……あ。……ぃ、あ」

今度は快楽で苦しみ始める。賢者の実は快楽の崖にマティアスを追い込んだまま、彼を苛み続けているらしい。

「……や、ぁ……っ……！」

泣き声のような掠れた悲鳴を上げて、マティアスが苦しがる。何とかしてやりたくて、レーヴェは彼の尾骶骨の上にも香油を垂らした。

「ひ……！」

冷たさに身をすくませるマティアスの尻の狭間に香油を塗り込んだ。亜麻色の薄い窄まりをそっと撫でると、マティアスが驚いたように振り返ろうとする。

「大丈夫ですから、このまま」

静かに頭を押さえ込み、香油を塗り込んだ小さな口に、ゆっくり指を含ませる。

「あ——。あ……！」

襞をオイルで満たしてしまうくらいたっぷりと垂らし、少しずつ中に差し込んでゆく。

マティアスの中は燃えそうに熱かった。粘膜は戸惑うように引き攣(つ)り、見知らぬ感覚に怯えている。

「そんな……ところ……！」

「痛くはないでしょう？　息を吐いて」

慎重に油を足しながら中を探る。

男の身体には小さな秘密が隠されている。これこそが賢者の実だと言う者もいる。

快楽の実だ。慎ましく下腹に隠されていて、知らない者は一生触れない。しかもその実は淫乱な男娼にも、司祭にも必ず含まされている。

「あ……？　うあ。ああッ、やあ！」

マティアスの下腹を内側から撫でると、マティアスの腰が魚のようにびくびくと跳ねる。

「きゃ……っあ！　ああ！　あふ――ッ……！　何……!?」

「大丈夫です、出せます」

ここを擦られて射精しない男はいない。屈強な捕虜に無理矢理射精させて心を折るためにも使う場所だった。

「は……ふあ。……ぅ、は……。あ……」

快楽のつらさに、這って逃げようとしたマティアスが壁に縋る。好都合だと思いながら、その腰をうしろ抱きにして中を撫で続けた。

小さな環が、レーヴェの指をきゅうきゅう絞ってくる。口から漏れる声に、甘い快楽が交じる。

「レー……ヴェ……。ああ……」

手の中のものが少し軟らかくなり、先端からぷくぷくと透明の雫が漏れ始めた。粘膜の筒が甘えるように指を吸う。奥に呑み込もうと蠢き始める。もう少し刺激をしてやりたくて、含ませる指を親指に変えた。レーヴェの節のたった太い親指を、香油で光った小さな口に押し当てると、ぬうっと飲み込んでゆく。

「ああ……っ……！　レーヴェ……レー……ヴェ……ぇ」

口から漏れる声は快楽のそれだ。夢にまで見たマティアスの、発情した声が自分の名を呼ぶ。破裂しそうに鼓動する身体を抱きしめ、彼の襟足に唇を強く押し当てた。ぞくりと鳥肌を立てて震えるのがかわいらしい。マティアスの濡れた下の口は、レーヴェの親指をちゅぷちゅぷと音を立てて吸っている。腰が蠢く。レーヴェはマティアスの胸についている、小さな尖りを指でつねってやった。

「ああ……っ……！」

甘い嬌声と共に、腰ががくりと落ちる。マティアスはここが好きなのだ。

香油の甘いにおいが香る。あちこちから小さな水音がする。いつの間にかマティアスの小さな穴は、レーヴェの太い親指をぬっぷりと奥まで含み、はくはくと喘いでいた。粘膜は熱と油で溶けてとろとろだ。充血してふっくらと柔らかかった内壁の奥から、ぞわぞわと波立つような痙攣が親指に伝わってくる。

「レーヴェ……レー、ヴェ……。何だか、違……っ……！」

「大丈夫です。そのまま」

絶頂の兆しだ。マティアスの硬くなった乳首をしごき、親指をぬぷぬぷ差し入れながら、彼の快楽が、賢者の実の戒めを突き破るのを待つ。

「あ――……ああ……！」

壁に握りしめた手の甲に、細い筋が浮かぶ。甘く早い吐息。いつの間にか膝立ちになって、壁に縋って腰をくねらせ、快楽に悶えている。

理性が焼き切れそうだ。この血潮を透かす白い肌に噛みつきたい。この身体の中に、猛りすぎて疼いている欲望を突き入れて思うさま蹂躙したい。彼の熱い媚肉を掻き混ぜ、絞りきるような絶頂の中に、あらん限りの情を叩きつけたい。

神様は残酷だ。

彼に賢者の実を与えてレーヴェを試している。本当におまえは司祭の騎士にふさわしいのか。欲望に負けずにいられるのか。この身体を抱きたくないか。細い手脚を開かせ、甘えるように吸い付く粘膜に欲望をねじ込みたくはないのか。

舌を噛んでいないと堪えられなくなるほどの誘惑だった。汗ばんだマティアスの肌は、レーヴェの手のひらに吸いついてくる。汗から目がくらむようないい香りがする。ランプに照らされ、親指を出し入れされている粘膜が、油で蕩けて光っている――。

「……っ……」

眉間に強くしわを寄せて目を閉じる。あと一瞬。あと一瞬。はじけきれそうになる欲望を必死でねじ伏せながら。

不意にマティアスの性器がくたりとするのを感じた。乳首を虐めていた手を離して、弱った性器を手

に包んでみるが、あんなに張り詰めていたものが急に柔らかい。

「マティアス様……」

「や……やあ。……やあ……っ、だ。いや……ぁ……！」

マティアスが切れ切れの悲鳴を上げて震え始めた。同時に、指を咥えている場所がぎちりと嚙まれ、ビクビクと震える。

「は……あっ。や、だ。こわ、い。レーヴェ……！」

「マティアス様……？」

マティアスの反応は絶頂のものだ。だが精液が出ない。出る気配がない。

まさか、うしろの刺激が強すぎて、こちらで極めてしまったのか。今だって、一度極めた快楽が再び盛り上がるように、マティアスの息も熱も声も、切羽詰まってくる。すぐにびくびくと痙攣をする。親指を咥えた場所が、ひくひくと息をしている。

「や……、だ。レーヴェ、また……！」

身体を震わせて絶頂を訴えるけれど、それでもマティアスの萎えた性器からは、雫以上の液体が出ない。

「もう……いや……。嫌だ……」

何とかしてやりたい——。その一心だった。

マティアスをベッドに引きずり倒し、脚を開かせる。淡い茂みに鼻先を押し込むようにして、彼の萎えた性器を唇に迎えた。

「レーヴェ……！」

彼が驚いて髪を摑んできてもレーヴェはやめなかった。柔らかい肉を唇で揉みしだき、付け根から先端に向けてしごきながら吸う。

「あ……は……っ、あ——」

親指を抜き差ししながら、徐々に実ってくるマティアスの頼りない茎を口で擦ってやると、やっと咥え甲斐があるほどの硬さに実った。

「レーヴェ……いや。……離して……出る……——！」

彼の悶える腰を押し込み、吸いながらしごいてやる。親指は彼の下腹の実を揉みながら、上ってくる粘液をしごき出すように。

「んア……っ、あ――！」

彼が身体を縮こませて、粘液を吐く。長い絶頂で、いつまでもレーヴェの口の中でドクドクと震えていた。

「……っ……」

糸を引きながら、彼を口から抜き出したが、飲むというほどでもない少量だ。しかし精路は開いた。少しは出たから大体治まるだろう。

「……っ、く……。う――……」

マティアスは額の上に腕を重ね、手足を寄せて、胸を上下させながら激しい息をしている。ヒクヒクと胸をさざめかせつつ泣いているようだし、身体からは汗が流れていた。ヴァイオレットの瞳が焦点なく中空を見ている。快楽に翻弄されて放心しているようだ。

レーヴェは彼の濡れた額の髪を、そっとうしろに指で撫でた。震えながら涙を溢れさせている。怖かったのだろう。

「仕方がありません。マティアス様のせいではない」

唾液に濡れた性器も、レーヴェの無骨な太い指を押し込まれて開いたままの粘膜も。

「身体を清めますから、このままお休みください。もう眠れるはずです。マティアス様に実を与えた彼らを罰するにしても、今夜はもう無理ですから」

昔の慣習とはいえ、これはただの毒だ。いくら老人でも今や周知は徹底している。使ってはいけないことを知らないはずはない。

「……それは……ダメ、だ」

しゃくり上げながらマティアスは言った。

「彼らは、神様を信じて行(おこな)ったのだから」

残酷だが、信仰心と信頼がさせることだ。人々が神を、司祭を信じるなら甘んじて受けるとマティアスは言う――。

マティアスと話し合って、昨夜のことは、理由があるとはいえ懺悔に当たるだろうと答えを出した。

早朝、礼拝の前に懺悔にゆくことにした。

マティアスはさすがに起きたが、青い顔でふらふらしている。

おとといも徹夜だったし、昨夜も体力を使い果たしたのだから仕方がない。このあとは礼拝、そのあとは来客の予定があったか。午後から城へ行くことになっていたが、従騎士への講義のはずだから、これを誰かに代わってもらえないか。マティアスは大丈夫だと言うだろうが、黒いクマの浮かんだ目のまわりを見ていると、昼寝の時間だけでも稼いでやりたくなる。

まだ明け残る冷たい空の星々を眺めながら、教会の鍵を開け、懺悔室に入る。本来は別室に入るのだが、マティアスが許しを与えるべき司祭であることから、二人で同じ部屋に入った。

冷たい石の床に跪き、祈りの言葉を唱え、不慮の事故とはいえ肉欲の苦しさを堪えきれず、快楽に頼って逃れたことを告白した。今後口にするものには十分気をつけ、そのような事態に陥らないようにと誓ったものの、レーヴェはあれが間違った処置だと思っていない。

放っておけば今頃はまだベッドの中で苦しんでいただろう。卿に相談しに行くとそれなりの問題になり、村人に咎めが及んでいたかもしれない。マティアスに賢者の実を饗した家にはレーヴェが話をしに行くつもりだが、自分から注意されるのと卿から咎められるのでは、彼らの心も村での立場も、天と地ほどの打撃の違いになる。

罰を与えるなら自分に、とレーヴェは祈った。マティアスは何も知らず、マティアスの身体に具体的に手を下したのは自分だ。快楽は副産物で、決して目的ではなかった。それに何より本当に懺悔すべきは、苦しむマティアスの姿に劣情を覚えてしまった、自分の獣のような情動だ。かろうじてねじ伏せることに成功した神の加護と、己の理性に感謝したい。

懺悔の時間は長く、冷たく硬い石の上で身体が冷えきってしまった。冷たさで手足が痺れる。レーヴェでさえこうなのだから、骨細で肉のないマティアスはどれほどつらいだろう。

「マティアス様。足元に、気をつけて」

屋敷へ戻る石の回廊を歩く足取りもおぼつかない。いつでも手を伸べられるようにと、注意深く彼を見守っていると、彼が横顔を向けたまま、小さな声で呟いた。

「昨夜のようなことができるなら、また懺悔をしてもいい」

泣きそうな声で、顔を歪めて呟くマティアスに、理性を真横から突き崩される気分がする——。


教会は午後から開放されている。

近隣の人々が自由にやってきて祈ることが許され、聖史を読む者、泣いている者、神に見守られる時間を大切にしながら生活する者がここを訪れる。司祭は交代で常駐し、身体の具合が悪い者や深刻な悩みを抱える者に手を伸べる。

レーヴェは五列しかない席の一番うしろに座って手を組んでいた。昔はわざわざ教会に来て祈ることに何の意味があるのかと思っていた。だが真摯に神と自分自身に向き合いたいと思うとき、ステンドグラスの光に満ちたこの小さな空間は、優しさと冷静さを持って自分を迎えてくれることがわかった。

レーヴェはあの日から悩んでいた。

尊敬、敬愛、庇護欲。美しいものでごまかしてきたマティアスへの気持ちが、劣情を伴うマグマのように激しい恋愛感情だと身をもって知ってしまった。

もし、またあんなことがあったら、今度こそマティアスを穢してしまいそうだ。自分は教会付きの騎士で、彼は修道士だ。教会と修道士を守るべき騎士が彼を穢すなど、本末転倒もいいところだった。自分を騎士にしてくれたマティアスを裏切る行為だ。そんなことは絶対許されない。

——昨夜のようなことができるなら、また懺悔をしてもいい。

レーヴェの中でとっくに固まった決心を、マティアスの囁きが強く腐食させてゆく。マティアスが望んでくれると思うと、自分のどんな強固な意志も砂糖菓子のようにたやすく崩されてしまう。誰かに見咎めてほしい。及ぶ直前に自分を罰してほしい。心底そう願ったとき、自然と足が教会に向いた。

強く組みすぎて冷たくなった指を解き、指をずらして組み替えていると、通路を通りかかった司祭が声をかけてきた。

「お祈りが増えましたね。騎士の自覚が出てきましたか？　感心です」

レーヴェは静かに首を横に振った。

懊悩と罪が増えただけだ。神の盾矛である騎士の無垢さというなら、ここに来たときのほうが優れていた。純粋にマティアスを慕い、心のすべてで彼に感謝し、一生命に替えても守ると澄んだ心で誓っていた。今でもその気持ちに変わりはないが、瞬間的にそれを呑み込む情動がある。しかも日増しにレーヴェの身体をじわじわと冒しながら、心の奥底まで根を張っているのを感じる。

修行の旅に出ようか、遠征に加わろうか。最近はそうまで思うこともある。騎士として本部の仕事を請け、他国に遠征する修道士の護衛をする巨大な騎士団に加わるのは、教会付きの騎士の誉れともされる。

遠征に加われば三年は戻ってこられない。他国で領地を得た場合、そこの警護に回されればもっと――。

現実的ではない、と思いながらレーヴェは席を立った。マティアスを守れない騎士など、何の価値もない。だがこのまま何らかの事故が起こるのを、ぼんやり待っているのも罪だ。

レーヴェに今できるのは、慎重に不慮の出来事を避けながら自分を強く戒めてゆくことだ。そうすればいつか歳を取り、性欲も涸れて、昔のように純粋にマティアスを慕えるようになるのではないか。

「……」

その年月の長さに頭を抱えたレーヴェの耳へ、心配そうな話し声が飛び込んできた。

「アゴルト様が、森の向こうに食糧を隠しはじめているというではないか」

「いいえ、あれは冬のための備蓄で、今余っている穀物を、安い値段で隣国に売らずに、冷たい洞窟で保管して、冬に――」

　家人の男たちが三人で難しい顔をしている。何の話だろうと思いながらも、邪魔にならないよう足早に行き過ぎようとしたとき「レオンハルトさん」と呼び止められた。

「……何でしょう」

「レオンハルトさんは、アゴルト様の謀反の噂を聞いたことがありませんか？　あなたは時々お城へ行かれるでしょう？」

「ありません。そのような無責任な戯れ言は昔からあるものです。おやめになったほうがいい」

　シェーンハイト王国の若き王ストラスには、腹違いの弟がいる。農家の娘から生まれたストラスと、王妃の子のアゴルトのどちらを王位に即けるかで長年揉めてきたのはレーヴェも知っている。しかしレーヴェが叙任を受けた年の夏に、正式にストラスが即位して、それも収まったはずだ。

　とはいえ、ストラスは即位した途端、国王補佐として大事に扱うと誓っていたアゴルトを虐げ始め、それに激怒したアゴルトが謀反を起こすという噂は日に日に大きくなっている。

　だがそれもあくまで噂話に過ぎない。アゴルトは穏健な人物で信仰心も厚く、昔から教会を強く保護してくれているのもアゴルトだ。教会側も先王、そして先々王から、アゴルトをくれぐれも頼むと言われていて、ハイメロート卿はその誓いを強く結ぶためにに、大きなミサを開いたほどだった。

　そのアゴルトが、今更王家を裏切り、謀反を起こすとは考えられない。

「それでは」

　気まずそうな顔をする家人の前から離れた。

　アゴルト謀反の噂は日に日にひどくなっている。本当のところ、今でも城の中はストラス派とアゴルト派に分かれていて、諍いが絶えないのをレーヴェも知っていた。教会はアゴルト派に属しているという。しかし教会が王家を見捨てられるはずがない。

それに今謀反など起こして国力が二分してしまえば、隣国から攻め入れられるのは確実だ。私欲に殉じてその愚を犯すのは、国の判断としてあり得ない。

「レオンハルトさん！　レオンハルトさんを見かけませんでしたか？」

男の声が自分を探している。声の方向へゆくと家人が自分を探していた。

「あっ、レオンハルトさん。こちらにいらしたんですね」

「どうかしましたか？」

「マティアス様に、祈禱（きとう）のご依頼が入りました。エッボバント伯爵の屋敷に行かれるそうです。護衛を」

「わかりました」

行き先を聞いてレーヴェはほっとした。気心の知れた貴族の屋敷だ。ここのところ老夫人の具合が悪く、度々こうして呼び出される。

あれからもますますマティアスは仕事に励んでいる。

目の前の使命を、懸明に果たしてゆこうとするマティアスは正しい。そんな彼を見るたびに、自分がこうして悩んで立ち止まっているのを、情けなく恥ずかしくレーヴェは思うのだ。

エッボバント伯爵の叔父は、熱烈な泉信者だ。若い頃戦で失明しかけたところを、春の祭りの奇跡で救われ、それ以来寄進を熱心にしてくれる。施しも多く、病を得ると自宅の礼拝堂に教会から司祭を呼んで祈禱やミサを乞う。

今日は風邪が治らないと言って祈禱を依頼してきた。早速数名の護衛を連れ、伯爵の屋敷を訪れることにした。

向かったのはマティアスで、伯爵はマティアスの流れるような儀式を眺めて大変喜んでくれた。

その日はちょうど、伯爵が主催する狩りの宴が催される日だった。

「さあ、どうか楽しんでいってください。どの料理にも鳩は使っておりませんので安心して」

エッボバント伯爵自身も教会に理解の深い人で、マティアスにもてなされてゆけと言ってくれる。

庭に面する居館も庭も、非常に賑やかになっていた。

篝火が焚かれ、吟遊詩人と芸人が招かれて歌や曲芸を披露している。歌手が数人で声を重ねて歌い、弦楽器が掻き鳴らされている。着飾った貴族たちが大声で笑いながら肉を食いちぎり、銀の杯で続けざまに葡萄酒をあおっていた。

マティアスはあの中に交じるのを非常に苦手としている。王侯貴族と交流があるからには、いずれ同席しなければならなくなるのだが、今のところ修行中の身であることを理由に、部屋の片隅に小さく席を取ってもらうのが常だ。そこで花束のように盛り合わせた果物やパンを食べ、遠目に吟遊詩人の歌に耳を傾けたりして楽しむ。そんなマティアスを見て子どもだと笑う人もいれば、あれこそが司祭のわきまえだと褒め称える人もいる。

レーヴェは、食事中のマティアスの杯に、水が入った瓶を傾けた。

「いかがですか？　マティアス様」

「おいしいよ。素敵なチーズだ。レーヴェも食べるといい。本当に不思議なくらいミルクの味がする」

エッボバント伯爵が飼っている山羊は特別で、その山羊の乳から作ったチーズはどのチーズとも比べものにならないくらい濃厚で優しい味がすると評判だ。固いパンの欠片にチーズを塗りつけてマティアスが出してくれる。食べてみると本当にさっぱりしているのにコクが深く、非常に優しい味がした。

マティアスはチーズに蜂蜜をたらして食べている。彼の好きな食べかただ。顔が幸せそうだった。

「北山の頂上辺りにいる山羊を捕獲してきたそうです。生け捕りにするのが難しいですし、山をおろすとすぐに弱って死んでしまうといいますからね」

「伯爵のお人柄に賜った祝福だろう」

マティアスは嬉しそうに胸の中央を指で二度撫でて、指を組む。食の細いマティアスが、こんなにおいしいと言うことは少ない。

時々このチーズを分けてくれないかと交渉してみようかと思いながら中央のテーブルを見ると、すっかりできあがった貴族たちが机を叩き合って何かを論議している。マティアスは苦笑いだ。レーヴェもマティアスが大人になったところで、あの席に交じれるとは思わないし、その必要もない気がする。

退出を言い出せる雰囲気でもなかったので、少し庭を散歩することにした。

夜の庭は冷ややかだ。

眠った植物の香りが漂っていて、大気に満ちる紺色の粒子がひやりと肌に触れてゆくのが気持ちいい。

エッボバント伯爵の屋敷は庭自慢でもあり、馬上試合もできそうな広さの芝生の向こうに、迷路を象った植え込みがある。合間合間にある花々も見事で、春、この庭で宴が催されるときは招かれた貴族たちの衣装でさらに華やかになった。

潤んだ風が頬に触れてゆく。夜に咲く白い花々が競い合って開く時間で、辺りはうっとりするようないい香りが立ち込めていた。

「この花は、夜に咲く花と、昼に咲く花は別々なんだ。同じ蔓に咲くのだけれど、よく観察してみると昼には半分が咲いて、夜には残りの半分が咲く。神様が旅人や巡礼が迷わないようにと用意してくださったんだ。見えなくても香りに導かれ、近づくと月光に白い花が照り返して、道の際(きわ)を教えてくれる」

マティアスは垣根に絡んだ白い花々に手を伸べて、くすぐるように撫でながら庭を散策している。数歩遅れてレーヴェがそのあとに従っていた。

あれからマティアスは、子どもが欲しいと言わなくなった。気が変わったとは言い出さないが、何か思うところがあるのだろう。

それとも優しいマティアスのことだ。行きがかり上とはいえ、マティアスにあんなことをした自分に失望しつつ黙っているのかもしれない。

それでもいいと思っている。あの晩、清らかなマティアスに対して過ちを犯さずに済んで、本当によかった。もしもことに至っていたら、夜明けと共に自分を恥じて、崖から身を投げていただろう。

これが自分の幸せの極みだ。騎士としての人生に、今以上の幸福があるだろうか——。

噛みしめるように思っていると、マティアスが赤い花の群生が終わったところで立ち止まった。奥まで行かずに戻るのだろうかと思ったが、マティアスは瞬きもせず、胸の三角符を手に握りしめたまま固まっている。

マティアスの視線の先には人の姿があった。貴族らしい男の背が見える。密談だろうかと思ったがその向こうに見えるのは、尻をまくった女の姿だ。男の腰はまだ動いていて、結合部が丸見えになっている。

「きゃ……！」

「司祭様」

彼らが同時に声を上げた。マティアスが驚いて後ずさった背をレーヴェが受け止める。

逃げると思った男は、女にうしろから突き込んだまま、開き直ったように大声で言った。

「ご覧なさい。人はこのようにして愛し合うのです！　愛の行為をなさい、司祭様！　ほらこのように！」

「控えなさい！　マティアス様、こちらへ」

マティアスを抱き込むようにしてレーヴェはその場を慌てて離れた。

「お忘れください。彼らは酒に酔っているのです」

はた迷惑な話だ。宴で酔っ払った貴族が、婦人や使用人をそそのかして外で性交するのはよくある話だが、ミサの夜に、人が来るのがわかっている散策のための庭ですべきことではない。

「……レーヴェ」

「はい」

マティアスは今にも失神しそうな横顔で、虚ろに呟いた。

「ああするのだね？　赤い実を食べたあの夜のように。わたしたちもできるのだね……!?」

「できますが、なさる必要はありません」

聖水は鞄の中だ。気つけの薬もおつきの修道騎士が持っている。水だけでも貰えたら——。

マティアスの中で何かが繫がったようだ。マティアスは訴えるような目で自分を見上げる。

「何でだろう。愛の行為だと言った」

「そうですが、あなたの身を穢すこととなります」

「愛し合うことがなぜ身を穢すことになるのだろう⁉」

マティアスは時々答えに困る、酷い核心を突く。レーヴェもそう思う。愛し合って、求め合って身体を重ねる。自分たちにはマティアスが望む奇跡は起こらないが、それでも愛を確かめ合うのは誠実以外の何ものでもなく、身を穢すというのとはほど遠い行為だと思う。

絞り出すようにレーヴェは応えた。

「だが、あなたには許されていない」

それが現実だ。彼は司祭だ。許されるならこんなに苦しんではいない。

マティアスはびっくりしたような顔を、ゆっくりと歪めると二度、左右に頭を振った。震える唇がわななきながら開く。

「わたしたち修道士は神様に愛されているはずなのに、そんなことがあるわけがない！」

「マティアス様！」

「聖史に基づいて愛の真理を考えるなら、レーヴェとああするのが一番正しいはずだ！」

「それでも、あなたの未来を閉ざすことは、俺にはできません！」

怒鳴り返すと、マティアスは菫色の瞳にいっぱい涙を溜めたまま叫んだ。

「レーヴェの石頭‼」

身を翻したマティアスが居館（パラス）のほうに走ってゆくのを慌てて追おうとしたが、ちょうど居館のほうから修道騎士がこちらにやってくるところだった。マティアスは彼に摑まえられ、宥められながら宮殿へ戻ってゆく。

ほっとしながら、レーヴェは居館の灯りの中に消えてゆく彼らの背を、立ち尽くしたまま見送っていた。彼はひどいことを言われたように泣いたけれど、泣きたいのは自分のほうだ。

「ひと月ほど留守にします。父上と教会とみんなのことを頼みましたよ？」

屋敷から帰ったマティアスが急に本部に行きたいと言い始めた。マティアスは元々、いつでも本部に行って図書館を使う権利を持っている。来月、ハイメロート卿が訪問する予定があるからそのときにしてはいかがか、とまわりは勧めたのだがそれも聞かず、明日にでも発ちたいというのを誰も止める術はなかった。

先頭に騎士が立ち、マティアスの馬を挟んで修道騎士とレーヴェが並ぶ。本部は湖に囲まれた天然の高台にあり、いざとなれば要塞ともなる堅牢な建物だ。

マティアスを本部に送り届ける護衛をするあいだ、マティアスはまったく誰とも口を利かなかった。馬の上で俯いてずっと考え事をしていた。共に護衛をしていた修道騎士が、不安そうな顔でそっと耳打ちをしてくる。

「……マティアス様は、何やらマティアス様にしか察知(さっち)できない凶兆(きょうちょう)に気づかれたらしい」

そうではないとレーヴェは思っていた。たぶん、性交に関して何らかの考えがあるのだろうが、具体的に何を思っているのかはわからない。

わざわざ本部に出向くということは、上位の司祭にその是非を問い、非と言われたら神はなぜ、聖職者たる自分たちに肉体的に愛を示す方法をお許しにならないのかと問い詰めるのかもしれないし、是と言われたらどう捉えるべきか詳しく知見を問うてくるのかもしれない。

まさかとは思うが、否定されたときはそんなはずはないと、本部に対して真っ向勝負を挑むつもりか——。そんなことになったらハイメロート家は終わりだ。しかしマティアスがそこまで短慮なはずはない。

護衛できるのは本部の門までだ。跳ね橋の奥、まさに天界と地上を隔てるかのごとく高く、堅牢な壁の内側は、選り抜きの修道騎士に守られている。レーヴェたちは門の外にある宿泊所で、帰宅を知らせる使いが来るまで待つしかなかった。

二日、三日。中で何が行われているかわからないが、時々空をベアテが旋回しているのが見えた。マティアスはあの空の下にいる。もしも何事かがあった場合は、自分のところか、ハイメロート家に真っ先に飛んで帰るだろうから、ベアテが飛んでいるあいだはマティアスは無事だと判断していいだろう。

中で何が行われているのか、塀の外からは知る術はない。問答のようなことをしているのか、ただ祈っているのか、それとも議論を戦わせているのか。

本部の中にいる限り、身柄は安全だが、マティアスの体力が心配だ。マティアスは勉強を始めると自分の身体のことを忘れてしまい、睡眠も食事もなおざりにする。そうなると持って三日。四日目の朝には倒れてしまうし、倒れてしまうと回復するまで一週間以上かかるときもある。これまで図書館を使ったときも、だいたい四日目に帰ると知らせが来た。

今日がその四日目だ。帰り支度を終えて迎えに来いと、今すぐにでも連絡が入るはずなのだが――。

「マティアス・ハイメロート様の付き人はいるか！」

宿泊所の扉を開け放った騎士が大声で叫んだ。レーヴェは慌てて駆け寄り、自分たちだと名乗った。

すると騎士は小声で言った。

「昨夜からマティアス様が、図書室の一室に籠もれて反応がない。昼の鐘が鳴ったら我々が強制的に検めるが、付き人がいるなら呼びかけてみよとの、大司教からのご温情だ」

同行の修道騎士と息を呑んで顔を見合わせた。

倒れているかもしれない。今すぐ部屋を開けて無事を確めてほしい。そう願う間も惜しく、案内されるまま本部の中に上がった。聖職者と修道騎士以外、許しがなければ入れない建物だ。

巨大な建物の中は本や巻物で埋め尽くされていて、壁には蜂の巣のような扉が無数に付いている。

「こちらです！」

番号が書かれた扉に案内された。

「鍵を持ってきてください。早く！　マティアス様！　マティアス様！　お返事をなさってください！」

　案内人に鍵を頼みながら扉を叩く。思い詰めていたのは知っていた。部屋に籠もって出てこないなら、なぜもっと早く知らせてくれないのか。安全だと思ってマティアスを預けたのに、なぜそんなに長い時間、彼の好きにさせたのか――。

　悔やんでも遅いと思いながら、ドアを叩く。

「マティアス様！　聞こえていますか、マティアス様！」

　ドアを叩いていると、遠くのほうから鍵を振り上げながら修道士が走ってくる。それも待てずに扉を蹴破ろうとレーヴェが足を振り上げた瞬間、戸の内側から、カチリ……と、錠が外れる音がした。

「……大きな声を……出さない、で」

　細く開けたドアから覗く――いや、そこには誰もいなくて、ふと下に目をやると、ドアの下側に手がかかっている。

「図書館で、大声を出してはいけないって、注意を受けなかったの……？」

「マティアス様！」

　マティアスは床に転がっているらしい。

「マティアス様、どうなさったのです！」

　彼をドアに挟まないよう、慎重に扉で押しのけながら開くとマティアスはやはり倒れていた。

「マティアス様！」

　抱き起こすと、黙れという声も出ないように、マティアスはレーヴェの口を押さえながら言った。

「大丈夫……。やはり、神様は真実の愛をお咎めにならない……」

　そう言って、すう、と寝息を立ててまた眠ってしまう。

「マ――……！」

　揺り起こそうとして、レーヴェははっと目を見張った。

　小さな室内は嵐に巻かれたあとのようだ。おびただしい数の本や巻物が机に床にと、所狭しと積み上がり、床にはペンが落ち、巻物が、本の山の上から滝のようにかけられている。

鍵を届けに来た修道士も驚いていた。

「マティアス様は何をこんなに……？」

「と――とにかく、休める場所を貸してください。この部屋はこのまま。読書中かもしれませんので」

「え、ええそうですね。このまま鍵をかけましょう。ベッドは今ご用意いたします」

マティアスが何を調べようとしていたか、なんとなく察しがついて、レーヴェはなるべくやんわり彼を追い払った。

「マティアス様は、お小さい頃から勉強家でいらしたから……。今回はどのような成果をお持ち帰りでしょうね」

修道騎士も涙ぐんでいる隙に、レーヴェはマティアスを部屋から連れ出し、なるべく自然に静かに、うしろ手で扉を閉めた。


翌々日、マティアスは帰宅の途についた。

帰る頃にはすっかり体調も良くなっていて、本部のミサなどにも参加したようだ。

帰宅してから、本部の内容を引き継いだミサを行い、ハイメロート卿に様々な報告をする。

その端々を聞くだけでも、短いながら充実した日々だったようだ。同行の修道騎士たちと相談して、マティアスが勉強に夢中になりすぎて倒れてしまった件は誰にも言わないことにした。

夕餉を終え、マティアスに寝支度をさせてベッドに入れた。

屋敷の見回りをし、庭に下りる。

庭には、夜に咲く花がいい香りを漂わせている。白いハンカチのような花びらが、白い光を吸って輝いていた。

「――いかがでしたか？」

レーヴェは外壁に背を凭せたまま問いかけた。見回りが終わる頃からそっとうしろをついてくる足音があった。

「まあまあだった」

頭のすぐ上からマティアスの声がする。

庭に下りず、まっすぐ廊下を進んで窓から顔を出していたマティアスは、窓辺に腕を重ね、それにこめかみを凭せるような姿勢で庭を見下ろしている。

マティアスはたぶん、セックスについて調べるために本部に行ったのだ。人の善良な賢明さを信じるマティアスは、あの巨大な図書館に文献があるに違いないと踏んだのだろう。図書館の管理人が言うには、不眠不休で資料を探して部屋に持ち込み、読みふけっていたそうだ。

その結果は、マティアスの表情に見て取れる。

「レーヴェと身体で愛を確かめ合うのは特に禁止されていないようだよ」

「そうですか」

「女性とのあいだに子どもを作ることはどの書を見ても、禁じられていた。修道士はすべての人に等しく愛情を持たなければならない。もし、自分の子をもうけてしまったら、その子を特別にかわいがるなというのは無理だ。わたしの父母を見ていてもそう思うし、それが自然だと思う」

「そうですね」

レーヴェの父だって、自分のことはそこらの子犬と変わらないくらいにしか思っていないのだと思っていた。しかし、レーヴェが危険にさらされた際、精魂込めた新品の売り物の剣を摑んで馬で駆けてきてくれたとき、自分は彼の息子なのだと実感した。

「だけど一つだけ気が晴れないところがあって。わたしに子どもができなくとも、わたしがレーヴェに特別な愛情を持つのは間違いないと思う。それが我が子への愛に劣るだろうか？　愛に分け隔てがあるだろうか？」

「マティアス様……」

「わたしは真実が欲しい。神様を裏切りたくない。そしてどんな疑問にも神様は必ず答えを用意してくださっているはずだ。わたしはそれを探したい。けっしておまえを裏切るつもりはないが、わからないまま誓いを重ねたらわたしは後悔してしまうかもしれない。わたしの理解が及ぶまで待ってくれないだろうか」

「もちろんです」

「わたしは今、おまえを裏切っているだろうか、レーヴェ」

震える声で問うマティアスに、レーヴェは静かに首を振った。

「あなたほど誠実な人はいない」

自分と愛し合うのが正しいと証明しようと必死だ。レーヴェを愛する気持ちが至高だと信じ、その上で司祭として生きる彼の信念に背かないかどうか、懸命に判断しようとしている。

健全だ。求め合うために一番正しい道を探し、納得できるまで待つ。レーヴェだって、マティアスを欲しい気持ちは本当だ。だがそれを押し殺しても、彼の生きかたごと愛したいのがレーヴェの真実だった。

窓から身を乗り出し、両手を伸べてくるマティアスを支えながら、奇妙な姿勢でキスをする。

上下に唇が離れたあと、マティアスはこちらに手を伸べたまま囁いた。

「そうしたら、レーヴェとそうしたい」

囁く罪な唇を、もう一度レーヴェはしっとりと吸った。

待てと言われたら待つ。この真摯さこそが至高の愛だと、レーヴェ自身は思っているのだから。

不思議なくらい欲情がなかった。満たされるとはこういうことだ。今なら天国に行けそうだとすら思う。


その日、一人の女性が教会に助けを求めに来た。森の向こうの村人に案内され、ボロボロの姿になってここまでやってきた。汚れたベールに裂けた長着、痩せこけていて、頬には幾筋も擦り傷がある。彼女はぼろ布に顔を埋めて嗚咽していた。

国境にある小さな村の女性で、命からがら隣の村に助けを求め、そのまま連れてこられたというのだ。

「これが……?」

マティアスは机の上に広げられたものに目を疑った。

「はい。森の前にたくさん落ちていて、すべての牛の尾も切られました」

布に包まれているのは、何百粒もの蝙蝠の目玉だ。

「これは間違いありませんね」

机を覗き込んでいた修道騎士が青い顔で呻く。マティアスも他の可能性を考えようとしたが、何百匹もの蝙蝠の目玉を抉るなど、人間にできることではない。家畜の尾を切るのも精霊独特のいたずらだ。

「洞窟の奥に悪い精霊が溜まっているのです。昼間はおとなしくしているのですが、夜はこんな……」

扉に飛沫いたように血がついていたり、雨のような音を立てて一晩中窓を叩いたりするのだ。子どもの泣き声をまねたり、山羊の乳を出なくしたりと、一つ一つはたいしたことはないがエスカレートすると村が滅ぶ。

「やはり悪い精霊でしょうか」

付き添いで来た老人が尋ねる。マティアスは頷いた。

「そのようです。幸いまだ洞窟の奥に溜まっているようなので、今のうちに対策を立てましょう」

精霊は精霊を呼ぶ性質がある。その洞窟にどんどん溜まって溢れかえってしまったら、それだけで村が滅びることもあるし、近くに魔女がいたら、大感染が起こらないとも限らない。

「マティアス様」

「慎重に準備をしよう。わたしと司祭を二人と、修道騎士はどれくらい必要かな」

心配するレーヴェに大丈夫だと、目配せを送りながらマティアスは考えた。まだ蜂の巣のようにひところに溜まっているなら恐れることはない。だから今のうちに洞窟を封印するか、精霊の恨みを買わないように静かに彼らを追い出しながら、戻れないよう洞窟を焼き払うしかなかった。この間の予防的な対策では役に立たない。十分に聖水が使えるよう、準備をしていかなければならない。

「修道騎士はハイメロート卿のお側付き以外は全部お借りしましょう。王宮に相談して、さらに数名お借りできたら」

「すぐに使いを出してほしい。人数も欲しいけど、もうあまり時間がない」

今出発すれば、明日の明け方に到着できるくらいの距離だ。話を聞く限り、その精霊の溜まり場はいつ破裂してもおかしくない。

すぐに出発の準備が始められた。

香木も聖水も香油も、余れば持ち帰ることにして、可能な限り多く積み込んだ。司祭が一人、修道士が二人、修道騎士が二人と、王宮から直接村へ来てくれるよう手配を整えた。あとはレーヴェが率いる騎士が五人と従騎士が三人。戦に参加できそうな重装備だ。

マティアスたちの体力を考え、余裕を持って村に到着した。

村はすでにかなり荒れていて、爪を持った竜巻が暴れ回ったように、家々の壁や扉は引っ掻き傷だらけで、樽が割られ、杏の実が腐り、子牛が一頭、地面に倒れていた。

立ちすくんでいた女性が鳴咽を上げて泣き崩れる。彼女を従騎士に預け、無人の礼拝所に匿った。精霊が入ってこられないよう、布などでよく隙間を塞ぐように言いつけて、マティアスたちは早速森へ向かった。

不思議なことに森はまだ、荒れていない。多くの精霊たちが森を出入りすると、手当たり次第に木々の精気を吸ってしまうから、洞窟への通い路は真っ先に枯れるのが常だ。

「どこかに別の通り道があるかもしれませんね」

修道騎士の一人がそう言って、その道を探すために別行動を取った。逃げ道があるとそこから飛び出して、森の外に興奮した蜂を放つのと同じことになる。

森を進むと女性が言った通りの洞窟がある。岩壁にある人工的な洞窟で、彼女が言うには、中は百人くらい入れる細長い部屋になっていて、一番奥にはご神体があったはずだが、今はどうなっているかわからないそうだ。

ご神体の加護がある場所に、弱々しい精霊は溜まれない。ご神体があるとしても原形をとどめていないと思ったほうがいい。

洞窟は静かだった。入り口に聖水で濡らした縄を張る。入り口の土に、聖史の言葉を書き、少し離れた地面の上にも防御の言葉を書く。修道騎士が乾燥した香草を丸めたものに火をつけた。これを奥へ転がし、精霊が嫌がって出てくるのを待つ。出てくる気配がなければこのまま洞窟を封印してしまう。

古代の歌が交じった聖史を唱え、聖水を撒く。普通の精霊ならこれだけで嫌がって出てくるはずだ。そう思いながら儀式を進めていて、ふとマティアスは我に返った。

――おかしい……？

香草でいぶしているというのに、洞窟は少しもざわめかない。精霊は本当にこの奥にいるのか。移動したあとではないか。それにしたって静かすぎる。何もいないというよりも、表の音を吸われているかのようだ。この感覚には覚えがある――？

そう思ったとき、ふっと肌が総毛立った。精霊の中でも高位の存在。瑞霊（ハイリゲ）と呼ばれる神と魔の間の者だ。

「やめて――……！」

マティアスは祈りを捧げていた司祭と修道騎士を止めた。

「マティアス様？」

「あなたたちはここを離れて！　わたしが話をする……！」

瑞霊の住み処をいぶしたかもしれない。入り口に綱を張り、無礼にも聖水を撒いた。瑞霊は精霊とは比べものにならない高度な知能と意思を持ち、人語を理解し、気まぐれに人に幸運を与えながら自由に生きる。雨を降らせ、雷を呼び、風を操るものもいる。こうして人里から近い洞窟や森に住み着いては、遠巻きに人を眺めて楽しんでいる。東方の物語や工芸品を運んできたり、西の鉄鋼技術を伝えたり、南方の種を持ち込んで来るのも彼らだ。性質はおとなしく孤高で、姿を見ると幸運がくると言われていて、大体が人好きで——だが、怒るとその霊力をもって獰猛に牙をむいてくる。

間違えたと言い訳をして謝らなければならない。

マティアスが洞窟に踏み出そうとしたとき、洞窟の奥から水飛沫のような霊気と共に、ものすごい勢いで何かが飛び出してきた。

「わあっ！」

跳ね飛ばされて倒れ込もうとしたところを、レーヴェの腕がマティアスの身体を掬う。

「マティアス様！」

「瑞霊だ！　レーヴェも逃げて。謝らなければ！」

あれは水霊の類いだ。怒れば井戸や川が荒らされ、日照りが来る。

「精霊と瑞霊を間違うはずなどないのに、なぜ……！」

司祭たちが言う通りだ。瑞霊の清気に精霊たちは近づけない。瑞霊がいる森には精霊は住めない。だから森は少しも枯れていなかった。なぜならここは瑞霊の住み処だったのだから。

それではあの村の荒れようや蝙蝠の目は何だったのか。あれは間違いなく精霊の被害だった。蝙蝠の目を持って教会を訪ねた女。教会に瑞霊の住み処を襲わせるのは間違いか悪意か。しかし彼女は被害者だ。あんなに傷ついて泣いていて——なぜ彼女はあの村で一人生き残れたのか——。

「——彼女が、魔女だ……！」

精霊を引き連れて村に来た魔女だ。

「マティアス様、一旦逃げましょう！　レーヴェ！」

「はい」

「逃げられないよ！　このままでは水害が起こる」

瑞霊は一度怒ると、災害を引き起こすか人を呪うまで長く怒り続ける。しかし言い訳に耳を傾けてくれる瑞霊もいる。魔女に騙されて無礼を働いてしまったと、一言耳に届けば話を聞いてもらえるかもしれない。

水龍のような半透明の身体を太陽に光らせながら、

瑞霊が空で反転するのが見える。また襲ってくるつもりだ。

「あなたたちは逃げて早く！」

　短い時間なら聖史の壁が守ってくれる。瑞霊は足下に刻まれた聖史からこちらに入れない。

「マティアス様！」

「レーヴェも駄目だ、守る余裕がない……！」

　瑞霊には剣が利かない。剣はすり抜け、もし触れられたとしても木の枝のように簡単にはじき折られてしまう。利くのは聖史と聖水だけだ。それもあれほどの高位となると、どこまで耐えられるものか——。

「——！」

　急に目の前に瑞霊の鼻先が飛び込んでくるのを、足下から光る聖史の壁が止めてくれる。

　どしん！　と音を立てて壁にぶつかり、また空へ飛び上がって方向を変える。

「早く！」

　聖史の壁の強さを計ったのか、瑞霊が人間に似た腕をするりと生やした。それには鋭い爪がある。

　とっさに足下に聖水を撒くが気休めにしかならない。見えないほどの速さで、瑞霊はこちらに突っ込んできた。

「ッ！」

　どしん！　と音がしてかろうじて貫かれるのを防ぐ。次の一撃が来るまでに瑞霊に話しかけなければと思ったとき、瑞霊の爪が、聖史の壁にめり込んでいるのに気がついた。

　マティアスの目の前だ。爪はみしみしと音を立てながら、光る聖史の壁にヒビを入れつつ押し込まれてくる。

「聞いてください、お願いです——！」

　叫んでみるが、瑞霊は透き通った身体を波打たせて怒っている。爪を左右に捻りながらどんどんねじ込んでくる。

「申し訳ありません、魔女に騙されたのです、聞いてください！」

　足下の聖史はマティアスの霊力と精神力を吸う。

もうこれ以上壁の硬度は上がらない。支えきれない。

聖史の壁から爪の先端が突き出る。それはじりじりとマティアスの心臓に手を伸ばしてくる。説得はできない。教会の若い司祭では刃が立たない。

「逃げて、早く！」

熟れた果物に指を挿すほどに、ズブリと爪が深く壁を越えてくる。

怒った瑞霊は司祭の心臓を食うと気が済むと聞いたことがある。そうするつもりなのだろうと思うくらいまっすぐ、マティアスの胸を狙ってくる。五本の爪がマティアスの胸元に伸ばされる。爪の先がネックレスに触れる。服に届く――……。

「マティアス様！」

レーヴェの叫び声と同時にマティアスは息を呑んだ。

次の瞬間マティアスは地面に放り出されていた。

「マティアス様！」

別の司祭が寄ってくる。抱き起こされるように引く、振り返ったとき、レーヴェの胸に透明の爪が深々と刺さるのを見た。

「レーヴェ……レーヴェ!!」

爪は簡単に引き抜かれ、瑞霊はその爪にまとった血を蛇のような舌で舐めながら空に飛び上がった。

「いけません、マティアス様！」

飛び出したマティアスを司祭たちが摑む。それを振り払ってマティアスはレーヴェに飛びついた。

「レーヴェ！　レーヴェ、どうして！」

レーヴェの鎧には、胸に五つの穴が空き、地面にはおびただしい血が流れている。しかし鎧を開けてもそこに傷がないことをマティアスは知っていた。

「聖水を、早く……！」

レーヴェは呪いを受けたのだ。

「早く――！」

できるだけ聖水で守って早く、一刻も早く彼を教会に連れて戻るしかない。


泉から礼拝堂に戻り、扉への階段を上がるとき、ひそひそ声がマティアスの耳に聞こえてくる。

――騎士のかたが瑞霊の呪いを受けたらしいよ。

――瑞霊の⁉

――もう目が覚めないらしい。瑞霊の呪いともなると、マティアス様でも解けるかどうか。

――レオンハルトさんだろう？　あんな身体の丈夫なかたが――。

　その通りだ、という言葉を呑み込み、マティアスは礼拝堂の扉を開く。

　祭壇の前にベッドが置かれ、そこに鎧を脱いだレーヴェが横たわっている。その向こうで父が聖史を唱え続けてくれている。

　ベッドのまわりに聖なる草花が散らされ、煙（けぶ）るほど魔除けの香が薫かれている。呪いで虚ろになった身体は精霊たちの格好の住み処だ。これも防がなければならない。

　横たわるレーヴェの表情は穏やかで、呼吸もしている。瑞霊の爪が刺さった胸には、黒く焼け焦げたような爪の痕が残っているが、傷はなくもう血も流れていない。今にも起き上がりそうだが、そうならないのはマティアスもよく知っている。これは眠りの呪いだ。

　何の苦痛もなく、レーヴェは眠っている。だが眠っているので食事もしなければ水も飲まない。生命力はどんどん弱っていって、放っておくと飢え死にをしてしまう。男は十日、女は十五日という話だ。それまでにレーヴェの呪いを解かなければならない。

　女はやはり魔女だった。万が一にも人だとするなら助けに行かなければならないと、村の礼拝堂に迎えに行ったがもぬけの殻で、室内には教会を罵倒（ばとう）する汚らしい言葉が、動物の血で壁一面に書き殴られていた。騙されたと思ったがあとの祭りだ。

　マティアスたちが教会に帰ると、自分たちが出発したすぐあとに、精霊を連れた魔女に襲われて隣の村に逃げ込んだという、本物の村の人が助けを求めに来ていた。

「泉の水を得てきました」

　マティアスは、父に蓋がついた聖杯を掲げてみせた。中には光る水が湛えられている。父が王に頼んで、特別に一杯だけ作ることを許された、奇跡を帯びた泉の水だ。

「よかった。しかし本当におまえが行うのか」

　これからこの水を使った儀式を始める。一度始めたら、祭司の交代はできない。経験のある父か、体力のあるヨシュカを呼び戻したほうがいいのではないかと言われたが、一番強く水を光らせられるのはマティアスだ。それに何よりレーヴェの命がかかった儀式を他の人に任せたくなかった。

「はい。わたしが。――わたしの騎士ですから」

　マティアスはそう言って、聖杯の水を一口含んだ。目を閉じて祈りを込めると、口の中の水がとろっと甘くなる。ふっと水の感触が消えてあたたかくなるのを感じながら、レーヴェのベッドの端に膝をかけた。

　そっと唇を合わせる。口から零れ出るのは金色の靄だ。それをレーヴェの口の中に流し込み、心臓のある左胸に額を当てて祈る。

　寝台から膝を外して段差を下り、祈りながら泉の水を少しだけ口に含む。多すぎれば靄にならず、少なすぎればただの霧のようになってマティアスの体力が減るだけだ。

　奇跡の水で作った靄で魂を洗い、呪いを流し落とす儀式だ。ハイメロート家の秘術で、普段は王族のためのみに行われる。

　非常な集中力と体力が必要な業だった。中断は失敗を意味する。

　――目を覚まして、レーヴェ。

　もしも叶わないなら、自分は一生嘆くだろう。司祭に生まれた自分を呪いながら、生涯泣きながら過ごすだろう。


　寝台のまわりにある段差の幅がわからない。修道士たちが唱え続ける聖史は耳の中でうわんうわんと渦を巻いて濁（にご）り、足の下にあるはずの地面がぐらぐらと揺れる感じがして上手く身体を支えられない。

水を含み続ける舌が痛い。水は力を持つとき、口内からマティアスの精気まで吸い取っていった。身体がすくむような痛みに耐え、ぎゅっと心を集中する。水が靄になるまで時間がかかる。おといまでたやすくできていたことが今日はできない。身体中の力を振り絞るようにして、マティアスは祈る気持ちを水に込める。ふっと消えてなくなる感触がする水にさらに祈りを込め、目一杯水を光らせる。

「……」

もう、跪いた姿勢から立ち上がるだけで必死だった。背中に泥を乗せられているようだ。手足は冷たい鉛のようだった。膝に手を当てて立ち上がり、引きずるように段差を上がる。

レーヴェの頬に触れるとあたたかいことに救われる。だが瞼はかたくなに動く気配がなく、唇は乾燥してしわが寄り、頬からも明らかに水分と精気がなくなっている。

目を覚まして。

そう呼びかけながら、口移しに靄をレーヴェに流し込み、胸に額を押し当てて、祈りの言葉を唱え、また段差を下りる。

聖杯の水は残りわずかだ。レーヴェの身体が保つのもあとわずかだった。あと何度水を与えられるだろう。あと何度レーヴェに呼びかけることができるだろう。あと何度――……。

「……」

階段を一段下りたとき足下が沈んだ。柔らかい泥に踏み込んだようにどこまでもどこまでも深く落ちてゆく感じがして、どうしたのだろう、と思ったときに、がくんと身体が揺れた。

「兄上！」

目の前でヨシュカが叫んでいる。どうしてここにヨシュカが、と思って、ああ、そういえばヨシュカが祈りに参加しに来てくれたのだ、と思い出した。城の仕事で忙しいはずなのに、イグナーツを伴って――。

「兄上、兄上！　もう無理です！」

気がつけばマティアスは床でヨシュカに抱き起こ

されていた。階段を踏み抜いた気がしたのは幻で、自分は倒れたのだろう。

「大丈夫、……ありが、とう……」

マティアスは、緩くヨシュカの手を押しのけた。もしもあのまま気を失っていたら間に合わないところだった。

「もうおやめください。兄上は十分祈られました。兄上だからここまでやれたのです。このままでは兄上が死んでしまう！」

ゆらりとヨシュカの腕を離れた。身体は重く、感覚も鈍く、頭がふわふわとしていて世界がすべてぼやけて見えていたけれど、不思議と身体は動いた。脳の芯だけが冴えていて、まだ集中できると信じられる。

マティアスは机に戻り、残り少ない聖杯の水を大切に口に含んだ。聖史の文様が刻まれた布の上に跪き、茨を乾燥させた錫を手に、心の中で聖史を唱えて口の中の水を靄にする。

脳裏にはレーヴェの村が映っていた。人の活気に満ち溢れた、緑が多い村だった。森には珍しい花が溢れ、蝶がたくさん舞っていた。小鳥から祝福を受けた。彼らは《この村できっといい出会いがある》とさえずった。レーヴェに助けられたとき、身体に稲妻が落ちたようになったのだ。この人がいい。長い修道士としての命を歩くのに、側にいるのは彼がいい。

そう願った瞬間、自分は祈るということを理解したのだ。雷に打たれたようだった。人の命を願い、幸せを喜ぶ。生まれてからずっとふわふわした光の中で一人過ごしていて、この先もこんなふうに平穏と幸福を祝福しながら、生きてゆくのだと思っていたのに、彼が現れ、彼を欲したときに、真に祈るということを知った。

引きずるように階段を上り、またレーヴェに光る靄を与える。レーヴェの胸に額を押し当て、祈るために目を閉じるとそのまま暗くなってしまいそうだ。

寝台から生えた見えない手が身体に絡みつくのを引きちぎり、立ち上がって階段へ踏み出すと、そこには泣きそうな顔のヨシュカが手を伸べていた。それに縋り、階段を流れ落ちて机の側に寄って、聖杯をあおってから、なぜヨシュカがそんな顔をしたのかがわかった。

水が終わる。

この一口が最後だった。汲み直しにゆけないと言われていた。この一杯でさえ特別だった。一生口外しないと誓って分けてもらった一杯だった。もしも二杯目が許されたとしてももうレーヴェの身体が保たない。

悲しみというものを、本当に知った気がする。これまではたとえ人が死んでも天に召されただけだと寂しく思うばかりだったが、耐えがたい執着と焼けるような悲しさが、胸を突き破って今にも飛び出してきそうだ。

レーヴェがそうなったら、と考えても想像がつかない。天に召されたと考えようとしても、その仮定は剣のようで、喉を引き裂き心臓を貫くだけだ。目には暗闇しか映らず、声を発する気力もない。ただ、レーヴェに奇跡を。最後の一滴まで——。

ほとんど機械的に口の中の水を靄に換え、最後の口づけのために階段を上ろうと寝台を仰いだときだった。

彼の右手が、上がっているのが見える。

彼の唇が動く。

「俺……は、あなたの……騎士に……。マ……ティアスさ、ま……」

彼は何の夢を見ていたのだろう。彼は誓いを守って深い眠りのふちから帰ってきてくれたのだ。

どうやって階段を上ったか、覚えていない。ただ抱きついた彼の身体がいつもより少し痩せていたことしかわからない。

「——レーヴェ……！」

ぐしゃぐしゃになるくらい抱きついて彼の名を呼んだ。まだ夢を見ているような表情をするレーヴェを抱きしめて、子どものように泣いた。

レーヴェはすぐに回復し、呪いの影響も引きずっていないらしかった。瑞霊が残した胸の爪痕もすっかり消えてしまっていて、レーヴェには直前の記憶しかないらしい。

——長い、夢を……見ていて、目が覚めたら礼拝堂の美しい天井が見えました。礼拝堂で寝てしまうなんて、俺は何と罰当たりなことをしたのかと、飛び起きようとしたのですが、身体が上手く動かなくて。

十一日間も、死人同然に横たわっていたのだから当たり前だ。レーヴェはそんなのんきなことを言ったあと、「倒れていたので腹が減ったようです」と腹をさすった。呆れ顔のヨシュカが十一日も食べていないと告げると、そこで初めて驚いたようだ。

月の大きな夜だった。昨日からようやくレーヴェを散歩に連れ出している。心配だからまだ仕事はさせていないが、明日から大丈夫そうだ。

まだ庭には、あの白い花が咲いていた。月光できらめく、夜露に濡れた芝の上を二人で歩いていると、半月前の夜に戻ったようだ。この二週間余りがすべて夢だったような気がするが、マティアスの心の中はあの日ともまた別物だった。

「このあいだ、レーヴェに特別な愛情を持つのではないかと心配していたことを覚えている？」

女性と愛し合うことが禁じられている。なぜなら我が子を抱けば、神や人々を差し置いて我が子を愛するのが人の常だからだ。しかし我が子への愛がレーヴェへの愛に勝っているとはマティアスは思っていない。自分が子を持ったことがないからわからないだけだろうか？　確かに我が子は愛おしいだろう。だがそれに比べてレーヴェへの愛おしさが少ないとはどうしても思えない。

「……はい」

呪いで記憶が消し飛んでいたら、いちから説明するつもりだったが、手間が省けたようだ。

「それがわかるまで、誓いは立てられないと言ったことも」

「覚えています」

「レーヴェに特別な愛情を持ってみて、わたしはわかったことがある」

　地に足が着くとは比喩でも何でもないんだな、と、マティアスは感じていた。踏みしめる大地があって、足に支えられた心臓が鼓動し、身体中に血が巡ってそこから確かな信念が生まれる――。天にいるうちに神様に授けられたふわふわとした良心ではなく、この脳で生まれた、血の通った、温度のある確かな理解だ。

「わたしはレーヴェを特別に思っている。わたしたちに禁じられている、我が子への愛情と同等、いいやそれ以上に。でもその上でね、レーヴェ」

　歌を聴いているようにじっくりと耳を傾けてくれるレーヴェに続きを語る。

「神様が、それらが同等とお認めになった上で、肉体での隔たりを置くようにと言われるなら、女性と愛し合うのとは別の生き方があるのではないかと考えたんだ。――あのとき――レーヴェが死んでしまうと思ったときに、レーヴェがわたしと共に生きてくれなくなったとしたら、どうなるだろうと考えた。我が子を失うことと、レーヴェを失うこと。同じように悲しいけれど、わたしはおまえを失ったとき、永遠に共に歩く者を失ってしまう。我が子が巣立ってゆくのとは違う、絶望的な悲しみだ」

　我が子のように、やがて腕から離れ、違う運命を摑んでそれぞれの道を歩むことはない。レーヴェとは永遠だ。それなのになぜ、レーヴェと繫がることを神は許し、我が子を愛することを禁じるのか。

「我が子は腕に抱くものだからだと思う。我が子を抱きしめている間は、他に手が伸べられないからだ。そしてレーヴェはわたしの半身だからなのだと思う。二度と分かたれることもない。繫がりだけでいうなら、誰よりも強い魂の結びつきだ。それを神様がお許しくださるというなら、わたしたちはもう《一つ》になってしまうからだと思うんだ。レーヴェはわたしが手を伸べたいものに共に手を伸べ、抱きたいものを共に抱き、見るものを見、わたしが大切に思うものすべてを大切に思ってくれる」

レーヴェは、花に手を伸べる自分をじっと目で追っている。

「わたしはレーヴェを愛すると共に、すべての人々を愛する。おまえの傍らで、人々への愛と神様への愛を捧げ続ける。なぜならわたしたちは一つで、レーヴェとの愛はすべてを包めると思うし、すべてに向けられると思うから」

自分の声を聞きながら、間違っていないと確信し、改めてレーヴェを見つめた。神様でも慈悲でもなく、肉体に、意思と恋心と欲望と生命力と良心と、人を構成する複雑に入り組んだ魂を詰めた一人の男だ。自分たちの魂は溶け合うのだ。そうして人々を、神を愛するのだった。

目の前にいるのは自分が愛した男だ。そして誓い合えば寄り添って隣にいることになる。

「わたしと共に、人々を愛してくれるね?」

彼は自分から何も奪わない。人々への愛も、世界への挺身も、神様から与えられた使命に身を尽くす自分を、横から攫ったりもしない。

レーヴェと愛し合っても何も減らない。我が子を愛すように視線も逸らされない。それどころかレーヴェが心を支えてくれたらもっと自分は生きられる。もっと強く祈れる。もっと遠くが見える。この愛がレーヴェにとっても同じなら、どれほど素晴らしいことだろう。

それがマティアスが得た答えだ。

互いだけを見つめ合うのではなく、手を繋ぎ肩を寄せ、身体の重みを預け合って同じものを見、同じ気持ちを感じ合って生きてゆく。それが自分たちの愛だと、マティアスは結論を出した。

レーヴェはいつも通り真面目な顔でマティアスを見ていて、やはりいつものように少し困った表情で眉根を寄せた。

「一生あなたの騎士だと、あと何度誓えばいいですか?」

「レーヴェ」

「鎧に刻んだほうがいいならそうしましょう。賢いあなたは、これだけがどうしても覚えられないようですから」

「いいや。――いいや、レーヴェ！　もう覚えた！」

慌ててマティアスはレーヴェに飛びついた。軽々と抱き上げられるから、そのまま首筋にしがみつく。

額を擦り合わせてキスをした。そのあともう一度レーヴェに抱きついて、月に照らされ蒼さを増した髪に唇を押し当てながら囁く。

「佳い日を選び、神様に祈りを捧げ、誓いを立てて そうしよう」

身も心も本当に結ばれるのだ。

神様は必ず答えをくれる。それが祝福されたものでよかったと、マティアスは月光の中で、レーヴェの首筋に縋りついて、初めて出逢ったときのように泣いた。


朝の礼拝が終わったあと、マティアスがぼんやり花瓶を抱えて立っていたら、エイドリアン司祭が声をかけてきた。

「マティアス様、どうされましたか？」

「……いいや何でもない」

「まだ先日のお疲れが残っているのでしょう」

司祭は渋い表情だ。

真面目なエイドリアン司祭は、未だに自分がレーヴェの呪いを解くために、身の危険にさらされたことを快く思っていない。彼が言いたいこともわかっている。責任も理解している。だがレーヴェが目を覚ましてくれて本当によかったし、儀式の間、司祭が一睡もせずに祈ってくれたことも、レーヴェが目を覚ましたときに泣いて喜んでくれたことも知っている。

「ゆっくり休養を取らせてもらうよ」

実際疲れた。上手くいったから笑っていられるが、それでも疲労感が抜けず、胃腸がすっかり弱ってしまって、やっと昨日から普通の食事ができるようになったばかりだ。

「じゃあわたしはこれで。よい一日を」

「マティアス様」

「はい」

「ハイメロート卿がお呼びです。内密に書斎においでになるようにと」

内心ドキリとした。昨夜のことを誰かに見られたのか。その人が父に告げ口をしたのか。

困ったな、と思った。レーヴェとそうすることは聖史で許されてはいるが、これは本部の奥の、限られた者しか入れない書院の、聖なる書物のごく一部に記された秘められた極意だ。それを父に説明するのも難しいし、何より気まずい――。

それとも本部へ行く願いを出した返事がそろそろ来る頃だ。そうなったときは、レーヴェを本部付きの騎士に推挙してもらうつもりでいる。今までのようにはずっと一緒にはいられないが、数年経てば外出許可が下りるようになる。そうなれば彼と会える。

どちらにせよ、焦らなければ何とかなる。いい話か、悪い話か、確率は半々だ。

マティアスは花瓶を人に頼み、屋敷に戻って父の書斎の扉を叩いた。

「失礼します。お呼びでしょうか」

「そこに座りなさい」

「はい」

「――我々はオトマールに行くことになると思う」

唐突で不思議な父の言葉に、マティアスは要領を得ない。

「巡行ですか?」

「いいや、シェーンハイトを離れ、オトマール城に入る」

オトマール城とは川の向こうにある小さな城だ。攻めにくい山城で、アゴルトが第二の居城としている。そこに新しく教会を入れるのだろうか。確かにアゴルトは熱心な信者でもあるから、城内に教会を備えたいと言っても不思議ではない――。

「アゴルト様とストラス様のことは存じ上げておるな? これ以上臣下(しんか)の決起を抑えておくことができないと思われたアゴルト様は、流血がないようにと、静かに城を出られる決意をなされた。我々教会は、アゴルト様に従って、シェーンハイト城を出てオトマール城に移る」

ストラスの無体に耐えかねる大臣たちが騒いでいると聞いてはいた。確かにストラスの仕打ちはひどく、一方的にアゴルトから領地を取り上げ、彼付きの使用人や大臣を追い出し、議会から閉め出したり王族の儀式から外したり、国の宴にも呼ばなかったりと理不尽な態度を重ねていた。子どものようなストラスの嫌がらせには、マティアスも眉をひそめることばかりだったが、それでも耐えるしかないのだろうと思っていた。

「ストラス王が、アゴルト様の腹心の大臣とその家族全員を吊るし首に処した。たまたま城の見回りをしていた王の目の前を、馬で横切ったことが不敬であるとして。アゴルト様は、それで耐えかねたらしい」

マティアスは思わず口元を覆って息を呑んだ。完全な言いがかりだ。嫌がらせというにも度を超えている。

とうとう分離の道を取るというのか。他に道はなかったのか、いや、城内で殺し合うことになるよりはましなのか――。

「泉はどうなさるのです」

人や馬は持っていけるが、聖ルドヴィカの泉はどうにもならない。どこでも水が溜まればいいというわけではないし、新しい泉を見つければいいわけでもない。

「我々は裏切り者となる。手放すこととなるだろう」

「泉の祭りはどうするのです。年に一度とはいえ、どれほどの人が待ちわびているか――！」

「ストラス様は、それもいらぬとおっしゃったそうだ。アゴルト様が生き延びるくらいなら、泉の奇跡などないほうがましだと」

「ヨシュカはどうなるのです！」

王城で修道騎士として王に仕えるヨシュカだ。教会が離反すればヨシュカもそのままではいられない。

「ヨシュカも連れてゆく。置いてゆけるはずがない」

「もちろんです、しかし――」

王から離反する修道騎士がどうなるかなど考えた

こともない。彼ほどの修道騎士が野に追われる身となるのか。追っ手がかかりはしないか。彼を庇護してくれていた貴族たちの恨みを買いはしないだろうか。

「それにわたしたちを含め、必ず無事に出ていけるとは限らない。たとえ城下を逃げ出せたとしても、《奇跡持ち》は必ず狙われるだろう。皆にはそれぞれ選んでもらうこととする。教会を離れ、この地に残ろうとする者を止められない」

「父上……」

「明日の夜までに荷物をまとめることになる。教会の道具は今夜から運び出す手はずとなっている。マティアス、おまえも準備をしてくれ。誰にも知られないように」

そう言った父の顔は青い。机の上に組んだ手が震えていた。

父の部屋でひとしきり泣いて屋敷へと下がった。

そのまま礼拝堂へ行き祈りを捧げたが、心が乱れたままでは何の光も見えはしない。礼拝堂の外が慌ただしかった。どこからかささやき声も聞こえる。逃げ出す準備をと言われても、それが正しいのかどうかもまだわからない。

祈りをやめ、部屋へ続く階段をマティアスは上がっていた。壁のくぼみに塡められたろうそくの炎が揺れると、石壁の溝の影がゆらゆらと踊る。まるで悪魔が嘲っているようだ。

謀反人として追われる生活が始まる。泉を諦めて放浪の身になるかもしれない。

王と王国を守る教会に、本当にそんなことがあるだろうか。

シェーンハイトに残ることもできるが、教会は先王との契約でどうしてもアゴルトを見捨てることができないのだそうだ。実際これまでずっと教会を助けてくれたのはアゴルトで、必ずミサに来るのもアゴルトのほうだ。立場が弱い彼を見捨てるのが神の道理、教会の正義とは思えない。

ごく近しい人々には順に話してゆく。教会で働く人々には行動を始める直前に、シェーンハイトに残るか自分たちとゆくか決めさせるそうだ。教会を離れれば、ストラス王も残った人々を咎めたりしない。乳母はついてきてくれるそうだ。エイドリアン司祭と侍祭たちの何人かは来てくれると言った。修道騎士は紹介状を持たせて本部に送る手はずを整え、騎士には貴族宛の手紙を持たせる。元ハイメロート教会の騎士たちなら迎え入れてくれる家もあるだろう。

壁に手を当てながらのろのろと階段を上がると、部屋の前にレーヴェが立っているのが見えた。外出着姿で、沈鬱な表情をしている。

マティアスは階段を上りきって、眉間にしわを寄せたレーヴェに、視線で部屋の中に入るように言った。

机の上のろうそくに火を点し、レーヴェをソファに座らせる。その斜め前のソファに腰かけてマティアスは言った。

「レーヴェ。話は聞いた?」

騎士たちには、修道騎士を通じて話を伝えると言っていた。彼の様子を見るに、何かの任務に当たったあとのようだ。逃亡の手はずを整えてくれているのかもしれない。

「はい」

「レーヴェはたぶん、わたしと来てくれると言うだろうけど、きっとこの先、わたしも教会も少しもおまえに報いることができない。レーヴェなら、誰でも騎士として欲しがるだろう」

彼の気高さ、丈夫さ。無骨なまでの勤勉さ、敬虔さ。狼のような精悍な顔立ちと、頑健な身体を艶消しした銀の鎧に包んで馬に跨がる姿はそこにあるだけで心強かった。彼の誠実さ、実直さと冷静さ。どれをとっても申し分なく、大隊を与えても難なく指揮するはずだ。教会にはそれほど大きな騎士団がないだけで、城へ上がればどれほど活躍しただろう。

「これまであちこちから何度も城の騎士に欲しいと誘われていて、断るのに本当に苦労したんだ」

貴族からも王族からも、自分の家の騎士にと頻繁に誘いを受けた。金を積まれても断った。それも誇らしかった。

「シェーンハイトを離れたらその苦労も減りますか?」

レーヴェは皮肉そうな顔だ。

「犠牲になることはない。もし騎士を続けたくないなら故郷に帰ってもいい」

もしレーヴェが自分の側を離れて騎士でいる意味を見いだせないというなら、そうしてもいいと思っていた。あの村はいい村だ、これからますます鍛冶屋は栄える。決して貧しくはならないだろう。それにレーヴェはまだ若い。両親もいる。やり直すのに何の心配もない。

レーヴェはほとんど無表情で、側に飾ってあったロッキングホースを手に取った。自分が十一歳のときに作ってもらって以来、曲がりもしなければ錆びもしない、レーヴェの職人気質を表すような、馬のシンプルな美しさを保ったいい細工だった。

「鍛冶屋はそれほど甘くない。薪拾いから始めて、炉を作れるようになるまで何年もかかります。それから何十年も修行をして、蹄鉄の次は鎌や鍬を打ち、その次は小刀や鋏、鉈や包丁を作って、剣を打てるのは、小さな頃から絶え間なく修練を積んできた中でも、ほんの一握りの職人だけです。生まれた頃から修行に明け暮れる、あなたがたと同じです」

「わたしは、おまえからそれを奪ったということか」

「いいえ、俺が捨てたのです。あなたの側にいたくてそれ以外のものをすべて」

レーヴェはマティアスに視線を向けた。穏やかな、しかし揺るがない決心のにじんだ瞳だった。

「裏切り者と呼ばれようと、野盗(やとう)と呼ばれようとも、この先もずっと、あなたの側が俺の居場所です」

「レーヴェ……」

「俺は、あなたの騎士ですから」

おずおずと手を伸べると、握り返された。そのまま引き寄せられて、胸に抱きしめられる。

レーヴェはマティアスの髪に頬を擦りつけながら、熱の籠もった声で囁いた。

「佳い日だそうです」

王国の分裂が決まり、城を追われて放浪の身となる。追っ手に狙われ、狼がうろつく野に下るかもしれなくても――それでも今夜しかないというなら、これが佳い日だ。


二人きりで小さなミサを行った。

聖水で口をすすぎ、聖史を述べ、永遠の絆を誓い、加護を祈る。レーヴェは上半身、裸だった。聖水と香油を肌に塗るためだ。

太い骨格。腕も腹もよく鍛えられていて、ろうそくの灯りに照らされると筋肉の境目に陰が落ちるほどだった。

三角符に唇を押し当てて、ネックレスを外すレーヴェを見ている。

この人が好きだと思う。

出会った瞬間から好きだったと思う。まっすぐな、鋼のような澄んだ視線がきれいだと思った。彼に助けられたとき、血肉の通う彼が、自分の盾になってくれようとしているのがたまらなくつらくて、何とかして彼に神の加護が与えられるよう必死で祈った。

ここに来てからは兄弟のように感じていた。弟と妹しかいない自分に兄ができたような気がしていた。だが家族にはなりきれない彼は、仲間でもあった。

彼を誰にも渡したくないと思い始めたのはいつだっただろう。彼とのあいだに唯一の絆が欲しいと思い出したのはいつだっただろう。司祭と騎士という関係になって、一度は満たされたはずの空虚が、彼の唯一になりたいと願う、より大きな穴になったのはどのときだったのか。

臆することなくまっすぐ見つめてくるアンバーの目から、小動物のように逃げ出したい衝動がある。彼はいつだって逃げない。迷いからも弱さからも、欲望からも。

木綿で作った白い法衣を着ていた。造りはほとんど寝間着で、司祭が病のときと、死んだとき、初夜のときに着る。首には、三角符と、金の刺繍の帯。

肉の交わりの最中も、自分が神の僕であるという証しだ。

「震えていますか？　怖いですか？」

「……いや……」

首筋に口づけを押し当てられて、胸に三角符を握りしめていたマティアスは目を閉じた。許されているはずだ。生涯唯一と決めた相手はレーヴェ以外にあり得ない。だがずっと禁忌と聞かされてきた肉欲を冒すのは多少の畏れがあった。以前知った快楽はずっと、マティアスの心を炙り、あれ以上の濃厚な交わりがあると思うと畏れるなというのが無理だ。

修道士を犯す相手の身体に香油を塗り、聖水で清めた唇を重ね、聖史を唱えながら肉体で交わる。そこまでが儀式だ。その先どうなるかは、マティアスも知らない。

手順はレーヴェによく言い聞かせている。昨日まで、特別な日を楽しみに選びながら、自分は文献を読み解いてレーヴェに意義と実践を説いていた。概念はわかるが具体的にこれが何を指すかわからないところが何カ所かあったが、レーヴェはそれでわかると言う。説明を乞うと、レーヴェは体験すれば理解できることだから、今言葉にする必要はないと思うと答えた。マティアスはそれを信じている。

唇を合わせた。開け、と合図をされてそれに従うと、舌が入ってくる。肉厚の硬い舌でマティアスの薄い舌をめくり、吸いながら絡めてくる。

角度を何度も変えながら、口の中を丹念に探られた。舌先も魚の骨のような上顎のざらつきも、ぞくぞくと震えてしまう、舌の付け根も。

顎に流れた唾液が、喉を伝う頃、レーヴェは法衣を開かせて、マティアスをベッドに押し倒した。

右の乳首を周りの色づきごと摘まむ。左の乳首を親指で撫でながらレーヴェが思案げに言った。

「こちらはあとで出しましょう」

「ん……」

そんなことができるのかと思うけれど、レーヴェが言うならそうかもしれない。マティアスの左の乳首の粒は小さな乳暈に埋まっていて、右のように尖っていない。

香油は多く用意した。残しておいてもどうせ持っていけない。レーヴェは無造作に瓶を手に取り、手のひらに零した。

尻の狭間に塗りつけられる。緊張で柔らかいままの性器にもたっぷりまぶされた。摑めばくちくちと音を立てるくらいだ。レーヴェと自分のあいだにある狭い空間は、目がくらむような甘いにおいに満たされている。

「マティアス様の、ここに」

確かめるように囁きながら、レーヴェが念を押してくる。マティアスはただ、こくこくと頷くしかなかった。本当にそんなことができるのかどうかはわからないが、ただの肉欲でなければできると書物にはあった。

香油が足され、指が中に入ってくる。このぞわぞわとする異物感をまだ覚えていた。マティアスを夜ごと苦しくした、忘れ得ぬ快楽と共に。

「ん……う。……んん……！」

レーヴェの指先が、身体の中をくすぐる。彼の太い節が入り口の狭い輪をざらざらと出入りするたび、息を止めてしまう。レーヴェはたっぷりと油をそこに注ぎながら、指を増やしていった。苦しさと期待が湧き上がる。マティアスの身体はもう、快楽を知っている。

「レー……ヴェ……？」

この間の、秘された賢者の実をマティアスの指が避けているのにマティアスは気づいた。

「ここはまだ、お預けです。今のあなたには必要がない」

意地悪にも聞こえるそんな囁きで耳を嚙って、レーヴェはまた三本挿し込んだ指のあいだに、香油を垂らした。

「あ……！　もう、いい、レーヴェ……」

開かれる苦しさと、むず痒い快楽が耐えがたい。この間のように圧倒的な快感で追い詰めてほしい。

だが空腹に似た物足りなさを訴えるマティアスの唇をたっぷり吸いながら、レーヴェは首を振った。

「今日はもう少し」

「レーヴェ……！」

レーヴェは両手の人差し指を、マティアスのきつい輪にかけ、引き伸ばそうとする。苦しいそこに香油を注ぐ。指を挿されれば水音はいたたまれないほどで、あまりの羞恥に顔へシーツを引き寄せたときだ。

「マティアス様、聖史を」

囁かれて、マティアスは急に頭に血が上るのを感じた。心の中で神に祈る。この誓いに祝福を。そして絆が永遠でありますように。

脚を大きく開かせられたまま、膝を胸に押しつけられる。

レーヴェの指が挿されていた場所に、別のものが当てられた。思わず仰ぎ見ると、泣きそうな顔をしているレーヴェと目が合った。彼を助けたくて手を伸べてしまう。彼こそが自分に深々と銛を突き立てる者であるというのに、引き寄せるように抱きしめてしまった。

「あ……んっ、あ――！」

広げられる、予想以上の大きさにマティアスは目を見張って声を上げた。大きい。苦しい。本能的に逃げ出す腰を押さえつけられ、ぬりぬりと音を立てながら、細い肉の筒を押し広げてレーヴェの怒張が挿し込まれてゆく。

「レーヴェ……！」

手を伸ばして助けを請うけれど、彼は俯いたまま、マティアスの薄い腰を掴んでいる。何度も根気よく、小さく出し入れされる。そのたびみしりと腰骨がひび割れ、こじ開けられる感触がある。

「あ……は、う――……！」

にじるように進み、ぬるりと奥へゆく。また粘膜をめくりながら引き出され、先ほどのところまで一息に広げられる。

レーヴェの汗が落ちてくる。身体を捻り、悶えながら繋がってゆく。

「んあ――……ッ！」

腰を持ち上げられると、一層レーヴェとの繋がりが深くなった。彼はマティアスを小刻みに揺すりながら奥へと進んでくる。腰が砕けそうだ。開かれた場所がひりひりと疼いてもう広がらないと悲鳴を上げている。それでも長い肉棒で壁を優しく擦られると、さざめくようなむず痒さがある。それが快楽だと知らなければ耐えられない苦しさだ。

「あなたを犯すのは俺だけです。誓いなさい」

これも儀式だ。どれほど淫らでも、どれほど溺れても、彼との交合だけ、神が祝福してくれる。

マティアスが頷いて返すと、レーヴェが口づけをした。初めから口を開いて噛みついてくるような凶暴なキスだ。

「ん……ふ……。……っ、う」

ゆるゆると突かれながら、レーヴェが口腔を貪ってくる。噤もうとすると指を入れて開かされ、舌を出せと言われて、そのようにするとビリビリするくらい強く吸われる。

「ふ……っ。ふ」

口を開けて喘ぐと、そっと舌先を舐められた。すると信じられないくらい快楽が走り、腰がぞくぞくと引き攣った。

「あ……あ、あ。レーヴェ……」

唇に夢中になっているあいだに、身体の中を太いものでレーヴェに擦られていた。この前の場所もレーヴェのゴツゴツとした幹に、優しく大きく擦られている。半分柔らかいマティアスの性器から、すぐに白い粘液が垂れ始める。

「ああ……。もう……どうし、て」

「このあいだは、赤い実を食べていたからですよ」

レーヴェがマティアスの茎を絞るようにすると、つうと糸を引いて精液が流れた。

「普段のあなたは、こんなところで、こんなに感じやすい」

「お、かしい……の……?」

「いいえ、すてきです」

絶えずにちにちと粘膜を鳴らしながら、レーヴェが大きな手のひらで、冷や汗で濡れた身体を撫でてくれる。

レーヴェがマティアスの背に腕を入れてくるから、釣られてレーヴェの首筋にしがみつくとレーヴェが背中を軽々と抱き起こした。見上げるほど背が高く、体重も倍ほどあるレーヴェは軽々と自分を腰に跨がらせると、背をかがめてマティアスの左の乳首に舌を伸ばした。

「ここも好きでしたね」

唾液で濡らされ、指で色づきを摘まれると、埋まった乳首が押し出される。レーヴェは色づきごと全部を口に含むと、きゅう、っと吸い上げた。

「あ……。あっ、ああ」

ピリピリとはじけた電流が腰に飛んでいるようだ。そのたびレーヴェを咥えている場所がきゅうきゅうと締まり、レーヴェの肉棒のたくましさをマティアスに知らせてくる。

「や……あ、そこ……」

ヴィロードのようになめらかな、大きな舌で愛撫されると気持ちがいいが、そのうち苦しくなってくる。うずうずするような火花が大きくなってくるのだ。レーヴェに串刺しにされている尻が勝手に悶えてしまう。声が抑えられない。胸とレーヴェを含んでいるところが繋がっているようだ。胸を吸われて、舌でいじられると身体中に火花が散り、腰骨がずくずくと疼く。

「なん……っ、あ……」

わからなくて声を上げると、レーヴェがようやく乳首から口を離した。唾液が糸を引く先は、小さな粒に繋がっている。

「……ほら、出てきた」

ぷっくりと腫れた乳暈の先に、ルビーの欠片のような小さな粒が乗っている。

「あ——……!」

そこにレーヴェは再び嚙みついてきた。今度は乳首に歯を立てる。

「だめ……、だ……め、出る……!」

刺激を知らない小さな粒は、まったく快楽に耐えられない。その出てきたばかりの乳首を丈夫な歯がしごき、舌が抉る。鼠径がふわっと汗で濡れる。腰の奥のほうから波が湧き上がってくる。

「初めてなのに、あなたは……」

やるせなさそうにレーヴェは呟いて、マティアスを背中からベッドに落とした。腰の上に尻だけ乗せられる形になって、繋がりがさらに深くなる。背を反らしてマティアスは悶えた。

「や……あ、……っふ、あ。あっあ……」

挿入されたまま、乳首をいたぶられる。吸う音を立て、乾いた指でつねって引っ張り、爪の先でかりかりと掻かれると、まぶたの裏まで星が散って気を失いそうだった。感じすぎてつらいのに、舐めてくれと言っているように背中が反って胸を突き出してしまう。

「あ……あ、ん……っあ！」

「あなたは、奥をゆっくり擦られるのが好きだ」

下腹を撫でながら、レーヴェが囁いた。マティアスは何も言っていないのに、身体がレーヴェに告げ口をしているようだ。

「う……ああ。あ……あ」

マティアスの性器の先からは、射精か漏らしているのかわからないような粘液が、たらたらと漏れ続けている。レーヴェはそれを優しく手でしごいていたが、マティアスに口づけをしたあと、自身を抜き出した。

「あ――……！」

「誓いは成りました。あなたはもう乱れていい」

耳のうしろに唇を押し当てたレーヴェの、唸るような囁きを聞きながら、ベッドに這うように促される。

下腹に手を入れられ、腰を高く上げさせられると、そこにレーヴェが再び入ってきた。

「あっ、ああ――！　あ……あ……ん。は……」

ずんと一気に開かれて息が止まる。今度こそ、レーヴェの長い肉の槍をすべて埋められてしまう。

レーヴェがゆっくりと動き始めた。奥を突き、繰り返し開かれる衝撃はマティアスの言葉を砕く。開いた唇は短い母音しか発せられない。もう快楽は疑いようがなく、荒れた海のようにマティアスの中に大きな波を作ってゆく。痺れた舌先が唾液を滴らせ続けている。

粘膜をまんべんなく擦り上げられた。あの秘された実もそうだ。レーヴェが行き来するたび、甘い毒のような痺れが身体に広がる。濡れた内腿が痙攣する。

自分はここで絶頂を得る。逃れようのない未来を感じ、マティアスはシーツについていた三角符を拾い、両手で握りしめて、救いを乞いながら唇に押し当てた。

「あっ、あああ……ん、っ、ふ……！」

祈りながら射精の瞬間を待っていたら、上からレーヴェの手が包んでくるのにはっとした。

「マティアス様……」

眉根を寄せて、何かを堪えているようなレーヴェを見たとき、マティアスはこの行為が何かを悟った。

やっとの思いで首から鎖を抜き、三角符と共に手の中で大切にまとめて、ベッドの側の小さな棚に手を伸ばす。

三角符を置いて、レーヴェの手を握った。肉体の誓いとはこういうことだ。

あとはレーヴェの嵐に巻き込まれるしかなかった。閉じた場所を繰り返し繰り返しレーヴェは開いた。そのたびにマティアスは高められ、身体の中に押し込まれたレーヴェが硬く興奮してゆくのがわかった。

マティアスが達し、二度目の快楽を極める頃、音が聞こえそうに激しく鼓動しながら、マティアスの中にレーヴェは熱い粘液を吐き出した。


小さな松明がぽつぽつと焚かれている。かすかに嘶く馬の頰を撫でて宥め、先頭を守る騎士と、足の遅い馬車から出発させる。

マティアスの額に額を合わせ、レーヴェは目を閉じて彼に囁いた。

「いいですか、もしも追っ手が来たら、うしろは必ず俺たちが守ります。マティアス様はヨシュカ様の先導に従って、一心にその馬を走らせてください。

うしろを振り返ることはなりません。約束ですよ？」

「レーヴェ」

「約束です」

　何があっても魂だけは永遠に共にあるのだと誓うために、昨夜マティアスと身体を交わした。

　追っ手を回避するために、一度川を渡り、隣国に入って山沿いを辿りながら、オトマールに入る。総勢六十名ほどだった泉の教会は、十名ほどがシェーンハイトに残ることになった。彼らは何らかの形で王城や、そのお抱え職人の中に親族がいてシェーンハイトを捨てることができない人々だ。ハイメロート卿もそうしてほしいと彼らに応えた。「王が弟と離れるからといって、あなたがたまで家族と引き離される必要はないのだから」と。

　王宮から逃げ出してきたヨシュカは、つらいだろうに気丈に騎士たちを率いてくれている。城を離れ、狼に襲われる危険を冒して追っ手の来ない平原のほうへ逃れる。

　アゴルトは家臣を引き連れ、静かに城を出た。粛々と人が流れ出るだけの、静謐の中の離反であったが、これきり彼らとは敵味方だ。

　背後に煌々と篝火が焚かれた城が見える。山一面が燃え上がったような怒れる城だ。

「泉のご神体だけでも取り戻すことはできないのでしょうか」

　司祭の一人が涙声で訴えるが、マティアスは首を振った。こちらに視線を振られてレーヴェも頷いた。

　自分たち騎士に、アゴルトの離反がいち早く伝えられたのは、泉のご神体を奪取する命令を与えたかったからだ。知らされてすぐ、鎧も着ずに泉に向かった。しかし、泉がある森のまわりにはすでに多くの兵が置かれ、すべての抜け道が塞がれていた。王は教会がアゴルトにつくと推測して、先に泉の防衛をしたのだ。

　そのあとも遠巻きに斥候を残し、隙を見張ったが最後まで泉の警護が緩むことはないまま、城を出るときを迎えてしまった。

　ヨシュカが東の方角を見た。暗闇の中に赤く火が凝る場所がある。

「無理だ。見ろ、あの警護を。王の憎しみそのものだ」

ここから見れば小さな火だが、森との距離を考えれば、森を包むように巨大な篝火が焚かれているのがわかる。あれも王の怒りだ。アゴルトに渡すくらいなら、森を焼き払うくらいの覚悟を持って王は弟を憎んでいる。

† † †

頭から布をかぶり、狼が駆け巡る夜の草原を逃げ回ったのが、もう五年前とは信じられない。

マティアスは、屋敷の二階の窓辺で指を組んでいる。

かすかに春の気配が漂よう爽やかな風が吹いていている。若芽が吹き始め、冬色をした丘の斜面も色づきつつある。

オトマールの屋敷にもすっかり慣れた。裏山に生えている薬草の場所も覚えた。

ヨシュカは戦に出かけている。戦といっても今日は警備とのことで、終われば妹たちに花を摘んできてくれると言って出ていった。

本当の逃亡生活と呼べるのは、城を出てから半年足らずのことだった。当初はハイメロート家全員に、暗殺指令が出ていたそうだ。ハイメロート家の人間が生きていたら、どういった形で奇跡を起こされるかわからないからだ。奇跡を起こせる人間がいなければ、奇跡の泉はただの泉でしかない。

しばらくの間、オトマールの人々の家に転々と匿われ、地下室で暮らしたり、そこも危ないとわかってからは洞窟に住んだりしたこともあった。それからしばらく経った頃のことだ。ストラス王から密使が来た。直接会わずに書簡でやりとりしたのだが、シェーンハイト城に帰ってくる気はないかという誘いだ。

聞くところによると、ストラスは少々体調を崩しているらしい。重病ではないが、将来のことを考えると不安を覚えたのだろう。やはり泉の奇跡を起こせる者を側に置いておきたいと考えるようになったということだ。自然暗殺命令も解かれたようだった。

それ以来、応じるとも応じないとも答えず五年の月日が流れた。教会は初めから神に与えられた使命を果たしているだけなので、奇跡が必要な人がいるなら、それがたとえ敵であれ力を尽くす方針だ。

教会はオトマール城の側に屋敷を構え、ルドヴィカの泉を偲んで小さな湧き水の側に祠を建てて、それを拠点としている。

　シェーンハイトとオトマールは相変わらずだ。小国がさらに半分に分裂しただけで、隣国に囲まれているのには違いなく、四方満遍なく小競り合いがあり、シェーンハイトとも川を挟んで睨み合っている。しかし分裂したときほどの緊迫感はなく、いずれどちらかの王が崩御すればまた元の通り一国に戻れるのではないかと、楽観的なことを囁く人がいるくらいだった。

　窓辺では鉄の馬が揺れている。荷物は最小限にとどめるよう言われたのだが、これだけは持ってきた。逃亡生活の慰めでもあった。レーヴェは今ならもっといいものができると言って作り直したがったが、自分はこれがいいと言った。この馬の背に乗っているのは思い出と約束だ。レーヴェの腕が上がっても、これ以上のものは打てない。

　オトマールはいいところだった。平原と小さな丘を抱える長閑な地域で、シェーンハイトのように美しい石造りの屋敷や、垢抜けた庭園はなかったが、森が近く、絶えず花が咲いていた。

　ただ、教会の目がよく行き届いていたシェーンハイトと違い、オトマールは手つかずの森が多い。未だに精霊に脅かされる村や、魔女に枯らされたままの土地に苦しむ人々も多かった。教会もその制圧に向かいたいが、レーヴェたち騎士や修道騎士が戦に駆り出されているから、自分たちだけでできる範囲の浄化をしてゆくしかなかった。騎士がいなければ向かえない森がある。修道騎士がいればたった半日で浄化できる沼を何日もかけて清めるときもある。戦と教会の護衛と。単純に仕事が倍になるレーヴェたちには負担をかけるが、何とかやってゆくしかない。

　五年のあいだに髪も伸びた。シェーンハイトを出たアゴルトの臣下は、髪を伸ばすことになった。いつか再びシェーンハイトに戻ると誓い、それまではシェーンハイトの人々と違う姿になるために。

　母などは、マティアスのブロンズ色の髪が美しいと褒めてくれるけれど、ヨシュカの黄金色には到底及ばない。そして髪を伸ばしてみて真の美しさを感じた人がもう一人いる。

「――マティアス様」

廊下の向こうから呼んでいるレーヴェだ。レーヴェも髪を伸ばしているが、彼は鍛冶の仕事もするから襟足だけを伸ばして上のほうは短くしている。伸ばした長い部分は青みがかった銀色で、特別な馬の尾のように艶めいて長く、野生の動物の毛並みのごとくひどく美しいのだった。

レーヴェは今日、戦に出ていない。オトマールに来てからは、この窮地に城も教会もないといって戦に出ていたが、今日は大きな動きはないようだから城にとどまってマティアスの警護をよくしてくれと、ヨシュカから重々言いつけられたようだ。

戦で血が流れると精霊がざわめいて興奮する。マティアスもずっと浄化に出かけていて、ここのところあまり休めていないし、レーヴェとゆっくり話せたのもいつの話だろう――。

急いでいる様子のレーヴェを不思議な気持ちで見ていると、レーヴェはまだ離れた場所から呼びかけてきた。

「マティアス様、シェーンハイトと和平です！」

「……何だって？」

「シェーンハイトと和平になるそうです。内々に密約が成り、今日の戦でお膳立てされているそうです」

「ほんとうなの……⁉」

「はい。騎士団が調整して、小競り合いを起こし、それをきっかけにしてオトマールが降伏するそうです。降伏と言っても名目上のことで、オトマールの負けという体を取ってシェーンハイトに帰る。それが目的だそうです」

「そ……それではヨシュカは⁉　さっき戦に出たんだ！」

「ご存じだそうです。しかし、作戦の重要な役目を担いますから、出陣まで家族にも秘密を漏らすことができませんでした」

「そう……！」

「マティアス様がお祈りになられた甲斐がありました」

「本当に……？」

まだ信じられない。

「ええ」

「――よかった……!!」

「本当に頑張られました」

「神様のご加護と、レーヴェとみんなのおかげだ」

めちゃくちゃに抱き合って喜んだが、レーヴェはマティアスを引き剝がした。

「卿からお話があり、マティアス様はすぐに、調印式の準備をなさるようにと」

「そう」

話はもう確定的に進んでいるらしい。調印さえ済んでしまえば、強制的に和平は成る。急がなければならない。王の手を押しつけても誓約書にサインをさせ、印を捺させなければならない。

マティアスは組んだ手を額に当てて天を仰いだ。

「ああ、本当に？　シェーンハイトに帰れるの？」

「はい。泉も元のようになるだろうという話です。和平を確かめたら、すぐに泉に行って様子を見てきます」

「そうしてほしい。ずっと手入れができずにいたから心配だ」

加護の強い泉だから他の泉ほど簡単に穢されはしないはずだが、五年も放置されていたら荒れ放題だ。妙な精霊や魔女が住み着いていなければいいのだが――。心配だったがマティアスの心は明るかった。もし、どれほど泉が荒れていても、自分たちが命をかけても必ず泉を元に戻してみせる。

昼前には敗戦の計画が実行され、午後から徐々に両国のやりとりが増えるだろうということだ。陽が傾く前に休戦の約束とミサ、明日の夜明けと同時に調印式だ。

「帯は！　帯はどの箱かしら！」

「おおい、皿が見つからないぞ！　箱はこれだけか

!?」

　教会の中は大わらわだ。何しろ五年も日常のミサしか行っておらず、儀式用の衣装や荷は逃げ出したときのまま箱に詰めてある。古びていたり、見つからなかったり、それもまた楽しかった。マティアスは法具の準備だ。

「……これも駄目だ。直せる？」

　箱の中から取り出したろうそく立てをレーヴェに翳してみせる。三本ある燭台の一本が錆びて折れていた。

「接ぐだけならすぐに。近くで見るのはあなたがただけですから、みっともなく映ることはないでしょう」

　調印式を務めるのが先だ。城に戻ればゆっくり道具を点検して修理できる。ハイメロート家に戻れるなら道具を礼拝堂に戻せる。それまでの辛抱だ。

「何てことでしょう！　お衣装に染みが……！」

「内側にして縫いましょう。急いで！」

　女性たちの悲鳴さえ喜劇的だ。多少みっともなくても和平という慶事（けいじ）の前には些細なことだ。儀式が終わったあと、あるいは数年後、あのときのローブに染みがあったとか、錫杖の飾りが一部、木で彫ったものだったとか暴露（ばくろ）し合って笑い合うのだ。

「――マティアス様！」

　道具を打ち広げた広間の入り口から、大きな男の声が自分を呼んだ。

「ここだよ」

　マティアスは燭台をレーヴェに渡しながら返事をした。男――修道騎士は青い顔でまっすぐこちらにやってくる。彼は床に散らばる衣装を踏みそうな様子で近づいてくる。

「どうかしたの？」

「マティアス様。シェーンハイトの西の森の廃城（はいじょう）に、やはり魔女が住み着いているようです」

　その辺りには二年ほど前から魔女の噂があった。穀物が枯れたり、池が沼のように濁ったり、子どもが続けざまに死んだりと、魔女特有の凶事が続いたからだ。しかし居場所がわからないまま事態は沈静し、もしかして魔女が近くを通り過ぎただけかもしれないと推測していた。その通りならいいが、もしも休んでいるだけだとしたら厄災はまた始まる。ずっと修道騎士たちに捜させていた。シェーンハイト領だとしても見過ごすわけにはいかない。

修道士は声を潜めた。

「シェーンハイトのマントイフェル侯爵が頻繁に森に出入りしている様子があります。しかも、首を切られた鳩の死骸を大量に持って森に入った形跡があると――」

「それは……」

魔女の典型的な行動の一つだ。魔女は鳩の血を好む。自ら集めることは少なく、人を呪って集めさせるが、なぜか彼らは必ず鳩の首を落とす。

「村から鳩を引きずっていったらしく、森まで大量の血が流れているそうです。村人が気づいてさっき知らせに来ました」

「それはいつのこと?」

「昨夜から朝にかけてこ」

「……いけない。今すぐ居場所を確認しなければ。鳩はどれくらい前から集められているんだろう。何か呪いの対象になることがあるだろうか」

鳩の死骸を大量に集めているということは、身近な人を呪う普通の魔女とは別格の、大規模な呪いを起こすつもりだということだ。鳩の血を使うことができる悪質な魔女ともなれば、もはや天災や運命に関わる呪いを起こす。たとえば戴冠式。たとえば王妃の出産。王女の輿入れや新しい城をまるごと呪う魔女もいる。あるいは他国からの親善大使の船を呪って流行病を招いたり、隣国との友好を破滅に追い込む――。

マティアスは、ふと目の前に吊り下がっている現実に目を見張った。

「――……和平を狙っているのか」

細い糸のような真心を根気よく伸ばし続け、ようやく再び繋がろうとするシェーンハイトとオトマールの和平を呪おうというのか。

「　父上は⁉」

「調印式のことでオトマール城に出かけられました」

「至急知らせてください。司祭たちにも魔女だと告げて、すぐに用意をするようにと！　戦場に出たヨシュカに知らせてください。ヨシュカなら魔女の対応を知っている。レーヴェ！」

　緊張した面持ちでこちらを見ているレーヴェに声をかけて外へと急ぐ。

「馬を引いてくれ」

「魔女に一人で対応するなど無理です！」

「わかっている。でも止めなければオトマールが――ヨシュカたちが……！」

「――わかりました。お止めしても無駄なのでしょう。しかし、俺が守れると思ったところまでです。それ以上は担いでもあなたを連れて戻ります」

「わかった」

　レーヴェはそう言うだろうと思っているし、もし自分が魔女に捕まったりしたら、奇跡持ちの血は鳩とは比べものにならない強力な触媒だ。みすみす生け贄になるわけにはいかない。

　レーヴェの軍馬アンネリースに乗った。大柄なアンネリースは犀のように、重厚に大地を踏み鳴らしながら草原を豪快に疾駆する。

　シェーンハイトの西側の森にある、古い廃城と言われて大体の見当はついたが、確かめるまでもなかった。

　森の上に黒い雲が渦巻いている。雲は回転しながら漏斗のように森の上に流れ込み、辺りに稲妻を散らしている。

　馬の手綱を引きながら、レーヴェが言った。

「もう間に合いません。これ以上近づいたら巻き込まれます！」

「呪いが発動しても、少しでも威力を削ることができたら……！」

　呪いのミサであるなら魔方陣を切るだけでも、血の杯を蹴り返すだけでも呪いは弱まる。

「マティアス様！」

　約束を破ろうとするマティアスを、レーヴェが加滅のない力で掴んでくる。

「離して！　あれは駄目だ。たとえわたしがどうなっても、あんなものを空に放したら、シェーンハイトもオトマールもダメになる――――！」

鳥肌がやまない。背骨がぐらぐらするほど震えている。なぜあんなものが気配を殺せていたのか。なぜ自分たちはあれほどの魔女を見つけられなかったのか。

その理由もすぐに思いついた。彼女の力が大きいからだ。自分たちから完全に気配を隠せるほどの魔力と実力を持った魔女だからだった。

「レーヴェ、離して！」

レーヴェはマティアスを片手で強く抱き込み、怯える馬を引き返えさせた。勇敢なアンネリースが断きを上げて怯える。魔女の気配に当てられて息ができない。

レーヴェが馬を走らせる瞬間、最後に振り返った森に、マティアスは恐ろしいものを見た。

みるみるうちに森が枯れてゆく。めしめしと大きな音が立ち、枝がもがき、木がひび割れて悲鳴を上げている。ギャアギャアと叫び声を上げて飛び立った鳥たちが黒く染まって地面に落ちる。あの黒い雲が大地の精気をすべて吸い取っているかのように、深い緑の森は一息に茶色に干からびた枯れ木の群れとなり、朽ちた廃城を露出させてゆく。

サバトは成ったのだ。

目を見張って呆然とその様を見届けるマティアスの耳に、魔女の大きな笑い声がした。森の真上に、鳥を集めたような黒い粒子が森中から集まり、中央でひと塊になって、垂れ込めた雲の中に飛び込んだ。その中でまた凶悪に引き攣った笑い声がこだましている。

立ち枯れの森にたたずむ廃城は静かだった。燃えかすよりもさらに精気を失い、うなだれた木々と、壁に穴を開けた城の骨格が黒く浮かび上がっている。

魔女は去ったのだ。手ひどい呪いを成就して――。

レーヴェが初めて魔女を見たのは、七歳か八歳か、とにかく冬のことだった。村の子どもたちがバタバタと倒れて動かなくなる病が流行った。すぐに教会が来て、それは魔女の呪いだと言い、残った子どもたちは呪い除けのために隣の村に行かされることになった。頭から聖水を振りかけられ、荷馬車に押し込まれる。意味もわからないまま馬車は走り出し、その馬車の中で魔女の呪いについて聞かされるほどの急さだった。

馬車がちょうど村を出るとき、村の境界を示す花の咲く木の側に見知らぬ女が立っていた。じっと黙ってこちらを見ていた。そばかすのある、唇の美しい、若い女だった。

それを見たとき、あれが魔女だとレーヴェは思った。痩せて粗末な服を着た、寂しそうで優しそうな女だったが、その顔が網膜に飛び込んでくるような感覚と共に、ぶわっと鳥肌が立ち、冷や汗が吹き出た。

馬車が走り、女はいつの間にか見えなくなった。名を呼ばれ、肩を揺すられて、はっと我に返ったとき、全身が冷や汗で濡れ、息が上がっていたあの感覚を今でも鮮明に覚えている——。

教会に帰ってみると恐慌状態だった。広げられていた衣装や道具たちはまた手荒に箱に押し込まれ、人が走り回っている。

マティアスの隣で、彼に告げられる状況の数々をレーヴェも聞いている。

「和平は失敗です！　小競り合いのはずが大戦になって、オトマールが押されているそうです！　ここにもシェーンハイト軍が攻めてくるかもしれません！」

あの魔女が呪ったのだ。

和平を壊して笑いながら逃げた——。

「ここも危のうございます。マティアス様はすぐに脱出の準備を！」

すでに荷馬車が引き出され、子どもたちと身重の女性が乗せられている。

教会の外のほうから悲鳴のような声が聞こえてきた。

「誰か！　誰か、司祭様ッ！　ハイメロート卿は……マティアス様は！」

　ほとんど絶叫しながら、泥まみれの男が混乱の中を走り回っている。

「ここだ！」

　声を上げて手を振ったのはレーヴェだ。駆け込んできたのは朝、ヨシュカと一緒に戦に出た下働きの男だった。

「マティアス様――……ッ！」

　男はマティアスの足元に崩れ込むように倒れ、マティアスの手に縋りながら叫んだ。

「ヨシュカ様が……ヨシュカ様が討たれました！　激突した左翼を助けようとわずかな護衛だけを連れていかれて、そのまま敵兵に囲まれて」

　呆然と男の報告を聞いたマティアスは、声も出せずに何度も首を振っている。男はマティアスの衣を摑んで、地面に突っ伏した。

「本当なのです。この目で首を落とされるところを見ました！」


　レーヴェにしても信じられない。あのヨシュカが、戦場で死ぬなんて。

　報告によれば、戦場はもう泥沼と化していて、統率もなく混戦の中でただ殺し合っている。シェーンハイト軍の勢力が強く、あろうことか彼らは大砲まで持ち出している。敵戦力は圧倒的で、勢いのままここになだれ込んできそうだということだ。

　今更ヨシュカを助けに行っても何もできない。どの辺りにいるかさえわからない。

「――……」

「マティアス様！」

　ふっと沈んだマティアスの身体を抱き留める。

「マティアス様！」

　ぼんやりした目をして、顔色が真っ青だ。あまりのことに失神を起こしたのだろう。ヨシュカが死んだかもしれないというのだ。当たり前だ。

「そんな……ヨシュカが……。本当だろうか。本当に首を……ああ」

「今は確かめようがありません。お立ちください、マティアス様。あなたは逃げなければ」

うわごとのように呟くマティアスを抱きかかえる。ヨシュカを捜したくとも、元々の配置にいないのなら見当もつかない。今日に限って戦場は広い平原で、混戦では旗印も見えない。ヨシュカには従騎士も部下もいる。斬首された男とヨシュカが別人で、彼らが捜し出して助けてくれていればいいのだが――。

嘆き悲しむマティアスを馬に乗せ、山の奥にある谷に向かった。谷への道は一本だ。ここは何としてでも守りきる。万が一のときは、抜け道から山を越えて、隣国に落ち延びるしかなかった。いっそマティアスだけでも本部に匿ってもらいたいのだが、マティアスは首を縦に振らないだろう。彼一人でも十分生き延びる価値があると説得しても、家族や教会の人々を見捨てて一人で安全な場所に逃げ込むというようなマティアスではない。

マティアスと教会の人々を連れ、息を殺しながら逃げてきたのは霧の立ち込める深い渓谷だ。岩壁の割れ目が通路になっていた。馬を引いて奥へ進むと、小さな聖堂くらいの広間になっている。

気温が下がっている。平地は春を迎えているが、山の狭間は未だに冬だ。夜になるとつららが下がる。

岩壁の小さな部屋に、ろうそくの灯りが揺れる。

奥方が泣いている。それを二人の小さな娘たちが慰めている。すすり泣きはあちこちから聞こえて、うめき声も上がっていた。

マティアスは馬の上にうずくまるようにしてここに連れてこられ、洞窟でもしばらく半分気を失ったような状態でいた。かわいそうだが自分も今は、ずっとマティアスについてやることはできない。逃げる準備をしなければならない。教会付きの騎士は常に殿(しんがり)だ。シェーンハイトの騎士団を足止めしなければならないが、戦場と違うのは、教会に属する人々の足が遅いということだ。司祭が乗る細い馬と荷馬車。騎士を逃がすときの三倍以上の時間を稼がなければならない。

「貴重品とそうでないものに分けろ。人が最優先、荷馬車はいつでも切り離せるようにしておけ」

今のところ追っ手が来る様子はない。夜の谷を移動するのは危険だ。女性や老人たちも動揺している。一晩ここで休んで夜明けと共に逃げ出したほうがいいが、追っ手が来るなら今すぐ走り出さなければならない。

戦場で何が起こっているのか――。

レーヴェは、煙の柱が何本もあがる遙か彼方の空を見渡した。

和平工作が失敗に終わり、ヨシュカが討たれた。ハイメロート卿は城に出向く途中で異変に気づき、森を迂回して一旦戦場を離れた場所で身を潜めているそうだ。明日の朝には合流できるだろうとベアテの足に手紙が巻かれていた。ハイメロート卿の判断を待つしかない。それまでこの心細い隊列を守りきるのが自分たちの役目だ。男手を集めて急いで荷を積み替える。馬に水を飲ませ、薪と松明の準備をする。その間に自分は一度道を確かめに行くべきか。谷の終わりには石橋があったはずだが、雨などで流されてはいないか。

せわしく思考を巡らせていると、視界の端に白い姿が入った。

「マティアス様」

レーヴェは壁に寄りかかるようにして立っているマティアスに駆け寄った。

「ミサを行わなければならない。あの魔女を止める手立てを。亡くなった者の鎮魂を……」

「そのお身体では無理です」

途中何度も吐いていた。マティアスは精神状態が身体に出る体質だ。ヨシュカのことがショックだろう。この先の不安を思うだけでも彼には大きすぎる打撃だ。

「大丈夫。わたしは……司祭だから。父上がいない今……わたしがしっかりしなければ……」

震える声で、力の入らない身体で、ミサを行うというのか。

見つかる道具だけでミサの準備をするマティアスを見て、エイドリアン司祭が泣いている。ヨシュカのことがどれほど悲しいだろうと思うとこちらの胸が潰されそうだ。

あちこちで弔いの煙が上がっている。

死人が多すぎて焼くのが間に合わず、大きな穴を掘ってまとめて埋めているがそれも追いつかなくて、野犬が食い散らかすに任せている場所もあるそうだ。

あれから一晩、いつでも逃げられる準備をして息を殺していたが、追っ手がかからなかったので、様子を窺いながら元の教会に戻ってきた。レーヴェも何度か偵察に出てみた。予想よりも戦場の状況はひどく、シェーンハイト側も打撃が大きくて、こちらに攻め込んでくる余裕がないようだった。

戦場や森の際は、惨憺たる有り様だ。腐った臓物が巻き散らかされ、酸鼻を極めている。

ヨシュカの遺体は取り戻せなかった。どこかに逃げていてくれればと願ったが、他にも首を切られるところを見たと言っている騎士もいるし、ヨシュカの側についていたはずの従騎士の死体が見つかった。戦闘中、たまたまシェーンハイトの遠征部隊が帰ってきたらしく、背後から挟み撃ちにされてひとたまりもなかったそうだ。魔女が呼び寄せたのだと思うべきだろう。呪いは最悪のタイミングを招き寄せる。

五日以上も経ってからヨシュカの軍馬ヴィオルグだけがあちこちに怪我を負って帰ってきた。ヨシュカを探して彷徨ったのだろう。それでも見つからず、身体にかけた飾り布を、血で真っ黒に染めて帰ってきた以上、ヨシュカの死は間違いないというようなものだった。

和平が崩れるどころか関係は悪化して、忍耐強いアゴルト王が報復をと口にしているという。離反はしても攻撃はしなかったアゴルト王のその言葉にストラス王は怯え、今のうちにアゴルトとオトマールに荷担する人間を殲滅してしまえと命じたという。

そして呪いの影響はあちこちに残っている。

生まれる牛の子が皆異形をしていた。目玉がいくつもあったり、肢が八本あったりほとんど溶けて形にならないものもあった。日暮れと同時に精霊が飛び回り、家畜を傷つけ、人の唇や目玉に血が止まらない傷を負わせる。

マティアスはそれらを追い払いながら、元の魔女の痕跡を辿っている。呪いには残穢があって、それを喰いに精霊たちが集まってくる。精霊の灰を集め、名前を与えてゆくと元の魔女の名前がわかるという秘術を行っているそうだ。

レーヴェは手燭を持って、静かにマティアスの部屋を訪ねた。

部屋中に巻物や本が散らばり、薬草や魔を検出する薬などが並べられている。ベッドの上にも本、ソファの上にも本だ。あれだけ言ったのにまだ一度もベッドに入っていないらしい。夜食に出したパンも手つかずだ。マティアスはランプの隣で、机に頭を抱えている。

「マティアス様。一度お休みくださいと言ったはずです」

昼間は森に入って精霊を追い払い、魔除けの儀式を行う。帰ったら精霊の死骸を調べる作業だ。マティアスの細い身体のどこに、こんな体力があるのかと思うほどだった。

「レーヴェ」

「はい」

「わたしは認めたくないかもしれない」

「何をですか」

「あの魔女の名についてだ」

「わかったのですか」

これほど大きな呪いだ。呪いの気配を嗅ぎつけた他の魔女たちがシェーンハイトに集ってきている。それらをより分けながら呪いの元になる魔女の名前を分析するわけだが、呪いが強いだけにすぐに判明するだろうとは聞いていた。

「《ヘクセンナハトの娘》……聞いたことがある？」

「ヘクセンナハトなら」

おとぎ話に出てくる、大陸を全滅させようとした大魔女だ。世界が魔女の手に落ちるすんでのところで、勇者アウルヴァングに化けた神が魔女を倒した。

「ヘクセンナハトの血を引く魔女が七十二人、教会に登録されている。倒されたのが三十一人、封印されているのが十二人、海を渡ったのが十一人、深い山に閉じこもっているのが三人——残り、行方不明の十五人の一人だ」

「強いのでしょうか」

強いのだろうとは思うが、どのくらい強いのか想像がつかない。

「隣の国を滅ぼした魔女だと言えばわかる?」

問われてレーヴェは息を呑んだ。多くのおとぎ話に語られる美しい国リヒトシュタット。ある日魔女に呪われてたった三日のあいだに滅びたそうだ。今は森で囲まれ廃城となっていて、城の中も街も死体はそのままになっており、塩になっているか炭になっているだろうという話だ。土は腐って悪臭がする。ヘドロのような沼があちこちにぼこぼこと沸き立って、その臭気を吸ったら死ぬそうだ。未だリヒトシュタットは森で封じられていて、入った者はたちどころに命を落とすという呪われた地だ。


「シェーンハイトがそうなるということですか」

「放っておけば必ず」

マティアスはそう言って頭を抱える。憔悴した様子で、ランプの暗い灯りの中でも目元にくまがあるのがわかる。

「五十年前から行方不明と聞いているけど、その魔女につけ込まれたかもしれない」

「シェーンハイトは……我がオトマールはどうなるのです」

分離したとはいえ、実質領地を二分しただけだ。すぐ手が届く隣国で、シェーンハイトが呪われればオトマールも無事では済まない。

「本部に手紙を出してみる。司祭たちとも話をしてみる。有効な手段があればいいのだが、もし見つからなかったら、この土地を捨てて逃げるしかないかもしれない」

いつでもマティアスは冷静だ。その冷淡なほどの賢さがいたわしいと思うとき、顔を埋めているマティアスの手が震えているのに気がついた。

「ここを離れて……荒れた生活になるのはかまわない。……でも、ヨシュカが帰る場所がわからなくなったら……」

前言撤回だ。マティアスは昔のまま、泣き虫で優しいマティアスだった。戦から二月が過ぎている。もう誰もヨシュカが生きているとは思っていない。それでも彼は信じきれないのだ。昔から仲のいい兄弟だった。自分もヨシュカを幼い頃からずっと見守ってきた。

「ヨシュカ様は、必ず俺が捜します」

もしも骨になっていたとしても、彼が身につけていた釦一つだけでも、マティアスの側に返してやりたいと、レーヴェも切に願っている。


——それからすぐのことだ。

「ヴィンクラー伯爵が!?」

「はい。戦場でヨシュカさまを見たというのです!」

今朝の戦いで、戦場の手伝いに行っていた男の報告に、マティアスが身を乗り出した。レーヴェも息を止めて目を見張った。斬首されたというのはやはり間違いだったのだ。

怪我でもしてどこかに潜んでいるのかもしれない。ヴィンクラー伯爵は教会の強いうしろ盾だ。ヨシュカに金の鐙を贈ってくれたのも彼だった。幼い頃からヨシュカを知っている人物だ。人違いなどするものだろうか。

「本当に確かか。伯爵は最近、お目が悪いと聞いた」

レーヴェは問いただした。ヴィンクラー伯爵と言えば、分裂前、老齢で視力が下がってきたから泉の奇跡がほしいと相談を受けたのだが、怪我や病気でないものに泉の奇跡は望めないとマティアスが応えていたのを見た記憶があった。

「はい。声も聞いたそうで、お間違いないそうです」

噂だけでもあるものなら今すぐに探しに行こう。そう決心したレーヴェと泣き出しそうな顔のマティアスに男は続ける。

「すぐそばでお顔を見たから間違いないと言ってい

ます。ヨシュカ様に襲われたと」

「……ヨシュカが？」

「シェーンハイトの騎士を名乗り、馬上から突然斬りつけてきたということで――！」

レーヴェは息をついた。マティアスも上げていた腰を元に戻した。

「もう一度探す手配はするが、限りなく間違いに近いだろう」

レーヴェが応えると、マティアスは黙って机に頭を抱えてしまった。ヨシュカがヴィンクラー伯爵を襲うなどあり得ない。彼は、もはや叔父の一人と言っても過言ではない人物だ。何かの妄想か、夢でも見たと思うしかない。

「しかし、他にもヨシュカさまを見たと言うものがおります。兜の中の顔は、確かにヨシュカ様だったと」

「お前が見たわけではないのだな？」

「ええ、見たという情報を集めてきただけです」

「わかった。考えてみよう」

やはり期待は持てない。ヨシュカほどの美貌となると見間違いようもない気がするが、あまりにも非現実的な情報は真実の裏付けとはならない。シェーンハイトにヨシュカほどの美貌の騎士が生まれたというならば、吟遊詩人に確かめたほうがまだいくらかでも正確な噂が手に入りそうだ。

男が部屋を出ていった。マティアスは涙ぐんだまま、指を組んだ手に、額を押し当てている。

「一応探してみます。ヴィンクラー伯爵にも、不用意なことを仰らないよう、お願いしてきます」

万に一つの望みもなくても、可能性があるならヨシュカを探す。ただ望みはないに等しく、ヨシュカがよりにもよって、ヴィンクラー伯爵を襲うなど、昼夜がひっくり返っても考えられない話だ。


昔、こんな気分になったことがある。本部で熱心に本を読んでいたら、本の世界に落っこちたようになって、現実世界のほうが夢のように思える心許ない気分だ。

ほんの五年前までの自分を思い出すと、マティアスは今が夢のような気がしてくる。

だってヨシュカが死んで、街から弔いの火が消えることがなく、野原は焼け、城の壁にも大穴が空いている。

小鳥が戯れて、ヨシュカが馬を回してくれるのに手を叩いて、隣にレーヴェがいて、本部で写してきた本を傍らに積み上げ、母が笑っている。そんな日々を過ごしていたはずなのに、どうしてこうなってしまったのだろう――。

元気になったヴィオルグの横にある椅子に腰かけてぼんやりとしていた。

結局ヨシュカについての情報は得られなかった。ヴィンクラー伯爵にも直接会いに行ったが、それは本当にヨシュカだったのかと問いただすと、自信がないと言った。ただあれほど青い目は他に二人といないと言った。兜の頬のあたりに美しい金髪が覗いていたとも。鎧はハイメロート家の鎧ではなかったと言った。馬も当然ヴィオルグではないが白馬だったということらしい。それ以上は襲われた混乱もあって、何も定かではなかった。

「目撃があった場所を時間を変えて探してみましたが、ヨシュカさまらしい人影はありませんでした。ヨシュカさまが身につけていたものも、なにも」

「……そう。危険な場所に行かせて悪かったね」

「引き続き、気になるところは探してみます」

心配そうに見下ろしてくるレーヴェの手に、マティアスはそっと縋った。彼の手の甲に額を押し当てる。レーヴェがいてくれるから自分は正気でいられる。彼がいるからまだ戦えると信じられる。

魔女を倒す方法はまだ見つからない。近づけさえすれば手立てはあるが、魔女は黒い精霊――虚霊(ダルジ)をまとわりつかせている。蠅(はえ)のように飛び回る、無数ともいえるこれを打ち落とすのは不可能で、たとえば投石機のようなもので石を投げても、虚霊に搦め捕られて途中で地面に落ちてしまう。森を祈りで押し包んでしまうのはどうか――そんなことをするには何百人もの修道士が必要だし、先に気づかれたら修道士たち全員が呪われてしまう。

ヨシュカがいてくれたら、と、時々思うことがある。彼の閃きは鋭く、時折はっと息を呑むような角度からのアイディアを出してくれた。ヨシュカなら何か思いつきはしないだろうか。戯れにでもそんなことを考えていたら、また涙が溢れてくる。どれほど痛かっただろう。どれほど苦しかっただろう。首を落とされたなんて――。

身体が震え、嗚咽がこみ上げそうになる。

「マティアス様」

「……大丈夫。すぐに、落ち着くから」

心配してくれるレーヴェに首を振ったとき、頭上から鳥の鳴き声が聞こえた。

空で大きく旋回する翼がある。ベアテ――？　いや翼の影はかなり大きい。

「――……フレイヤ……？　フレイヤ、おいで！」

ヨシュカの鷲だ。戦のあとヨシュカがいないか確かめるように何度か屋敷に帰ってきたが、すぐに飛び立ちいなくなった。もうどれほど捜してもヨシュカはいないのだと彼女に言ったが、彼女がそれを理解できたかどうかわからない。

「フレイヤ！」

彼女だけでも戻ってきてほしかった。そうでなければ彼女は一生ヨシュカを捜し続けるのではないかと思うくらい、ヨシュカが好きだったから――。

また屋敷の様子を見てから飛び去るかと思ったらフレイヤは、マティアスを見つけたようにまっすぐこちらに降りてくる。

「お下がりください、マティアス様」

ベアテに比べてフレイヤは大きい。犬を摑んで飛び上がれるほど爪が大きく、摑まれただけで大怪我を負う。マティアスでは受け止めきれない。レーヴェが馬の身体を拭く布を、腕に巻きつけて差し出すと、フレイヤは、大きな翼をバサバサと羽ばたかせながらそこに降りてきた。

「フレイヤ。フレイヤ、無事だったの――」

マティアスは手を伸べようとして、フレイヤの足に、何かが結びつけられているのに気づいた。……手紙のようだ。

マティアスは手紙を解き広げた。

見知らぬ筆跡で長い手紙が書かれてある。

手紙には、ヨシュカが生きている、と書いてあった。彼は戦で落馬し、記憶を失った。今はイグナーツ・フォン・ライマンの屋敷にいると書かれてある。

「マティアス様、何と……?」

説明する間も惜しく、マティアスは手紙の続きに目を走らせる。

ヨシュカを連れて帰ったイグナーツは、ヨシュカを塔に監禁し、拷問と陵辱を施してオトマールの情報を吐かせている。もしこの手紙がヨシュカの関係者に届くなら、彼を助け出し、屈辱的な扱いと、目を覆うような残酷な拷問を終わらせてやってほしい、と書いてある。そのあとにはヨシュカが拘束されていること、食べ物が満足に貰えないことが書き連ねられていて、思わず目を閉じてしまう。それでもヨシュカの様子を知りたいばかりに、無理矢理目を開いて文字を追うと、最後にヨシュカを助けたければ、この鷲を追え、と書いてある。

ヨシュカが生きている。敵方に捕らえられている。だが捕らえているのはあのイグナーツだ。ヨシュカの盾兄弟だった。彼が——以前見たときあんなにヨシュカと信頼し合っていた彼が、そんなことをするだろうか。いやそれはオトマールが分かれる前の話だ。信頼し合っていたからこそ、敵味方に分かれたとき恨みが深いものだろうか。愛情の深さがそのまま裏返るものなのだろうか——。

レーヴェがわなわなと震える自分の手から、静かに手紙を取り上げた。文字を辿るレーヴェの顔もみるみるうちに歪んでくる。

「……こんなことがあるでしょうか。この手紙は真に誠実なのでしょうか」

「わからない。信じたくはないけれど、シェーンハイトに魔女の影響がある限り、何がどうなっているか確かなことは一つもない」

真実かもしれない。そうでなければヨシュカが生きていて、拷問を受けているなどと嘘をついても利益がない。あるいはすべて嘘かもしれない。魔女に憑かれた人間は、ただ他人の心を惑わすためだけの嘘を平気でつくことがある。魔が差すということもあるだろう。文字通り行動の途中でふと魔女に耳元で囁かれるようなもので、ヨシュカが無事だと知らせる手紙を書いてくれている途中で、魔が差して作り話の嘘を書いてしまったかもしれない。そもそもこの手紙自体、魔女が書いたものかもしれない――。

「俺が行ってみましょう」

「レーヴェ」

「ヨシュカ様を捜すと約束しました。フレイヤを追ってみます」

「頼む。でも無理はしないで」

「居場所を突き止めるだけでも」

縋るような気持ちでレーヴェを送り出した。

そして帰ってきたのは、夕方になる前だ。

「フレイヤは間違いなく、ライマン家の塔に向かいました。しかしあそこにゆくのは難しい」

フレイヤが示すのはライマン家の屋敷の奥にある塔だった。そこに辿り着くには、地上を守る兵を倒し、門を開けさせ、警護に出てくる兵を退け、家人を倒しながら塔を上らなければならない。

「しかし、ヨシュカがそこにいるなら、助けに行かなければ」

「強襲は無理です。密使を放つ相談をしてみます。どこまで潜り込めるか、わかりませんが」

そうなるとエイドリアン司祭にこの話をしなければならない。盾兄弟に捕らわれ、拷問を受けているだなどと哀れすぎて誰にも知られたくないが、そんなことを言っている場合ではない。父の耳に入らないよう大至急密使を放ってくれないかと頼もうとタイミングを計っているとき、フレイヤが再び戻ってきた。

足に手紙が結びつけられている。開いてみると、また同じ筆跡の手紙だった。ヨシュカに施されたという、ひどい仕打ちの数々が仔細にわたり記されている。

密使は失敗だったそうだ。ライマン家の誰かに連絡を取ろうにも、門は固く閉ざされ手紙も受け取られない。ましてやライマン公やイグナーツと個人的に話がしたいと言ってもまったく相手にされないそうだ。下手に敵国の人間と会うと裏切り者と見なされ、立場が悪くなるのを警戒してのことだろう。

三度目の手紙が届いた。いかがわしい内容で、ヨシュカは拷問で衰弱しているが食事を取らせてもらえないと書いてあった。

マティアスは自分の胸元を摑んだ。本当に心臓がねじ切れそうに痛い。悩んでも結論は同じだ。もしこの手紙が嘘だとしても、万が一にもヨシュカが生きて――つらい目に遭っているのなら、助けに行かなければならない。

最近庭に出て、フレイヤの訪れを待つのがくせになっている。何かを察知したのか、不安がるヴィオルグを宥めながら空を見る。今日もフレイヤは現れた。足に手紙が結びつけられている。

手紙はだんだん短くなっていて、今日は「もう時間がありません」とだけ書いてある――。

「わたしがライマン家に行ってみる。イグナーツ殿と話したことがあるし、ライマン公ともミサでお目にかかったことがある」

「敵国なのですよ⁉　あなたがシェーンハイトになど行けるわけないでしょう⁉」

「わかってる。でも司祭は殺さないはずだから。わたしが行く」

司祭殺しは大きな罪だ。ゆえに高貴な者は身分の低い者に司祭を殺させ、その代わりに莫大な報償を積む。何十年先の天国よりも、目先の金を欲しがる貧しい者は、競って役目を買いたがった。だから戦のあとも自分たちは夜の山を必死で逃げ回らなければならなかった。しかし、それが王族なら話は違ってくる。彼らはその手で司祭を殺さない。話せる時間は必ずある。

「いけません。ヨシュカ様のことは最善を尽くしますし、この手紙の真偽と出所は必ず突き止めるべきですが、今あなたがすることではない。それにもうこの件はアゴルト王に届いています。できることは王がなさるはずです」

「今、ヨシュカが助けを求めているかもしれないのに⁉」

そう言い返すといてもたってもいられなくなる。今、ヨシュカが苦しんでいる。明日助けに行っても間に合わないかもしれないのだ。他でもないフレイヤがこの手紙を届けているのがマティアスを焦らせる。フレイヤがヨシュカと縁の深い鳥であることを知っている誰かが、この手紙を結びつけたのだけは確かだった。

「乗せて、ヴィオルグ」

たまたま椅子があった。ヴィオルグは賢かった。ヴィオルグがレーヴェとのあいだに割り込む合間に、椅子の上に立ってヴィオルグの背によじ登る。手を伸ばして綱を解いた。

「マティアス様！」

「駄目だったら帰ってくる」

飛び立ったフレイヤが空で旋回している。ついてこいと言っているのだ。

「ヴィオルグ、行って！」

「マティアス様！」

レーヴェが手を伸ばすが間に合わない。ヴィオルグが動き出す。早くと首を叩いて催促すると、門を出てからゆっくりと加速をしはじめた。

マティアスは、振り落とされないようヴィオルグの首に掴まっているのに必死だ。フレイヤの案内を、ヴィオルグが追ってくれるのを信じるしかない。

ヴィオルグは賢く強い馬だ。狼を蹴散らし、人の気配を避けるくらいのことはする。あとはしがみついて落ちなければ連れていってくれる。

ヴィオルグは森の側を走り、いよいよシェーンハイトの領地に駆け込んだ。見慣れた森の形が見えてくる。ふと胸を突く懐かしさにマティアスは顔を歪めた。

この森の奥に泉がある。立ち入りを禁じられたルドヴィカの泉が。別れの夜、松明で赤く燃えていた森が。

目を閉じて、森の横を駆け抜けようとしたとき、頭上でフレイヤが急に大きな声で鳴き始めた。

ぴーい。ぴーい。とけたたましい声を上げている。フレイヤはおとなしく、めったに声を上げないのに、と思っていると急降下を始めた。森の向こうに誰かがいる。

敵兵かもしれないと思うと、胸の奥がぎゅっとすくむ。ここはもうシェーンハイトだ。王族は自分を殺さないが、下級兵士や盗賊は相手などかまわない。姿を見たあと判断しても、ヴィオルグなら逃げきれるだろうか――。

そんなことを考えながら、フレイヤが降りた場所を見て、マティアスは息を呑んだ。バサリと大きく羽ばたいて、フレイヤは男の腕に降りた。

細い馬に乗った男がいる。乱れた長衣。美しい金髪は顎の辺りで切り揃えられている。見覚えがあった。小さなヨシュカがそのまま大きくなったような姿だ。

本当にヨシュカだろうかと思うが、フレイヤがあんなに懐いているのはヨシュカを置いて他にない。

「ヨシュカ……。――ヨシュカ!」

叫ぶとヴィオルグも気づいたのか、彼に向かってまっすぐに駆け出す。ヴィオルグの背中は大きくてつるつるとした毛並みだ。滑り落ちそうなのを、必死でしがみついて叫ぶ。

「ヨシュカ!」

ヨシュカに手を伸ばすとヴィオルグが止まってくれる。馬を下りて、ヨシュカに向かって走った。その短いあいだにも何度も確かめる。髪は短くなってしまったし、痩せている気もするが間違いない、ヨシュカだ。幻ではないか、精霊のいたずらではないか。

「ヨシュカ! 生きていたのか!」

抱きつくと確かに身体の感覚があって、マティアスは涙を堪えきれなかった。ヨシュカだ。――ヨシュカが生きていた――!

「あなたは……?」

夢中で神への感謝を口走る自分に、ヨシュカが気味の悪そうな顔をしている。マティアスは唖然としかけて、はっとした。

「おまえの兄だ。記憶を失っていると聞いている。だがもう大丈夫。大丈夫だ！　ああ、美しい髪がこんなことになって……！」

震える手で彼の毛先に触れた。摑んでぶつ切りにされたようなひどい髪、顔色も悪い。

「兄……上……？」

「そう。マティアス・ハイメロート。おまえの兄だ、ヨシュカ！」

「どうしてここへ」

「フレイヤの足に手紙が結びつけられていた。おまえが記憶を失って、イグナーツ殿に監禁されていると。居場所を知りたければこの鷲を追えとも」

囚われているはずのヨシュカが何でこんなところにいるかわからない。だが精気を欠いた顔や、よれた衣服を見れば無事に過ごしていたとは思えなかった。やはり監禁されていたのだ。手紙のほどにはひどくなくても、こんなにやつれてしまうくらいに。

「イグナーツ殿は、王から《我らが英雄を攫って辱めを与えている卑劣な男》として賞金首となった。本当なのか。あのイグナーツ殿が……おまえの盾兄弟である、あの方が？」

ヨシュカを見てもまだ、いいや、ヨシュカを見ているからなおさら信じられない。今は敵同士といえ、あれほど信頼し合っていたイグナーツがヨシュカを痛めつけたというのか。悲しみと怒りで震えがこみ上げる。裏切られたヨシュカが哀れでたまらない。だがヨシュカは不安そうに顔を歪めた。

「イグナーツが、狙われているのですか」

「そうだ。おまえをずっと閉じ込めて、辱めを与えていたなら、わたしも彼を許すことはできない。怪我はないか、わたしのかわいい弟よ。我が誇りの修道騎士よ」

どんな失敗をしたって教会はヨシュカを迎え入れる。傷があるなら癒やせばいい、イグナーツへの罰は王が公正に下してくれる。だがヨシュカは困った顔で首を振った。

「いいえ。兄上。……わたしはイグナーツに助けられた。いや、神から与えられた命を失い、彼に与えられた命で生きていたのです」

「ヨシュカ……?」

「わたしはずっと前に、あなたの弟ではなくなっていた」

ヨシュカが何を言っているかわからない。記憶がないせいか、それとも拷問を受けて心がおかしくなっているのか。ヨシュカが自分の弟ではないと言う。ヨシュカの顔で、ヨシュカの声でヨシュカがヨシュカでないと言う。

「それでは……おまえは誰なのです」

忘れたなら一から教え直す気でいた。だがヨシュカは寂しげな微笑みを浮かべるばかりだ。

「……わからない。でもそれでいい」

懐かしいヨシュカの声でそう言って、ヨシュカはやんわりと自分を遠ざけた。そして追ってくるなと言いたげにうしろにゆっくりと下がった。

「わたしは名を失いました。新しい命を泉で得ました」

そう言われてはっとした。ヨシュカから不思議な気配がある。それは泉の気配そのものだった。光が溢れて身体を巡っている。たとえば、口に泉の水を含んで光らせるときのように、血流に乗って泉が全身を巡っているような——。

一体おまえは何をしたのだ。マティアスがそう問う前にヨシュカが名乗った。

「強いて名を名乗るなら、アヴァロンの東に住むべき者」

「ヨシュカ……」

「お願いがあります。馬を替えてください」

ヨシュカは、近づいてきていたヴィオルグに手を伸ばした。ヴィオルグはヨシュカを疑わず、まっすぐこちらへやってくる。

「兄上、これまでです。お元気で」

「ヨシュカ!」

はっとしてヨシュカに手を伸ばしたが、指は彼の背に届かなかった。

　ヨシュカは記憶を失い、何かを得たのだ。そして今また何かを得ようと走り出すのだ。

　引き止めなければもう会えない気がした。ヴィオルグを渡せば、彼はどこまでだって行ける。シェーンハイトの果てまで、西国にも、──魂の恋人同士だけが行ける、アヴァロンの東にだって──。

「ヨシュカ、聞いてくれ！」

　マティアスは、馬に跨がり駆け出そうとするヨシュカの背に、全身の力を込めて叫んだ。

　寂しい。つらい。助けてほしい。そんな気持ちが胸から溢れるけれど、自分はどうしてもヨシュカがかわいい。それが彼の幸せだというなら、自分にはこうするしかない。

「その馬の名は、ヴィオルグという！」

　ヨシュカが大好きだった馬だ。ヴィオルグもヨシュカを大好きだった。

　ヨシュカが振り返った。こちらを見ていたが、ゆっくりと前を向き、ヴィオルグを走らせた。

「う……え──……。っ……」

　寂しさで涙が溢れた。その場にうずくまった。だがヨシュカには聞こえたと思う。幸せになればいいと思う。

「マティアス様！」

　走る馬から飛び降りそうな勢いでレーヴェが追ってくる。レーヴェは地面にしゃがみ込んで泣く自分の横にすごい勢いで滑り込んできて、素早く辺りを見回した。

「お怪我はありませんか！　ヴィオルグはどうしたのです。この馬は──あの男は──？」

　レーヴェにはもうヨシュカが見えないようだ。

「何でもない。旅人に、馬を渡した」

「何ということを──！」

「いいんだ。これで」

　袖で涙を拭いながら、馬の消えた方向をマティアスは見ていた。ヨシュカがいなくなっても大丈夫だ。寂しくて涙は零れ続けるけれど、自分はヨシュカの兄だ。そして司祭だ。

「レーヴェ」

「はい」

「思いついたことがあるんだ。手伝ってくれるね？　我が唯一の教会の騎士よ」


　教会に帰って騎士と修道士を集めた。その上で父にも聞いてもらう。

「ルドヴィカの泉に行ってみようと思います。泉がもし、まだ生きていたら反撃できるかもしれない」

　泉の水を汲み上げて、大量の奇跡の水を造り、それを聖水とする。

「やってみる価値はあると思います」

　魔女と戦うとき、一番大きな問題は魔女の周りを飛び回る黒い虚霊だ。奇跡の水であれを打ち払えれば、剣が魔女に届くかもしれない。

　しばらく黙り込んだ父は慎重に言った。

「いい案だと思う。しかしその大量の聖水をどうやって作る？　わたしとおまえでか？　どのくらい必要だと思っている」

　大量と言ったたって、奇跡の水を作るのは簡単ではない。ひしゃくを濡らす水を伝って、ひしゃくの中の水に祈る。それが光り始めるまで、どれほどの集中と精気がいるだろう。レーヴェに与えた靄は特別中の特別だが、病が治る程度の水を作り出すのも、三人がかりで桶一杯がやっとだった。とにかく消耗するのだ。まわりに見せないだけで奇跡の水を作ったあとはひどく疲れる。泉の祭りが年に一度しかないのは、王族以外に奇跡を与えないという理由の他に、奇跡持ちを守るための決まりでもある。

　森に踏み入るすべての修道士に十分な奇跡の水を与えるとなると、どれくらいの量が必要なのだろう。しかも奇跡の水には効果がある時間が限られている。放っておくと炭酸泉のように、ふつふつと光が空中に浮き上がって、二日もすればただの水に戻ってしまう。

「それにそもそも、泉の場所はシェーンハイトの領地だ。そこまで安全にゆける保証もない」

「わかっています。しかし行くしかありません。まだシェーンハイト周辺の牧草が枯れ続けています。首のない鶏や腹を喰われた子犬が倒れていました。魔女はまだ国内におります。もう気配を隠すつもりもない」

ヨシュカを捜しに行って愕然とした。戦で手一杯な人間が誰も止められないのをいいことに、魔女はやりたい放題だ。どこかの森か山に潜んで、静かに力を溜めている。そうして最悪の時期を狙って瀕死のオトマールと手負いのシェーンハイトを全滅させるつもりだ。

「奇跡の水が二日しかもたないなら、二日分の精一杯で作ってみます。靄が必要なら靄を」

これを立ち込めさせる術があればいいのだが、言葉の通り靄は靄だ。口から出ればすぐに消えてしまう儚いものだ。

それと水のあいだの、雨のようなものがあればいいのに——。頭の中では都合がいいが、頭上から泉の水が降り注ぐなど、それこそ奇跡でなければ起こりはしない。

父は、自分を見つめて悲しい顔をした。小さい頃から時々自分に向ける、苦いような寂しいような、焦っているような表情だ。

「わたしはともかく、二日間も水を作ったらマティアス、おまえが死んでしまう」

「それもわかっています」

父も奇跡は起こせるが、マティアスのように力が強くない。マティアスに当然比重はかかるだろう。それに危なくなれば自動的に肉体を守ろうとし、死に至る前に倒れる父と違って、マティアスがその先へゆけるのは、レーヴェの命を取り戻したときに確認されていた。マティアスには肉体の歯止めがなく、望めば魂を削り尽くすまで奇跡を起こせてしまう。

「しかし魔女を退けられなければ、シェーンハイトもオトマールも滅びるのです。わたしだけ生き延びて、何の意味があるというのですか。何のための司祭ですか」

「マティアス……」

いっそう不安な顔をする父を、マティアスはしっかりと見つめた。

「両国民を生かし、わたしは彼らの未来のために祈りたい。命を捨てるつもりはありません。わたしは祈らなければなりませんから」

ようやく父の言っていたことがわかった。清らかな魂だけで祈るのもまた祝福の多いことだが、この身体に血と体温を満たし、世界を目で見て、指を組み、唇で聖史を呟いて祈ることの確かさは魂のみの比ではない。生きなければならない。いつか天に帰る日まで。この肉体を使えと神に与えられ、人として地上に使わされたのだから。

「修道士と騎士をわたしにお貸しください。もう一刻の猶予もありません」

奇跡の水を作るにしても、まずは泉に辿り着かなければならない。そして側で二日間、奇跡を起こし続ける——。

その果てしなさに、マティアスの背をぞっと寒気が駆け上る。そんなことができるのか。魔女を討つための水はそれで足りるのか。水を作り終えたとき、自分は生きているのか——。

机の下でレーヴェが手を握ってくれて、はっとする。忘れかけた息を吸う。やらなくては——魔女を倒すに至らなくても、一人でも多くの人を逃がすために。

「やれるところまで聖水を作ります」

レーヴェが手を握ってくれる力を感じていると、震えが治まってくる。うわずった焦りが確かな決心になって、心臓の奥に結晶する。


身体を水で清め、守護の指輪をいくつも塡める。三角符と金のひしゃく、これが法具だ。水に触れさえすれば奇跡は起こせるが、ひしゃくが一番効率がいい。

ほとんどそれだけの軽装で、マティアスは馬に乗った。隣には銀の鎧で武装したレーヴェがいる。

まずは最低の人数で泉まで辿り着く。中に入ってしまえば、シェーンハイトの兵に見つかることはないだろう。願わくは、泉に見張りの兵が置かれていませんように。泉に毒が投げ込まれていませんように。ある程度奇跡の水を作ってから父が来る手はずになっている。二人一緒に倒されて全滅を免れるためだ。もし、自分がシェーンハイト兵に見つかって殺されたら、もう一度機会を狙って父が行う。

どれくらい作ればいいかは考えないことにする。できるところまで力を振り絞って作る。――どうせ魔女を完全に退けるのには足りないのだから。

「レーヴェ」

馬に乗ったまま、側に添っているレーヴェに呼びかけた。彼は元々背が高いし軍馬がかなり大きい。ほとんど壁のようだったが、上から主を見下ろす無礼を冒しても、守りきるほうが重要だという合理的なレーヴェの考えかたにふさわしい。

「はい」

「こんなことになって、本当にすまない」

「この状況で朝寝坊したことですか？」

聞く気はない、と言いたげな素っ気ない返事が返ってくるが、謝罪はしておきたかった。

「もうレーヴェに逃げてくれと言ってやれる状況ではない。レーヴェの力が必要なんだ。でもそれでも思う。レーヴェにわたしの騎士になってもらって、本当によかったのかと。おまえが鍛冶屋として過ごしていたら、今頃どれほど素晴らしいものを作っていただろう」

今日も胸にロッキングホースを抱えていた。奇跡の水を作り続けるためには、何よりも集中と精神力が必要だ。人々を思う気持ち、自分を信じる心、そして何よりよりどころとなる強い心の支えが必要だった。この馬を抱いていると、もらった日の喜びがすぐに蘇る。なめらかな鉄の馬を撫で続けた日々と、レーヴェへの恋しさ、安息が自動的に心の中に強く再現されるのだ。

レーヴェは表情を変えず、前を向いたまま応えた。

「あなたは、騎士というものがわかっていない。騎士の本懐は、主に忠誠を捧げ、正義を助け、平和のために戦い、弱き人々を守る。そのためにならこの命など惜しくはないのです。むしろ」

そう言ってレーヴェは暗く雲が渦巻いている空を見上げる。

「そう思える主に――マティアス様に会えたことが、俺の奇跡だと思っています」

「……ありがとう」

声が揺れてしまった。ぐっと胸を締めつける涙をこらえる。レーヴェは表情を変えずに続ける。

「すべてが終わったら、あなたを抱きしめたい。熱い肌に舌を這わせて、唇を吸いたい。あなたの中に、入りたい」

「そういえばそれどころではなかったからね」

人に聞かれたら淫らなことだと叱られるかもしれないが、軍馬の背は高く、彼の陰になった自分の声は誰にも聞こえない。

「わたしもそう思うよ」

心から、そう思う。


一行は森が見える林までやってきた。そこに馬を押し込み低く身を隠す。

ルドヴィカの泉がある森が見える場所だ。一見長閑な森の風景だが、罠があるとしたらここだ。

「よくもあなたはこんなところに一人で……」

レーヴェが隣で独りごちる。ヨシュカに会いに森の側まで行ったが、たぶん一人なのがよかった。敵兵が自分を見つけたとしても、無害な司祭を殺して神の不興を買うのは愚かだ。たまたま運がよかったのか、無防備すぎるのがよかったのだろう。森までなら一人でゆけそうだが魔女は平気で司祭を殺しに来る。

「まずは偵察を出します。シェーンハイトの見張りが据えられていないのなら、一気に森まで駆け込みましょう」

同行した従騎士が偵察に出ることになった。見張りがいなければいいし、五人以内ならレーヴェたちが背後から奇襲する。十人以上なら夕方を待つ。二十人以上いたら、引かざるを得ない。

　マティアスは指を組んで、誰もいないことを祈った。敵国の兵とはいっても元々は同国民だ。人を殺したくない。

　軽装の従騎士が、馬に乗って林を飛び出してゆく。村人のような出で立ちだが、中に鎖帷子を仕込んでいるし、馬も一番身体が軽い、騎士団で最も足の速い馬だ。

　彼は素知らぬふりをして、森へ近づいてゆく。見張りに声をかけられたら、道に迷った布地屋の御用聞きと言って森を離れる手はずになっている。見晴らしのいい、広い平原だ。森を囲むように轍が通り、かつての賑わいを窺わせている。

　息を殺して様子を窺っていたが、どこからも矢は射かけられない。誰何の声も聞こえてこないし、森の奥に気配はない。

「……行くぞ」

　レーヴェが腰を浮かした。見張りはいない。

「マティアス様、こちらへ。身体を伏せて」

　レーヴェに助けられて馬に乗る。鎖帷子が縫い込まれた重たい布を頭からかぶせられ、馬の首に身体を寄せると、軍馬に乗ったレーヴェがマティアスの馬の手綱まで引いてくれる。

　皆が騎乗する。森の前でこちらを振り向く従騎士が無事を伝えてくる。行くぞ、とレーヴェが視線で合図をした。先導の騎士が茂みを出ようとしたときだ。

「——待って！」

　なぜそう叫んだか、マティアスにもわからなかった。目の前が暗くなる。血が一気に逆流するような苦しさがある。レーヴェが自分を見るが声が出なかった。おぞましい。恐ろしい。この全身の毛を逆立てる悪寒が何か、喘ぐように息を吸ったマティアスの目に、上半身を一息に噛みちぎられる従騎士の姿が見えた。

　馬の上で血が飛沫く。巨大な蠅の一群のような塊は空で折り返し、今度は馬の頭と従騎士の胴体をばくりと削っていった。

りおろす。

誰かが叫び、レーヴェの腕が自分を馬から引きず
「魔女だッ！」

「あ――ああっ……！」

助けの手を差し伸べる間もなく、従騎士は馬ごと喰われてしまった。野におびただしい血と、馬の四肢が転がっている。黒く飛び回る大きな玉は、ブンブンと唸る翅音（はねおと）と悲鳴にも似た不気味な叫び声を上げながら空中をうねり、ズバン、と破裂するような音を立てて森へ突っ込んでゆく。

「マティアス様」

「あの魔女だ。《ヘクセンナハトの娘》――！」

間違いない。神の加護を強く纏ってさえ、内臓を吐き戻しそうになる強烈な呪いを発するのは、並大抵の魔女ではない。

森はこのあいだの森のように、一気に枯れることはなく、しかし部分的に精気を吸い上げられて、まだらに葉を枯らしている。泉があるからだ。泉があってもあれほど冒されてしまうのか――。だが問題はそこではなかった。

「い……泉を魔女に取られたということですか！」

司祭の問いかけに呆然とする。

「そう、だね。泉……が」

目で見ていることが信じられない。魔女自身が泉に逃げ込むなど思ってもいなかった。

それほど魔女が賢いということだ。唯一の弱点である泉を自ら潰してしまう狡猾（こうかつ）さを持っている。これでもう奇跡の水は作れない。

指も組めないほど手が震えていた。何も思いつけない。何の光も見えない。手の打ちようがない。絶望というのはこういう気分か。あの泉で魔女が力を溜め、さらに大きく膨らんでシェーンハイト城を襲うのを指を咥えて見ているしかないのか。

「教会に戻る。急げ」

動けない自分の代わりにレーヴェが撤退の指示を出す。

そうだ、その通りだ。ここにいても自分にはできることがない。教会に戻って――戻っても手立てが

ない。逃げるしかないのか。そうしても魔女が強大さを増せば、いずれ呑み込まれて喰われるのに？

レーヴェが黙って自分を抱え、馬に乗せようとする。マティアスはそれを拒んだ。今のうちに逃げなければひとたまりもない。たとえここを逃げることが、この国を諦める結果になっても――。

青い顔の司祭が呻きながら、馬に縋っていた。

「よりにもよって、なぜ泉に……！」

「――魂を泉で洗って喰うと旨いからさ」

不意に割り込んだ女の声に、誰もがぎょっとその方向を見た。

すぐ近くに黒髪の女が立っている。腰の辺りで切り揃えた髪。目元には南の大陸風の黒い化粧を入れている。宝石を編み込んだ額飾り。細い手足にふんだんに下げられた金の腕輪、衣服の下半身には大きな切れ目が入っていて、太腿が覗いている。頭にはコインで縁取られた黒いレースのケープ。揃いのフェイスヴェールをつけている。重ねられた足輪に素足、踊り子のように見えるが、踊り子がこんな物騒なところになぜ一人でいるのか――。

「ここは危険です。早くお逃げなさい。お仲間はいないのですか」

旅回りの一座からはぐれたのだろうか。それともシェーンハイトがこんなことになっているとは知らずに芸を売り込みに来たのか。

女は退屈そうに腕を組んだ。長い爪が赤い。

「マティアス・ハイメロート」

「え――……？」

フェイスヴェール越しにも赤い唇に名前を呼ばれて、マティアスは目を見張った。女が失笑する。

「そっくりだ」

「誰と……」

「――あの――」

問いかけようとしたマティアスを無視して、踊り子は真っ赤な爪で森を指さした。森はもがき苦しんでいるようにざわめき、ただならない気配を含んで、ゆさゆさと揺れて盛り上がっている。灰のような黒い粉が舞い上がって雨雲を呼ぶ。遠雷が聞こえ始める。

「蜂蜜が欲しいなら、蜂の巣に手を突っ込むしかない」

踊り子の言いたいことはわかる。

「あたしもムカムカしてるのさ。せっかくゆっくりしていたところを、荒っぽく追い出されて。石の一つでも投げてやろうかと思ったんだが、ちょうど面白いのがいたのでね。ねえ？　マティアス」

「……女」

レーヴェが唸って、剣の鍔に指をかけ、女とマティアスのあいだに割り込もうとした。女は面白そうに肩をすくめて笑い、身体をかしげてマティアスを見ている。

「つれなくするんじゃないよ。あんたの心臓を摑み出して喰ったら旨いだろうとは思うけど、お代は払うつもりなんだ。少し前にあんたの弟たちが、面白いものを見せてくれたお代はねぇ」

「……ヨシュカが？」

そういえば、この女からもかすかだが泉の気配がある。

女はニヤリと笑って、レーヴェを上目遣いに見た。

「水が欲しいんだろ？　泉は生きてるよ」

「戯れ言を言うな」

「信じようが信じまいがかまわないさ。でもこれで、ちゃんとお代は払ったからね？」

そう言って女は不用意に林から踏み出そうとした。

「水なんか飲もうが浴びようがおんなじさ。コップの酒がないいんなら、酒樽割っちまえばいい」

「どこへゆくのです。こちらへ……！　林を出ては危険です」

「あははは。危険。危険だってさ！　マティアス・ハイメロート！」

女は空に向かって大きくからからと笑うと、疲れたように背中で息をつき、寂しげに目を伏せた。

「あたしはもう気が済んだ。呪うのをやめたんだよ」

木に手をかける女を見た瞬間、ぞわ、と身体中の産毛が逆立った。同時に鞘口を浮かせたレーヴェの剣が、きぃんと身を震わせる。

「あの女、魔女か！」

剣を抜こうとしたレーヴェを止めた。

「マティアス様」

「いい。こちらに危害を加えてくる様子はない。しかも彼女は呪うのをやめたと言った」

木陰からぱたぱたと小柄な雀が飛び立った。女の姿はもうどこにもない。

「そんな馬鹿なことがあるでしょうか」

「信じる価値はあると思う。それに彼女の言うことはもっともだ」

蜂蜜が欲しいなら、蜂の巣に手を突っ込むしかない。このまま手をこまねいていれば、噴き出した蜂の大群に滅ぼされてしまう。それに魔女は重大なヒントを与えてくれた。問題は、いかにして浴びせる水を手に入れるかということだけれど――。

「……行ってみよう、レーヴェ」

「まさか、あの魔女の言うことを信じる気ではないでしょうね⁉」

「それとこれとは別の話だ。ただ、時間を置けばどんどん魔女の有利に傾くのは違いない。一瞬でも早いほうがいい」

「何をするつもりなのですか」

「――説得してみる」

「マティアス様⁉」

「話ができる限り、可能性はあるはずだ」

魔女にも心はある。先ほどの魔女のように呪うのをやめることもできる。もし魔女が、呪いをやめられずに苦しんでいるというなら、修道士はその魂を救うために全力を尽くすべきだ。


森の前に立つだけで、身体がビリビリとして吹き飛びそうだ。

森の入り口の葉は枯れ、数十年も経ったように枝がボロボロに朽ちて地面に落ちかかっている。

魔女の瘴気(しょうき)が強く、頬や首筋の肌がむけそうに痛んだ。オトマールにある泉の水で作った聖水を浴びているが気休めだ。呼吸がしにくい。内臓が熱く爛れそうな感覚がする。意味のない不安と気持ちの悪さが腹の底からこみ上げて、悲鳴を上げそうになる。マティアスは、一度強く目を閉じ、森の奥を見据えた。

黒い粒が飛んでくる。魔女に引き寄せられる悪意の飛沫だ。虚霊という名のその邪気は、近づくなと叫び、近づいてみろと喚く。

「森に潜む魔女よ、話を聞いてくれ！」

マティアスが叫ぶと、虚霊が口々に笑った。からかうように、嘲るように。虐めるように体当たりしてくる。虚霊はぶつかるとコールタールのように潰れて肌に張りついて死ぬ。聖水で濡れている間はいいが、素肌に当たると皮膚が溶ける粒だ。

「何ゆえそのように人を呪うのか！　恨みがあるならそのように、悩みがあるならそのように訴えよ！」

マティアスの叫びに返るのは虚霊のけたたましい笑い声ばかりだ。きゃははは、と笑い、きいきいした嬌声を上げる。

声は届いていないのか、それとも無視か。

「マティアス様……」

うしろから不安そうな司祭の声が呼びかけてくる。引きたいというのだろうが、一度教会の介入を知らせてしまえば終わりだ。チャンスは一度きりだ。

「あなたの恨みをわたしが聞こう！」

精一杯の思いで呼びかけると、頭の中で低い鐘の音が聞こえた気がした。歪んだ鉄で作られた鐘だ。ぐわんぐわんといびつに響き、目眩を起こさせる。

――これはこれは司祭様。わざわざ喰われにおいでかえ？

「わあああ！」

脳髄に直接響く声に、司祭たちが悲鳴を上げる。マティアスは脳が破れそうな大声を、目を細めて堪えると心を引き締めてもう一度呼びかける。

「あなたは何ゆえ、この国を、人々を呪うのか！　あなたの呪いで多くの人が死んだ。和平の道も断たれた。あなたはこの上いくつの命を欲するのか。何が望みなのですか！」

魔女はその強大な力ゆえに王にはなれない。王になり、守るべきものを持つと同時に自分を呪い始めるからだ。

——馬鹿だな、司祭のくせに！　魂が旨いからだよ。疑い合い、妬み合い、裏切られ、苦しんで、人を恨んで、身を引きちぎられ、心を病んで死んだ人間の魂こそが旨いからだ！

「そんなものがおいしいわけがない。思い出しなさい、あなたが昔、何を食していたかを！」

魔女は呪いを重ねると狂ってゆく。生まれたときは人と同じはずだ。穀物や動物の肉や乳を食し、人と変わらない時を過ごしてきたのに、一度魂や人の心臓を喰うとそれしか食べられなくなってしまう。

「教会があなたを助けます。話を聞いてください！」

教会は研究を重ね、魔女を落ち着かせて元の食事に戻す祈りと薬を探してきた。魔女さえ力を貸してくれるなら、元に戻れるはずだ。——ただしこれほど強大に、黒く染まってしまった魔女を元に戻せた記録はないが——。

魔女はけたたましい声で笑った。枯れた森がナイフを打ち合うような金属的な音を立てて揺れる。

——そんなのはまっぴらごめんさ。誰がそんなモノ喰うもんか。戦争で死んだ人間の魂一万個。この壺（つぼ）に入れるまでやめない。ここはいい場所だ。おまえが一番よく知っているだろう？　なあ、司祭様？

遠くに魔女の姿が見える——いや、彼女が見せつけているのだ。頭に蛇をたくさん生やした蜥蜴のような顔の女。身体は人の三倍以上あり、脇腹には無数の人の手足が生えて、百足のように地面を這う。

彼女は毛むくじゃらの男の腕で抱えた壺から一つ、干した無花果のような欠片を取り出した。それを泉に浸けて、口に入れる。

——魂を泉で洗って喰うと旨いからさ。

身の毛もよだつ所業だった。

あれは、苦しんで死んだ人の魂だ。呪いを受けて死んだ魂は、天に帰れず星にもなれず、朽ちた虫のようになって地面に落ちる。一万などあと国を三つ滅ぼしても足りない。たとえ一万集まったとしても、次は二万、五万、十万と言って欲望は暴走する。

「どうしてもやめてほしい。必ずあなたを救うから」

マティアスが訴えると、また魔女は笑った。

――面白いね。おまえがどうやってわたしを救うのか。わたしに触れられもしないおまえが。ちっぽけな虫けらみたいなおまえが、どうやってわたしを救うというのかえ。

「時間はかかるかもしれません。しかし神の御名において、必ず救う道を探してみせます！」

自分の命が尽きれば、次代の司祭が役目を引き継ぐ。彼らが駄目ならその次が、それでも駄目ならその先の世代が。神の加護の続く限り。

魔女は、地面にボトボト頭から蛇を滴らせながら、苦悶の様子でバラバラに胴と脇の手足をもがかせて首を振った。

――ああ不愉快だ。もう飽きた。……さあおいで、司祭様。あなたは特別に生きたまま心臓を抉り出して、生き血をすすろう、司祭様。

「戦いたくないのです」

――あはは、戦えば勝てるようなことを。生意気な司祭様はまず手足を毟ろう。虫けらのように地面を這っても、同じことが言えるかな？

虚霊の濃度が上がり始める。数粒がひとつにまとまる。粒に当たった木の枝が、シュッと煙を上げてそこから折れる。聖水はほとんど乾いている。聖水を撒いて開いてきた退路も虚霊の渦に潰されかけていた。

「マティアス様、もう無理です、お逃げください！」

司祭が背中を引っ張るが、まだ諦めたくはない。

「話を聞いてください！　そうでなければ――」

――生き血をよこしな、司祭様！

凶悪な羽音を立てる虚霊が黒く固まる。あれにぶつかられたら一瞬で溶かされてしまう。

マティアスは、胸に下げていた三角符を掴み、空へ翳した。

暗く閉ざされていた森に差すわずかな陽光を受け止め、キラリときらめく。

虚霊が唸る。魔女が芝居がかった猫撫で声で囁いた。

――ああかわいそうな司祭様。神は天におわすだけ。人など救いはしな――……

天から、からん、と石がひとかけ落ちてきた。

「残念です」

魔女が振り仰ぐと、その頭上に丸い影が落ちる。魔女の目には巨大な岩が映ったはずだ。そしてその奥に――岩を蹴り落とした馬と、白銀の狼のような騎士の姿が。

「食らうといいのです――！」

マティアスの声と共に、ドオオンッ！ と岩は泉に落ちた。落雷のような音と地響きだ。爆発したように水飛沫が上がる。

水飛沫は小さい頃に夢想したのと同じように、空まで吹き上がり、森中に小さな水のつぶてとなって飛び散った。あちこちに小さな虹が架かる。マティアスは三角符を握りしめて短く強い聖史を唱え、ぎゅっと集中した。

マティアスを中心に、飛沫になって飛び散った水に金色の光が走る。魔の者には、奇跡を帯びた水は塩酸と同じだ。虚霊は、キイキイした悲鳴を上げながら一瞬で蒸発した。

――ぎゃああ！

魔女は奇跡の泉の飛沫を浴びて、百足のようにのたうつけれど、《ヘクセンナハトの娘》の一人ともなれば、それだけで無力化してしまえることはない。

――おのれ……おのれ、小僧……。おのれぇ……！

魔女は何本もの手で目を押さえ、手探りでこちらに手を伸ばしてくる。百足のような胴体を持ち上げ、赤く大きな口を開く。

「マティアス様！」

逃げろと手を引く司祭に、今度こそ従った。

崖を馬で駆け下りてくるレーヴェが見えたからだ。彼は急な崖を、わずかな岩の足がかりを伝い、馬を器用に操りながら下りてくる。岩を踏み壊す前に、下の石に飛び移る。崖面を滑り落ちながら、枝を蹴り、また次の岩へと。地面に降り立ったレーヴェはそのまま剣を抜いて魔女に突進する。

「おおおお！」

咆哮と共に、レーヴェの剣が無防備になった魔女の身体を貫いた。魔女の身体は厚い鱗に覆われているが、レーヴェの剣カラドボルグはハイメロート家が特別に用意した、降魔の天降石で作られた聖剣だ。切れ味はもとより、魔を倒すのに絶大な威力を発揮する。

「レーヴェ離れて！——あっ！」

マティアスの足が縺れた。足を踏み出すが膝が崩れて、地面に手をついて倒れてしまった。

「マティアス様！」

「あなたたちは逃げて！」

手を伸べる司祭を拒む。魔女との対峙に力を使い果たして身体が上手く動かない。もう走れない。

「逃げなさい！」

叫んで振り返ると、剣を引き抜いたレーヴェが、軍馬を走らせ、そのままこちらへ駆けてくるところだった。彼は追い越しざま、ようやく起き上がったマティアスを掬い、軍馬の鞍に抱え上げた。

魔女は全身から赤い蒸気のようなものを噴き出しながら、その中央に、ずうん、と音を立てて倒れた。蒸気はひどい悪臭がした。鼻腔を焼き喉を刺す煙を吸わないように森の外まで逃れた。

森全体から赤い霧のようなものが立ち上っている。離れて見守っていたのだが、収まるまでどれくらいかかっただろう——。

森が静かになったあと、聖水で湿らせた布を口元に当て、森に入ってみた。レーヴェに支えられながら、辺りを窺いつつ慎重に歩く。

霧はだいぶん収まっていて、火の粉のように時折チリチリと音を立てながら飛び去ってゆくだけだ。

熔岩のようになっている地面に、巨大な蜥蜴が倒れている。側にはあの壺が転がっていた。司祭がそれを縄で引き寄せる。蜥蜴の胴体には大きな穴が開いていて、傷口がキラキラと光っている。魔物が聖剣に貫かれるとこうなるのだ。改心しなければ治癒しないし、それ自体の傷で死ぬこともない。こうなってはかのヘクセンナハトの娘といえど、何を呪うこともできず、まさしく弱った蜥蜴そのものでしかない。

マティアスは蜥蜴に言った。

「この泉はわたしたちの教会でした。泉の縁石の線も、その欠けた箇所さえも知っているのです。あなたの虚霊が届く距離も、——この崖の上に、昔から岩があったことも」

泉の水を飛沫にして森中に浴びせればいい。

あのとき改心した魔女はそう言ったけれど、泉の水を汲む以上に現実的ではないとそのときは思った。だがマティアスは思い出したのだ。

この崖の上に岩があること。レーヴェと軍馬がいればあの岩を蹴り落とせること。

森に入る前にレーヴェを崖の上に向かわせ、合図をしたら落とせと命じておいた。泉は駄目になるが、森中に行き渡るほどには飛沫は飛び散る。

水に手が届けば奇跡は起こせる。それで虚霊を打ち払い、魔女の目くらましを行えるはずだから、もし魔女が説得に応じなければ、その退魔の剣でとどめを刺してほしい。

知り尽くした場所だからできたことだ。魔女だって何の気配もなしに、いきなり上から岩が落ちてくるだなどと想像もしなかっただろう。

修道騎士が、魔を戒める金の鎖を巻きつけて、蜥蜴になった魔女を捕らえている。

呪いは身食いだ。他人にかけた呪いのツケを払うために、身体にどんどん呪いを溜めていって、あげく蛞蝓(なめくじ)や虫や蛇になってしまう。

「マティアス様、終わりました」

鎖に巻かれた蜥蜴はほとんど動けずにいる。国二つを呪った魔女の末路だ。

マティアスは蜥蜴に近づき、司祭から壺を受け取った。

「安心なさい。必ず元の姿に戻して差し上げますから」

マティアスに見守られながら、処女の髪で編まれた網で蜥蜴は包まれ、厳重に封印されてゆく。

マティアスが抱えた壺の中からは、小さな無数の呻き声がする。閉じ込められた魂たちの悲鳴だ。

「《ヘクセンナハトの娘》。中でもさぞかし名のある魔女とお見受けします」

当時の教会と修道騎士の追っ手を振りきった魔女だ。本部で調べれば名前も判明するだろう。

「あなたには壺の中の魂を解放する仕事をしてもらいます。終わったら、あなたの懺悔も聞きますから」

蜥蜴はもう何の言葉も発せずに、森の外へ連れ出されていった。壺も割れないように聖史の書かれた布で大切に包まれて、修道騎士の手で厳重に外に運び出される。

それを見送っていると、レーヴェが隣でため息をついた。

「無茶すぎます。生きた心地がしませんでした」

「レーヴェなら上手く落としてくれると思っていたから」

崖の上に気づかれないよう、囮となって魔女の気を引きつけなければならなかった。それで応じてくれればよかったのだが、やはり一筋縄ではいかなかった。だが何の心配もしていなかった。レーヴェなら必ず上手くやってくれると思った。何しろ実際あの崖に上って、確認までしたのだ。レーヴェと彼の軍馬、念のため従騎士もつけたから、岩は必ず落ちると思ったし、祝福された天降石を使ってレーヴェの父が鍛えてくれた降魔の剣は、必ず魔女の急所を貫くと信じていた。

「……あなたは案外ヨシュカ様に似て、雑だ」

「何だって？」

「何でもありません。――しかし――」

レーヴェは泉のまわりに視線を巡らせた。

泉の畔で司祭たちが泣いている。

泉は岩に潰され、無残に水を漏らしているし、祠も削り落とされて完全に破壊されている。

もったいないと嘆く声が聞こえる。神様に申し訳ないという者もいる。

「残念なことになりましたね」

レーヴェまでがいたわしそうに言うけれど、マティアスの心は不思議なくらい穏やかだった。

「いい。神様はみんなが助かるために、泉を用意してくださったはずだから」

岩を砕き割って運び出し、祠を修理して、泉を元の通りにするまでどれほど時間がかかるだろう。それでも神様は笑ってくださるとマティアスは信じている。

なぜなら潰された泉と巨石の隙間からは、今も静かに美しい水が湧き出ている——。

マティアスが庭の片隅で、子どもたちを集めて話をしている。子どもたちはマティアスの長衣の裾を握ったり、膝に頭を置いたりと、非常に彼に懐いている。彼も相変わらず無邪気で、子どもが好きというよりも子どもと一緒になって遊ぶのが好きなようだ。

手には鉄のロッキングホースがあり、膝の上にはオレンジが乗せられている。

「これをこうしてね。とても勇敢だった」

その鉄の馬は、オレンジを蹴り落とすのだった。

どう考えてもあのときの英雄譚だ。マティアスは本部とアゴルト王から勲章を受けた。そして自分までにも一つ階級を上げる勲章を賜った。

「さあ、これでおしまい。またね」

「えー。もっとお話しして、マティアス様！」

「レーヴェにお訊きよ。ほら、あそこにいる」

「嫌だ、マティアス様のお話のほうが面白いー！」

「……」

教会の騎士として、それなりの説教ができるよう勉強してきたつもりだが、マティアスの《おはなし》には到底及ばない。自分が彼らに神様の話を聞かせても、すぐに目が泳ぎ、ささいな理由を呟いてバラバラといなくなる。

マティアスは数人の子どもにまとわりつかれて逃げ回っている。見ているあいだにも、すぐに摑まって飛びつかれてしまった。相変わらず寝起きは悪く、食が細くて痩せている。あれが本部でも特別に扱われている司教だと、村人に言っても首をかしげるばかりだろう。

マティアスは魔女を封じた功績により司教となった。本部でも最年少ということだ。

あれから二つの王家の戦は落ち着いている。魔女の干渉もなくなったので、和平の交渉も上手くいっているようだ。先日行われたアゴルト王の娘とシェーンハイトの王太子の見合いも感触がいいと評判で、彼らは無事恋に落ちてくれたということだった。

他に大臣の密使がよい話をしただとか、すでに国境付近の村人は自由に行き来しているとか、春が来るようにじわりと関係はあたたかくなり、溶け合いつつある。

この分では存外に早く元の通りに戻れるかもしれないとエイドリアン司祭が楽しそうに零していた。

王太子の結婚に和平の調印が間に合わないのはみっともなく、調印だけでも早く行おうという動きもある。そこまでくればあとはなし崩しだ。取り上げられていた泉も、それに間に合わせて修復するようにと、両王家からお達しが来た。王太子の婚礼に使う聖水は代々この泉から作ることになっている。そして泉に奇跡を与える司教は、マティアスを置いて他にはいない。

泉の修復はマティアス主導で行われていた。

巨石を鑿で割って運び出す作業にはかなり時間がかかるが、本部からの助力も得られることになり、地道に進んでいるようだ。その間に長年放置された泉の保守も行われていて、祠はもちろん、泉の縁石もすべてやり直すそうだ。泉自体は無事で、源泉を巨石で刺激したせいか、水量が増え、そのせいで透明度にますます磨きがかかっている。

泉の側で働くマティアスは、もはや立派な司教だ。人々に敬われ、頼られ、愛される。彼の励ましは光になり、笑顔が癒やしになる。彼が行く先々を蝶が飾り、鳥が歌って祝福を告げる。

とうとう子どもたちに転がされてしまって、きゃあきゃあと声を立てて芝の上で遊んでいるマティアスを眺めていると、若い騎士が寄ってきた。

「レーヴェ隊長、マティアス様が泉にお出かけになる時間です。隊列はいつも通りでよろしいですか？」

「ああ」

レーヴェは教会付きの騎士の隊長の職を与えられた。これは修道騎士と同等の身分を示すもので、今後もしマティアスが本部に行ってもレーヴェはそこでマティアスの騎士を務められる。そしてこれは余談だが、大魔女を倒したレーヴェにはいくつかの条件と秘法をもって《勇者》の称号が与えられた。マティアスは非常に気に入っているようなのだが、これればかりは気恥ずかしくて普段は呼ばないでほしいとみんなに頼んでいる。身にすぎた、得がたい称号なのはわかっている。だが昔も今も変わらず、自分の最高の称号は《マティアスの騎士》なのだから――。

ヨシュカのことは、《生きている》とだけ、マティアスに聞いたが、詳しいことは教えてくれなかった。誰にも言わないでくれとマティアスは言い、ヨシュカの行き先もマティアスは知っているようだが、それはレーヴェにすら教えてくれなかった。

春は明るく、頬を撫でる風はシルクのようだ。ひときわ高く小鳥が鳴いて青空を切ってゆく。子どもたちが歓声を上げて空に手を伸ばす。マティアスの指にはまた別の小鳥が舞い降りてきて、歌を歌っている。彼の膝には鉄の馬が揺れていた。

レーヴェは、昔と変わらず清らかな姿に目を細めた。

いと高き、蒼穹(そうきゅう)の下。

後世、わたしの主人は物語にどう描かれるだろう。

END

花冠

「聖水を。口に含んで。頭を下げて」

　壊れた泉の端から掬い取った水を、銀のコップに入れて光らせる。レーヴェに一口含ませ、跪いた彼の頭に聖水を垂らす。鎧の背に。その胸にも。

「どこか痛いところはない？　おかしなところはない？　レーヴェ」

「ありません。あなたこそ、手が震えている」

「当たり前だ。ヘクセンナハトの娘を捕らえたのだから……！」

　興奮か、恐怖か、畏れか。そのすべてのようなどれでもないような高ぶりで、今頃身体が震えている。

　聖史を唱え、レーヴェの鎧を聖水で清める。

　ヘクセンナハトの娘にとどめを与えたレーヴェを呪いから守るためだ。もし彼女の血が身体についていたらそこから腐ってゆく。彼女の瘴気が身体にまとわりついていたら、早く取り除かなければ、どんな呪いが起こるかわからない。

「鎧を脱いで。中も検めたほうがいい」

「内側に浴びた感触はないのですが」

「念のためだよ、早く！」

　レーヴェは魔女を舐めすぎだ。飛沫の一粒、滑り込んだ空気のひと撫でが、あとからどんな厄災をレーヴェにもたらすかもしれないのに。

　不承不承といった様子で、レーヴェは鎧を脱ぎ始める。その間も焦れったく、もうコップの中の水を頭から浴びせかけたい気持ちだった。ただ岩に潰され、壊れた泉の水は濁ってなかなか使い物にならない。そして森一帯に行き渡るほどの奇跡を起こしたばかりの自分の身体では、確実に次に光る水を作れるとは限らず、慎重に確実に、少しでも多くそして早く、レーヴェに聖水を浴びせなければならないから一滴も無駄にできなかった。

「立ち上がって、上を向いて、レーヴェ」

「……はい」

「首もかしげて」

「こうですか？」

「反対」

　レーヴェを立たせて、彼の顎の下を覗き込む。頬や首筋、耳などが無事であることは確認した。心配なのは顎の下や首の付け根、袖の奥や靴の継ぎ目の辺り、見えにくい場所だ。

背伸びをし、身体をかがめながらレーヴェの身体のあちこちを覗き込むが、それらしき汚れも邪悪な気配もない。

たぶん。――たぶん大丈夫だ。聖水に浸した指で、耳の穴を清めさせるのも忘れていない。だが安心はできない。魔女を侮ってはならない、しかも相手はかの大魔女ヘクセンナハトの娘だ。

「念のためずっと聖史を唱えていて。二百二十五章《大いなる袖であなたがたを守るために天は》から」

「……《天は――》……。……《天は》……――」

「《絹を垂らし、裾を広げ、清らかなるものも未だ至らぬものをもあまねくそのうちにいだき、一切の悪からこれらを強く守らん》」

「……改めて精進いたします」

「帰ったら特訓だ」

誓いの言葉はよく述べるくせに、防御の聖史はおざなりだ。こんな大切なことをなぜ忘れてしまうのだろう。呪いを受けてしまったらどうなると思っているのか。自分が側にいなかったらどうするつもりだったのか。

「役得です」

困ったように笑うレーヴェに悔しくなった。自分ばかり心配している。自分ばかりレーヴェが好きなような気がして涙が出そうだ。


森で三手に分かれた。一つは本部に向けて、巨大な蜥蜴の姿になったヘクセンナハトの娘を護送する修道騎士の一団だ。彼女は今、全力で疾走する馬で本部へと運ばれている。

もう一つは森に残り、大魔女の瘴気を嗅ぎつけた精霊たちがこの森に近寄らないよう打ち払う司祭たちだ。

そしてマティアスはレーヴェを連れて教会に帰らなければならない。

レーヴェの身体を聖水で清め、魔除けの布を身体にまとわせ、普段は司祭しか身につけられない古代聖史が刺繍(ししゅう)された帯を肩からかけさせたものの、これはあくまで応急処置でしかない。

修道騎士を一人だけ護衛に連れて教会に向かう。

「マティアス様！」

「マティアス様、ご無事で！」

教会ではすでに、先触れを聞いた修道士たちが待っていて、礼拝堂のまわりで慌ただしく用意がなされている。

「マティアス様！」

遠巻きにした女性たちの不安そうな声が聞こえる。

万が一にも呪いにかかっていてはいけないからと、先触れに、他の人々が近づかないようにと伝言を頼んであった。寄ってくるのは修道士だけだ。

「エイドリアン司祭は？」

「先に到着されて、もう儀式の準備を始めておいでです」

「わかった。ありがとう」

「おめでとう、レオンハルトさん。神のご加護を」

「我が教会の誇りです、おめでとうございます。祝福を」

軍馬を下りるレーヴェに、修道士たちが緊迫した面持ちで祝福の言葉を述べる。聖水に守られている彼にはまだ、誰も触れられない。

教会の騎士の教えに従って、的確に魔女の心臓部を聖剣で貫いたレーヴェは、特別な儀式を受けなければならない。魔女の逆恨みから彼を守り、魔女の側の空気を吸った肺や血を清めるためのミサだ。

これまで大魔女と呼ばれる強大な魔女を倒した騎士の多くが、そのときに負った呪いで亡くなっている。かのヘクセンナハトの娘たちを封印した騎士や勇者たちも、戦闘よりもむしろ、呪いやそのあとの病で多くの人が命を落としていた。

レーヴェは無事なはずだ。瞬きもせずその瞬間を見ていたが、呪いを受けた様子はなかった。だが絶対に油断はできず、考え得る限りの手は打っておかなければならない。

準備を急がなければ。今のところ何の兆候もないが、呪いは突然発動する。そうなってからでは遅い。準備にどれだけの時間がかかるのか。進行は頭に入っているはずだが、煩雑で長い儀式だ。聖史の組み合わせも複雑で、様式も床に描く聖史の文様も、可能ならばもう一度確認したい。だがそんな猶予はない。王城のほうで起こった大きな戦も心配だ。儀式は三日間かかる。その間にここが襲撃を受けたら儀式は中断せざるを得ないし、ここに残った人たちも無事ではいられない。

レーヴェが魔女を倒した——。

この目で見たのにまだ信じられない。

天を仰ぎたくなる気持ちで、礼拝堂の扉を開け、マティアスは目を見張った。

片付けられた礼拝堂。

床にはすでに聖史の文様が描かれている。ろうそくの配置も、香油の並びも、マティアスの頭の中をごっそり持ち出したような完璧な準備がなされている。

「エイドリアン司祭。これは……」

マティアスは傍らに立っているエイドリアン司祭を見た。エイドリアン司祭は確かに経験豊かな年長の司祭だが、今から施す儀式を行ったことはないはずだ。長年——少なくとも彼が修道士になって以来世界中のどこでも——この儀式は行われていないはずなのに、ずっと前から準備していたような完璧さで、短時間に用意がされている。司祭として誉れの高いマティアスにもできないことだ。

エイドリアン司祭は、白髪になったこめかみの毛を指で撫でながら、少しだけ照れくさそうな顔をした。

「司祭なら誰だって妄想するものです。我が手で勇者の誕生を祝福したい。この教会から勇者を送り出したい」

その日を夢見て、ほとんどの聖職者が一生機会を持たない儀式について、彼はいつでも実践できるほどの修練を積んでいたのだ。

エイドリアン司祭は、レーヴェを見上げて頷いた。

「さあ、レーヴェ。いや、レオンハルト。あなたならできる。生きて、マティアス様から祝福を受けるのです」

「……必ず」

　感慨深げにレーヴェが頷く。

「さあ、マティアス様もご準備を早く」

「うん。ありがとう。あなたにも祝福を。エイドリアン司祭」


　深夜までミサが捧げられている。

　開放した自宅の広間では、父が講壇に立って、犠牲になった騎士のための祈りと、神の慈悲を乞い、感謝を捧げるミサが行われている。

　一方ここでは、レーヴェのための特別なミサが行われていた。聖史が綴(つづ)られた円にレーヴェを匿い、身を清め、肺や皮膚から身体に入った微細な呪いを押さえ込む。大魔女の断末魔の追撃(ついげき)を防ぐためのミサだ。

　一晩中、粗末な聖堂からろうそくの灯りと聖史を唱える声が途絶えることはなかった。

　大魔女を倒した騎士にのみ施される特別な儀式だ。ゆえにこのミサで祝福された者は《勇者》と呼ばれる資格を与えられる。

　マティアスが祭壇に立ってこのミサを行った。香草を焚(た)く壺(つぼ)を振り、三角符(ドライエック)に繋がる九十八個の珠を爪で手繰りながら、聖史を唱えてゆく。

　レーヴェは香油を塗った身体に、白いローブを着て、小さな台に指を組んでいる。台には数種類の香油が置かれ、魔の気配が近づくとこれらが発火して知らせることになっている。

　未だレーヴェに呪いの兆候はない。

　何人もの司祭が、目を凝らしてレーヴェに虚霊(ダルジ)がまといついていないか見ているが、一粒たりとも見つからず、彼ら特有の、血液に似た、酸いような生臭い鉄のにおいもしてこない。

　さすがのヘクセンナハトの娘も醜悪(しゅうあく)な置き土産をする暇がなかったようだ。巨石も、レーヴェがあの急な崖を駆け下りたことも、魔女にとってはかなりの不意打ちだったと思う。

　レーヴェ自ら祈りながら、彼を守る聖史の円の中で三人の司祭に守られ三晩を明かす。この間肌から香油と聖水が乾いてはならない。乾いたところから魔女の毒が入ると言われている。

「――《おお、偉大なる指先がなぞりし文様（もんよう）の、何人たりとも踏み込みがたき、十重二十重の守りとなりて――……》」

　聖堂にマティアスの掠れた声が響く。さすがに長時間の祈りとなると声が嗄（か）れてしまうが、まだ十分音声は波となって聖史でレーヴェを守れる程度の威力はある。

　体力のあるレーヴェには三日の徹夜など問題なくこなせるものだ。マティアスを含め司祭のほうも、交代が許される祈りなら、上手く体力を配分できるほどには経験を積んでいる。休憩時間に喉の保護と体力の増強を促す蜂蜜を飲みながら、控えの司祭と交代しつつ、切れ目なくレーヴェを守る。

床にぬかづき聖史を唱え、立ち上がって再び聖壇の前に立つ。

　興奮と不安のままあっという間に一晩目が終わる。疲れと気の緩みが出てくる二晩目も、励まし合って無事に終わった。

　そして三晩目――。この夜が明ければ祈りは終わる。

　窓から見える外は、みっしりと音が聞こえてきそうに濃密な、濃い黒だ。

星も月も消えてしまう夜明け前が一番昏い。

不思議なくらい集中できていた。ここへ襲い来る軍馬の音もなく、外はひたすら静かなばかりだ。

「――《其（そ）は美しき水の波紋、其は花心を包む幾重もの花びらのように重なり折り重なりて、御言葉の波紋を繰り返しつつ、不浄なるものを遠ざけ――……》」

　頭の中に泉の水が満ちているようだった。

　それは冷たく頭蓋に湛えられ淡い金色に光って、マティアスに、愛しい人を守るための霊力と気力をくれる。

燃え尽きる寸前のろうそくから火を継ぎ、新しいろうそくを立てる。香油を入れ替え、紐に繋がれた珠ごと指を組む。自分の喉を空気が出入りするのをマティアスは感じている。聖史を唱える声は掠れているけれど、紡げているのがわかる。

もうすぐ夜明けが来る。

レーヴェは大丈夫だ。

そう確信したとき不安になった。図書館で読んだ報告書の内容を思い出した。

こうして司祭が呪いを受けた人を守るためのミサを行っているが、どれほど待っても朝は来ない。それでも朝は来ると信じて祈り続けるがそれでも夜が明けることがない。果てには呪いを受けた者も、司祭も倒れて死んでしまった。異変を感じた別の教会の者が駆けつけてみると、教会の窓は魔女の呪いで黒く染められ、彼らは朝が来たことに気づかなかったという話だ。

この教会に限ってそんなはずはない。外には見張りの修道騎士がいる。だがそれらが、自分の気がつかないうちに襲撃を受けていたら？　呪いで眠らされてしまっていたら？　油時計の油を舐める精霊がいることも確認されている。そういえば最後に星を見てから、どれくらいの時間が経ったのだろう。あまりにも長すぎはしないか、あのとき聖史のどの辺りを読んでいたのか。そういえば時間が経ちすぎている気がする。ここには他にも二人の司祭が祈っているが、彼らの感覚もまた麻痺しているのではないか――。

そう思ったとき、司祭の一人が外を見て口を開けた。彼はふらふらと立ち上がる。

「マ――マティアス様、夜明けです！」

その言葉もまだ信じられない。夜明けの幻を見せられ、扉を開けてしまった話ならいくらでもある。

それを防ぐために、扉を守る修道騎士が、太陽が地から離れたら、秘密の聖史の言葉で、扉を開ける合図をくれることになっている。本当にそのときが来るのか。嘘ではないのか、魔物ではないか。そう思ったとき、扉が外から叩かれた。どんどんどんどん、どんどんどんどん。用心深く、四回が四度。

急いで司祭が扉に耳をつける。秘密の暗号を聞き取った司祭が、礼拝堂の鍵を開けた。

扉を開けると、朝靄と共に白い光が差し込んでくる。

マティアスは口を開いてそれを見たあと、両手を強く組んで、ああ、と額に押しつけた。

本当に、朝が来たのだ——。

マティアスはしっかりと目を開いて朝陽を見据え、レーヴェを見た。疲労は少し見て取れるが、消耗しているというより祈り疲れただけの様子だ。

神に祈る言葉を唱え、ミサを終わると宣言する。

その頃には多くの人々が人垣になって、扉の向こうから中を覗き込んでいた。

「——立ちなさい、レオンハルト・リンク・シュミット」

ぎこちない動きでレーヴェが円の中に立ち上がる。

「これにて、あなたを魔から守る祈りを終わります。祝福を」

「……ありがとうございます。ご加護に感謝を」

レーヴェが静かに円を出る。

その瞬間と同時にわっと歓声が上がった。

勇者の誕生だ。

大魔女を倒し、穢れを払い、ミサを終えた瞬間、彼は勇者となる。扉の向こうに多くの人が集まっている。祝福の言葉を口々に叫んでいる。

マティアスもふらふらと聖壇を降りた。

いつも通りのレーヴェがそこに立っていた。

彼が無事でいる。——生きている。

勝手につま先が彼に向かって踏み出した。二、三歩進んで駆け出してしまう。

「レーヴェ……！」

縺(もつ)れる足が焦れったくて、手が先に伸びてしまう。

その手を摑まれ引き寄せられるままに、マティアスはレーヴェに抱きしめられた。信じられない気持ちで彼を抱き返す。

　間違いない、あたたかい。彼の肌のにおい。清らかな香油の香り。ようやく安堵で涙が零れた。

「レーヴェ。わたしの騎士」

　あの晴れやかな春の日を思い出した。

　青紫の花畑の前で、騎士になって帰ってくる彼を待った。

　銀の鎧を身にまとい、馬に乗って駆けてくる彼をどれほど、嬉しく迎えただろう。今このときもそうだ。ずっとずっと彼を愛していた。

「マティアス様。無事に戻りました」

「うん……！」

　あのときのように、いや、一回りも二回りもたくましくなったレーヴェの太い首筋に両手をいっぱいに伸ばして縋りつく。髭が伸びてチクチクとしていた。

　キスをしないのがやっとだった。


　蜥蜴となったヘクセンナハトの娘はすでに本部に到着している。

　レーヴェの儀式が終わったあとすぐに、その大魔女を倒したのがレーヴェであること、聖史で定められたミサを受け、彼が勇者たる資格を正当に得たことを正式に綴った書類を作り、早馬に持たせて本部に送り出した。届けばすぐに本部でもミサが行われ、レーヴェは公式に勇者と呼ばれる資格を得る。

　――これで教会にできることは何もなくなった。

　自分たちがヘクセンナハトの娘と戦った日に、シェーンハイト城の周辺では大きな戦いがあった。魔女がどれほどその戦に影響を及ぼしたのかはわからない。今は再び両軍消耗し果てて沈黙している。襲ってくる様子はないが、それが無事と言えるかどうか、今の段階ではまだ判断できない。

　泉は壊れたままだが、森全体に行き渡るような奇跡を起こしたばかりだ、しばらくは精霊の心配もない。

　シェーンハイトへ兵がいないかどうか斥候を放ち

ながら、夕暮れと明け方に最低限の修理を進めていこうという話になった。アゴルト王にも事の顚末を話し、この事実を和平の交渉に使ってほしいと伝えてある。戦での双方の負傷者はおびただしいはずだ。安全が確保されるなら、泉だけでも両国民関係なく、奇跡を受けられるよう教会は全力を尽くしたいと願ってきた。あとは両国国王の返事待ちだ。

夜は静かだった。

魔女を倒してから四日が過ぎて、ようやく教会の窓から灯りが消え、人々が揃って眠りを迎えることとなる。起きているのはわずかな見張りと——レーヴェとマティアスだけだ。

マティアスは二階の窓から外を眺めていた。ヘクセンナハトの娘を倒した日からずっと地面の辺りで燃えていた火が消え、世界を月の明かりが冷やしている。

静かに寄り添うレーヴェからはまだ、香油のにおいがしていた。清らかで甘い香りだ。魔除けのために香りは長く残るほうがいいと言われている。

レーヴェが静かに手を繋いでくる。マティアスは骨張った彼の大きな手に自分の指を絡めて、手のひらの大きさと肉の厚さを楽しんだ。そっと彼の胸にこめかみを預けると、彼の胸の中で赤く熾った薪のような鼓動が爆ぜている。

——すべてが終わったら、あなたを抱きしめたい。熱い肌に舌を這わせて、唇を吸いたい。あなたの中に、入りたい。

そう言ったレーヴェの言葉を記憶の中でなぞっているとレーヴェに肩を抱き寄せられた。

「何がおかしいのですか？」

「笑っていたかな」

「ええ」

「レーヴェとこうしているだけで、すべてが大丈夫だと思う自分がおかしくてね」

戦の果ては見えない。今この瞬間にも《敵が攻めてきたから逃げろ》と叫んで誰かが駆け込んでくるかもしれない。ヨシュカはどうなっただろう。自分たちはこれからどうなるのだろう。

マティアスは、レーヴェの左頬に触れ、そっと右頬の傷に口づけた。

レーヴェはもう勇者だ。情交の前に、敬意を示す必要がある。

「精進いたします、マティアス様」

「そういうところが好きだよ」

愛情を愛情としてなかなか受け取ってくれない、実直な我が騎士が愛おしい。

レーヴェは昔から自身の価値を理解しない。鍛冶屋出身の騎士であること、文字が書けなかったこと、そんな過去をいつまでも引け目に感じているようだが、マティアスが思うに騎士の価値はそこにはない。揺るがないその心、過信も妥協もしない用心深さ、繰り返しに耐える精神力、真心の籠もったロッキングホースをたやすくくれること、それはこれまで錆びたりがたついたりしたことが一度もないこと。その本質こそが稀有なのだと——自分自身の姿が目に見えないように——レーヴェにはわからないのだろう。

「そういうところ、とは?」

「秘密」

こういうところも好きだと言い出したらきりがなくて、説明していたら夜が明けてしまう。

「レーヴェがずっとわたしの側にいてくれたらいいという話だ」

「あなたがお許しくださるなら」

「うん……そうだね」

曖昧な機微を酌み取るのが苦手らしいレーヴェに、この、水面に浮かんだ星明かりを手のひらで掬い上げるような気持ちを何と語って聞かせよう。

控えめに腕を掴まれキスをする寸前、マティアスのほうから踵を上げた。レーヴェの肉厚の唇が、マティアスの呼吸を奪うほど深く吸ってくる。

ベッドに連れていかれ、胸元の合わせを広げられた。

いずれ伝わるだろうと、レーヴェが香油を簡易の儀式のように胸に少し塗るのを見ながら、マティアスは思う。彼の手の抜かなさにうっとりする。

レーヴェの寝台だった。マティアスのものより硬く、だがしっかり身体を支えてくれる広いベッドだ。レーヴェが慎重にマティアスの長衣を開いて、眉根を寄せた。指先でそっと鎖骨の辺りを撫でられるとひりっとした。そういえば、と思い出したとき左手を取られた。手首の内側や、手の甲の皮膚が少し赤くなっている。虚霊にぶつかられたときの火傷（やけど）だ。

「あなたは無茶ばかりなさる」

　手首の火傷に唇を押し当てながら、しみじみと言われたが、そうでもないとマティアスは思っている。

「してないよ。レーヴェがいてくれたからギリギリまで説得を試みただけだ。致命傷を負う前にちゃんと合図を送ろうと思っていた」

　あの断崖じみた岩肌を、一瞬もひるまず、想像以上の速さで下りてきてくれた。だから余裕があった。予想以上の速さで、予想以上の強さで、レーヴェが守ってくれたから。

　マティアスは、レーヴェを見上げて囁（ささや）いた。

「無茶をさせてほしい」

いつもレーヴェが労ってくれていることを知っている。欲望をねじ伏せ、香油が足りているか、痛がりはしないか、疲れすぎてはいないか、慎重に量りながら自分を抱いていることを知っている。

「……っ、おやめください、マティアス様」

「いい。来て」

　本当のレーヴェを知りたいと思う。余すことなく感じたいと思う。自分は弱々しい花ではない。あどけない赤子でもない。レーヴェほどは強くないけれど、確かな肉体を持った男なのだ。この肉でこの体温で、彼の身体を受け止めたい。

　焦れったそうに服を半分脱ぎかけたレーヴェがのしかかってくる。マティアスの服を開き、肌に舌を這わせ、時々マティアスの長い髪を摑んで、じっと唇を押し当て、何かを堪えるような苦しい顔をしている。

　みっしりと重いレーヴェの身体に指を伸ばして、あちこちを撫でてみた。薄皮一枚の下に鋼が詰まっているかのようなレーヴェの身体だ。口づけも愛撫も食べられるようだ。唾液の多いぬるぬるとした舌が、早速乳首を探し当てて、マティアスに短い悲鳴を上げさせた。

レーヴェの首筋のにおいを嗅ぐ。汗と香油と鎧の鋼の香りが交じった官能的なにおいだ。

香油をまとったレーヴェの指が、マティアスの脚の付け根を探ってくる。彼は会陰を辿ってマティアスの小さな綻びを探し当てた。軽くほぐしたあと指を沈めてくる。

「あ……。レーヴェ……!」

だいぶん慣れたとはいえ、久しぶりだ。オトマールの屋敷は狭く、二人ともいつも忙しかった。人目を忍んで慌ただしく交わる短い逢瀬ばかりだ。それも最後に抱き合ったのはいつだったか――。

甘く含まされ、静かに押し込まれる。出し入れされるたび、レーヴェの指の節が擦れる感覚にぞくりとする。

「あっ……。あ。……っ、ん……!」

身体を大きな手のひらで撫でられながら、中を指で探られると、眠っていた快楽がそっと揺り起こされる。異物感と共にそわそわと腰が震え、これは快楽だったと身体が目覚める。レーヴェの雄をたっぷり頬張って快楽に蠢いていたのだと。

首筋に舌を這わせるレーヴェの呼吸が荒い。油がふんだんに注がれる。レーヴェの指が性急に自分を開こうとし、思い直したようにゆっくりと内側から撫でられる。久しぶりの快楽に、息も絶え絶えになりそうだ。興奮した花芯の先端からは白い蜜が溢れていた。いくらも持ちそうにない。

ふーっ、ふーっ、とレーヴェが押さえつけるような呼吸を繰り返している。顔をしかめ苦しそうに、獲物を押さえ込んだ狼のように自分を見下ろしている。

「おいで、レーヴェ」

猛っているレーヴェに手を伸ばすと、レーヴェは一層苦しそうに顔をしかめた。

「……いけません、あなたをめちゃくちゃにしてしまう」

「大丈夫」

唸り声で言う彼の、汗で濡れた頬を撫でる。油なら十分だ。指だって咥えられる。レーヴェが自分を欲しがるように、マティアスだって彼が欲しくて仕方がない。

「マティアス様……」

祈るようにレーヴェが呟く。悲しげな声と裏腹に、マティアスの脚を広げる力は強く、さらけ出された小さな下の口に、凶暴な雄肉を押し当ててきた。

「レー……ヴェ。あ、……ああッ……！」

内腿を開くように押さえられたまま、レーヴェの身体に押し潰される。重みに喘ぐマティアスの身体を、太い肉塊が押し広げてゆく。

「あっ、……っく、……あ！　……っ、ひあ！」

溺れるようにレーヴェの背にしがみつき、彼が割り込んでくる暴力的な圧力を呑み込んでゆく。

「あ。んん……っ、……っ、く——！」

内腿が痛いくらい脚をいっぱいに開いてレーヴェの腰を挟み、ぬくぬくと押し込まれてゆく肉の槍を身体に含んでゆく。快楽よりも窒息感が先だ。レーヴェに潰され、身体の中を彼でいっぱいに満たされる。

「あっ、……ッア！　ひ、……っい！」

一番奥まで入ったと知らせるように、レーヴェが奥をぐりっと捏ね上げて、マティアスは悲鳴を上げた。

レーヴェが口づけてくる。唇全部を吸い、鼻先まで舐めてくる豪快なキスだ。

「ん、……ふ。……く……っ、ふ」

唇を貪られながら、レーヴェが中を擦り始める。入り口から奥までを執拗に行き来されるたび、身体が燃えるように熱くなって、マティアスは身をよじろうとするが、レーヴェの重みでそれすら満足にできない。

腰に腕を入れられ、背を反らされたときビリッと身体に電流が通ったようになった。初めてレーヴェに触れられた秘密の果実——賢者の実だ。それをレーヴェの硬い雄が直接擦ってくる。

「や、……っ、あ。アァぁ。駄目……！」

レーヴェの雄は長い。彼の長さいっぱいで擦られると、巨大な蛇に侵されているような気がするほどだ。

「んん……っ、あ。あ……は――……」

レーヴェの舌が、乳首を吸い出し、抉るような動きで舐めてくる。あっという間にぐずぐずに溶けてくる正気に、マティアスが喘いでいると、レーヴェは鎖骨の辺りに舌を這わせてきた。ちりちりとした痛みと、痺れるような快楽がある。何なのだろうと思うと、今度は左の手首を摑んで舐め始める。火傷になった黒い染みを、獣がそうして癒やすように何度も優しく舐めてくれる。

それは下半身に与えられる強烈な疼きと溶け合って、マティアスの身体に快楽を詰め込んでゆく。

「レー……ヴェ……！」

互いの汗に濡れ、粘膜を擦り合わせ、情欲で潤んだ彼の美しい、琥珀色の瞳を見たとき、今頃になって、本当によかったという安堵感が湧き上がり、マティアスは快楽に突き崩されるまま、嗚咽を上げてレーヴェの身体にしがみついた。

背中抱きにされてレーヴェの腰に乗せられている。

「あ……、ふぁ……ア！」

レーヴェの鉄棒のような性器が、マティアスの可憐な噤みをはち切れそうなほど押し開いている。最奥まで出入りする、ぬちぬちと粘りを増した繋がりの音に鼓膜をくすぐられると、腰のあたりがぞくぞくと震えてしまう。濡れた音が響く。乳首は両方、引っ張り出されるくらい摘まれ、指で絶え間なくこりこりと揉まれ続けていて、マティアスの口を閉じさせなかった。

レーヴェの情交は丹念だった。乱暴ではないが、圧力がひどい。その熱も、強靱さも、マティアスをひき殺すような圧倒的な存在感と情熱が繰り返し与えられる。

両腕を握られ、押しつけるように下に引かれながら、下から強く突き上げられている。ぬりぬりと粘膜同士が擦れるたび、目の前に白い光がはじける。下腹から湧き上がる快楽が肺から溢れて声になる。

「あー……あ。あふ、あ……ん……っ……」

腰まで伸びた髪が、汗ばんで反った背中に張りつく。くすぐったくて身をよじると、レーヴェはマティアスの襟足から大きく髪を掻き上げ、左肩越しに胸のほうにやった。剝き出しになった首筋を舌先が舐め、甘く噛んでくる。

「は。……っく、ふ……。あ……」

唇が寂しくて空中に舌を伸ばすと、腕から離されたレーヴェの指が差し込まれる。指は舌を嬲(なぶ)り、ざらざらとした上顎を撫でて、マティアスの唾液をまとったまままた乳首を摘まんでくる。

五年間、身体を繋げるたびレーヴェに吸い出された乳首は、レーヴェが吸うと簡単に出てくるようになった。舌で転がすと硬い粒にもなるのだが、レーヴェに愛されていないあいだは乳暈に沈んだままだ。

今はとっくにくびり出され、爪でしごかれ、紅くなるまで吸い上げられて肌の上で尖っている。充血し敏感に腫れた乳首を、皮膚ごとレーヴェの指が摘まんで揉みしだくと、性器に糸が繋がっているように、ぴりぴりと直接的な快楽がある。こうされるとマティアスの下腹は、途端にびくびくと跳ね、痙攣(けいれん)して蜜を噴き零す。

「あ……。ン、……っ、ふ。また出……っ、あ……！」

身をよじって逃れようとしても、深々と突き通されたもので、快楽の場所をごりごりと擦られると、少しも持たずに身体の芯がきゅうっと細く引き攣(つ)った。それを強引に押し開かれると悲鳴を上げそうな快楽が襲ってくる。

呼吸がすすり泣きになる。レーヴェの強い腰は黙々と自分を突き上げ続けている。切れ間なく極め続ける快楽に、汗に濡れた髪を打ち振り、漏らすようにマティアスは切れ切れに精液を吐いた。

「あっ、あ！ ん」

さらに下に押さえ込もうと、レーヴェが下腹に腕をかけてくる。襟足を噛んでいる歯に、静かに力がかけられる。その緩やかな痛みすら快楽で、マティアスは彼の硬い腕に、甘えるような爪を立てた。

「レーヴェ……。ああ——……！」

痙攣しながら絶頂に震える身体でレーヴェの肉杭を絞り上げていると、レーヴェは一息に彼を抜き出し、マティアスをベッドに這わせた。腰を高く上げてベッドに伏せたマティアスの背を押さえ、驚きのまま開いた孔に、先端の太い彼の性器をぬぷんと一気に沈めてくる。すっかり開かれた場所とはいえ、あまりの衝撃に泣き声のような声を放った。砕かれそうな苦しさも、数度大きく擦られると目のくらむような快楽に変わる。内腿がわななき、シーツにぱたぱたと白い粘液が飛沫く。激しい呼吸に開いた唇から唾液が糸を引いて滴る。

息絶えそうな恍惚と忘我の中で、マティアスがびくびくと痙攣しているとレーヴェが下腹を引き寄せる。

「マティアス様」

レーヴェが、いっぱいに張った肉の輪に爪を押し込んだ。

「うあ」

ひりつくほど目いっぱい広げられた場所に指先をかけ、広げられる。そこに慣れたレーヴェの太さより、さらに一回り太い、珠のようなものがねじ込まれていった。

「な……？　……あっ、ひ——……ぃア！」

——亀頭球というのだそうだ。

レーヴェの付け根は太くなっているのをマティアスは知っていた。射精が近くなるとこぶのように膨らむそうだ。自分はそうならないとマティアスがレーヴェに問うと、レーヴェは困ったように——少し誇らしそうに応えた。

いにしえの、狼の血がさせるそうだ。射精のときにはそのこぶを結合部にねじ込んで栓をする。結合がほどけないように——精液を漏らさないように。

あれを身体に挿れられたということか。

「マティアス様、中に……」

「……っ、う……！」

未だ必ず許しを請う彼に、マティアスは頷き返し、焼かれる覚悟をした。途端、身体の中でレーヴェの珠がぐっと膨らむのを感じた。

「あ……っ、あ――……！　あーっ、あ……、は……！」

レーヴェがどくどくと脈打ちながら、彼の熱い種を吐く。途中で抜かないレーヴェの精液は多く、マティアスの粘膜を隅々まで満たしてゆく。

「あー！　ああ……っ、く。あ――」

その幸せな苦しみを、彼と手を握り合って耐えた。

一筋たりとも隔てるもののない、赤裸々な交歓はなったのだとマティアスは感じていた。

もし、この瞬間に世界が終わっても、レーヴェとならば最後まで笑っていられる。

† † †

ヘクセンナハトの娘が連れ込まれた本部は大混乱だったそうだ。

無理もない。もう捕らえられる者は皆捕らえたはずで、残りの娘たちは別の大陸に移ったか、もはや人前に現れる気がないか、すでに存在が失われたと言われていたからだ。それが封印された状態でいきなり持ち込まれた。推定四千とも言われる、壺の中に閉じ込められた魂たちと共にだ。

大恐慌と驚喜のほどが目に浮かぶようだ。

すぐにミサが行われ、現在は研究の最中にあるらしい。

レーヴェの勇者の認証も行われ、書式的には認められたが、レーヴェを本部に招いたミサはまだ行われていない。レーヴェが、「急用でもないのに、平和とは言えないオトマールを離れるつもりはない」と言ったせいで、勇者レオンハルトを讃える大ミサが延期となったからだ。

まわりはみんな少しでも早くミサを行ってやりた

いと思っていた。勇者など、努力をすれば、金を積めば、修行をすればなれるものではない。絶え間ない研鑽の果てに奇跡的に降ってくる——もはや宿命としか呼びようのない、大きな災いを乗り越えた者だけに与えられる特別な身分だ。文献によると、直近に勇者と認められたのは、六十二年前。これもヘクセンナハトの娘を倒した山小屋の男だ。

本部も久しぶりの勇者の誕生に沸き立ち、一刻も早くと急かしてくる。エイドリアン司祭などは本部の気が変わったらどうするのだと心配して、とにかく儀式だけでも受けてこいと言い出す始末だった。

そんな中、レーヴェの意見を呑んだのには少しだけ訳がある。

確かに、騎士団の主力であるレーヴェが情勢の不安定なオトマールを離れて、半月も本部に出向いてしまうと困る。しかしその頃再度和平の話が結ばれる兆しが見えてきた。

今回の件で、ストラスはやはり泉の奇跡なしでは、体制は維持できないと感じたようだし、戦争を続けるには国民は疲弊しすぎている。

戦争で生まれた恨みを許し合うには、多大な痛みと努力と時間が必要ではあるが、これからも国民は生きていかなければならない。シェーンハイトとオトマールを囲む隣国のことを考えても、これ以上戦争を続けるべきではない。

そして両国の王に、ヘクセンナハトの娘を捕らえたと、本部から証明が送られた。マティアスは反対だったのだが、この戦争のすべては大魔女の画策だったとして収めるのが、両国の体面が保たれる一番いい方法だろうと本部が提案してきた。

両国王はそれを呑む意向を示し、そのように進められる見通しだ。

そこで必要になるのが勇者の存在だ。

勇者が魔女を倒して二つの王家が平和を取り戻す。再度和平のテーブルに着き、言い訳の摺り合わせをしなければならない王たちには非常に優れた口実だ。

レーヴェ本人は口を曲げていたが、平和に方便が必要ならば、差し出さない手はない。

そうなるとレーヴェの大ミサには、両国王が臨席するのがふさわしいし、格式は一気に跳ね上がるから本部もそれを望んでいる。

そう言いながらも本部からは一刻も早く出発しろ、教会のミサだけでも早く受けろ、準備はこちらでするから心配するなという手紙が毎日のように届く。彼らは勇者が見たくて仕方がないのだ。勇者を祝福したくて子どものようにそわそわと待ちかねている。今日もレーヴェは届いたばかりの巻手紙を困ったように手に持っていた。

「お気持ちはありがたいのですが、もう祝福なら先日いただきましたし、俺は毎日の仕事に精進したいのです」

当の本人は迷惑そうだ。

「そもそも俺などが本部に入って儀式に参加すれば、どんなぼろが出るかわからない。今更ハイメロート家の恥になるつもりはありません」

大きな石の上に座っていたマティアスは、レーヴェの訴えを聞きながら足元の白い花を摘み、手にしていた花に巻きつけた。花の香りに誘われた蝶が手元に舞い、蜜を吸い疲れたものはマティアスの髪に留まって休んでいる。隣に立っている彼にもう三度目の説明を与えた。

「それは気にしなくていいって言っただろう？　レーヴェは修道騎士ではないし、勇者のミサなど教会が勝手にやりたがるものだ。レーヴェは寝っ転がっていてもいいんだよ」

歴史を紐解けば、レーヴェはかなり上等な部類だ。上を見れば王や大司教もいるけれど、勇者の半分くらいは村の勇敢な若者だったり、漁師だったり、町に暮らす普通の人だ。知恵を絞り、人のために我が身を捨て、勇気を奮い、人の力では到底及ばないはずの魔女を倒した功績が認められるもので、出自や学力、聖史の習熟度は求められない。中には稀代の酒豪が大魔女に飲み勝ってしまい、本部のミサを泥酔状態で受けたという逸話まである。

「ヘクセンナハトの娘を封じたのは事実だし、レーヴェの騎士としての技量と聖剣の力がなければなし得ないことだった。あの場にいた人の中ではレーヴェにしかできないことだ。そして降魔を本領（ほんりょう）とする聖剣カラドボルグあってこその話だ」

　そう言うとレーヴェは少し照れくさそうに、腰に佩（は）いた剣に触れた。騎士の誇りであり、教会の剣、そして鍛冶屋の魂だ。本当にレーヴェにふさわしい剣になった。

「堂々と受けに行くといい。わたしも鼻が高いよ」

　この件でマティアスも特別に階級が上がることになった。司祭から司教へ。本来ならば二十年以上、修行をしなければ審査もしてもらえないような昇格だが、大魔女を封じれば有無を言わさず自動的に階級が上がる。最年少なのだそうだ。ヴァルター大司教からも連日祝福の手紙が届いていた。

　初めての法衣をつけて、勇者を讃えるミサに参加することになるだろう。昔、レーヴェの騎士の叙任式に出られなかった代わりというには、非常に誇らしいミサに立ち会えるようになったものだ。

「まあ……実際、王たちの用意が調ってからとなると、まだ当分先の話だけど、本部の大聖堂は夢のように美しい場所だから、レーヴェも楽しみにするといい」

　天国が空から落ちてくるような巨大なステンドグラスが壁と天井を覆っている。精緻な壁画の物語。天井から吊り下がってシャラシャラと儚（はかな）い音を立てる無数の鈴。初めて見たときレーヴェにも見せてやりたいと思ったが、無理だと思っていた。それがこんな奇跡が起こって叶うことになるなんて。

　目の前には見慣れた丘が広がっている。緑が萌えるなだらかな斜面だ。

　生まれ育ったシェーンハイトの丘ほどではないが、ここもレーヴェと長い時間を過ごしたなじみ深い場所となった。

　法衣姿の自分がいて、側にレーヴェが立っている。丘の上を駆け抜ける風に吹かれて目を閉じると、マティアスは時々、今がいつかわからなくなってくる。

　レーヴェと初めて出逢ったときもこうだった。彼は小鳥たちと戯れている自分に向かって突然、騎士になりたいと言ったのだった。そのときに戻ったかのようにも、ずいぶん遠くに来てしまったような気もしてくる。

　懐かしいような、切ないような気持ちになりながらまた一輪足元の花に手を伸ばしていると、レーヴェが言った。

「聞いてください、マティアス様。……俺は、勇者の称号などいらないのです。教会巡行の日、光の中であなたと出会った。そのときも今も、俺の望みはあなたの騎士になることだけです。俺が勇者になることでもしも何かが叶えられるなら、ずっとあなたの側にいる権利をくれと言うでしょう。本当にそれだけなのです」

「知ってるよ。あの日からずっと、わたしもそればかりを願っていた」

　マティアスは、編んだ花の終わりをきゅっと茎で結んで輪にすると、レーヴェに手を伸べた。

　ほとんど反射のようにレーヴェが自分の目の前に片膝をつく。その目を見つめながらレーヴェに問いかけた。

「汝、レオンハルト。汝は永劫(えいごう)に我が騎士か？」

「神とあなたと我が剣に誓って」

　一瞬も迷わず跳ね返ってくる誓いに満足しながら、マティアスはできあがったばかりの花冠を彼の頭にそっと乗せた。

「汝に特別の栄誉を与える。一層心して神に仕え、わたしの側に」

　レーヴェは琥珀色の瞳を静かに見張ると、穏やかに細めた。

「魂に誓って――」

　キスをして深く抱き合う。

　勇者レオンハルトは今ここに誕生した。

　オトマールに花の季節が来る。王家からの連絡もきっともうじきだ。

ＥＮＤ

CROSS NOVELS既刊好評発売中

最後は必ず、貴方の元へ還ってみせる

三千世界で君を恋う

綾 ちはる

Illust 伊東七つ生

成人するために、強く心惹かれた人間を食べなくてはならない鬼の紅。

眷属である子鬼たちと共に生まれて初めて人里に下りた紅は、困った時に助けてくれた有馬に今まで感じたことのない胸の高鳴りを覚える。

彼を獲物と決めて近づくけれど、有馬の優しさに触れて、気がつくと恋に落ちていた。

愛する人を食べることなんて絶対に出来ない。

紅はある決断をするが、運命は二人を逃さず——

明治と現代。時空を超えた恋、ここに開幕。

CROSS NOVELS既刊好評発売中

俺の心、金で買えるか？

愛は金なり

井上ハルヲ

Illust 小山田あみ

可愛い顔に似合わず悪辣な闇金社長・湊と、精悍な見た目とは裏腹に
やる気のない貧乏バテンダー・黒田。
二人のつながりは、二百万円の借金と、二年前に急死した湊の恋人で、
黒田の友人でもある真壁の存在だけ。
借金の取り立てを口実に黒田の店に通ううち、真壁によく似た彼に
惹かれていることに気づいた湊は、利息分の二十万で黒田の体を
一晩買うと言い出し……!?
金でしか結ばれない、孤独で不器用な二人の愛の結末は!?

CROSS NOVELSをお買い上げいただき
ありがとうございます。
この本を読んだご意見・ご感想をお寄せください。
〒110-8625
東京都台東区東上野2-8-7　笠倉出版社
CROSS NOVELS 編集部
「尾上与一先生」係／「央川みはら先生」係

CROSS NOVELS

ルドヴィカの騎士
～奇跡の泉・銀～

著者
尾上与一

2019年3月23日　初版発行　検印廃止

発行者　笠倉伸夫
発行所　株式会社　笠倉出版社
〒110-8625　東京都台東区東上野2-8-7　笠倉ビル
[営業]TEL　0120-984-164
FAX　03-4355-1109
[編集]TEL　03-4355-1103
FAX　03-5846-3493
http://www.kasakura.co.jp/
振替口座　00130-9-75686
印刷　株式会社　光邦
装丁　斉藤麻実子〈Asanomi Graphic〉
ISBN 978-4-7730-8975-2
Printed in Japan